恋した人は妹の代わりに死んでくれと言った。

妹と結婚した片思い相手がなぜ今さら私のもとに?と思ったら

5

永野水貴
イラスト:とよた瑣織

TOブックス

e　n　t　s

イラスト／とよた瑣織
デザイン／伸童舎

c o n t

c t e r s

初恋

番人の身代わりを頼む

師弟

ウィステリア・イレーネ＝ラファティ

異界＜未明の地＞の番人。ブライトに頼まれ、ロザリーの代わりに異界の番人となって以降不老となり二十三年間、聖剣サルティスとともに異界で暮らす。瘴気に耐性がある。

ロイド・アレン＝ルイニング

ブライトとロザリーの息子、公爵家嫡男。アイリーンへ求婚するため、聖剣サルティスを求め異界へやってくる。ウィステリアに弟子入りする。魔法・剣術の天才。

欲しい

求婚

相棒

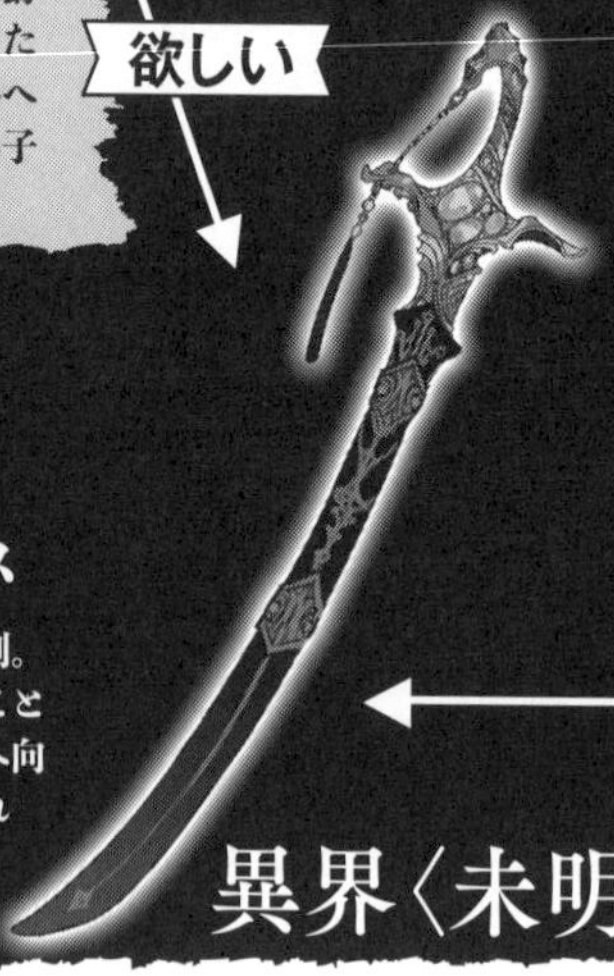

聖剣サルティス

言葉を解する伝説の聖剣。真の主のみが彼を扱うことができる。一人で異界へ向かうウィステリアを哀れみ、ともに異界へ行く。

異界〈未明の地〉

C h a r a

義理の姉妹

公爵家

親子

夫婦

ロザリー・ベティーナ＝ルイニング

ウィステリアの義妹で、ブライトの妻。元番人候補。

ブライト・リュクス＝ルイニング

ルイニング公爵家現当主。ウィステリアにロザリーの身代わりを頼む。その後ロザリーと結婚し、二男一女をもうける。魔法が使えない。

ベンジャミン＝ラブラ

異界＜未明の地＞を研究する第四研究所所長。ロイドの異界行きの手助けをする。若い頃、ウィステリアとともに研究をし、彼女を慕う。

特別視

アイリーン・シェリル＝マーシアル

第三王女。通称“白薔薇”と呼ばれる美しい女性。ロイドから求婚を受け、聖剣を手に入れることを条件とする。

S t o r y

初恋の人に頼まれ、義妹の代わりに、瘴気に満ちた異界＜未明の地＞の番人となったウィステリア。体の時間が止まったまま、二十年以上が経ったある日、異界の空から初恋の人の息子・ロイドが現れ、弟子として居座られてしまう。お互いを徐々に知っていく師弟の未来にあるものとは……。

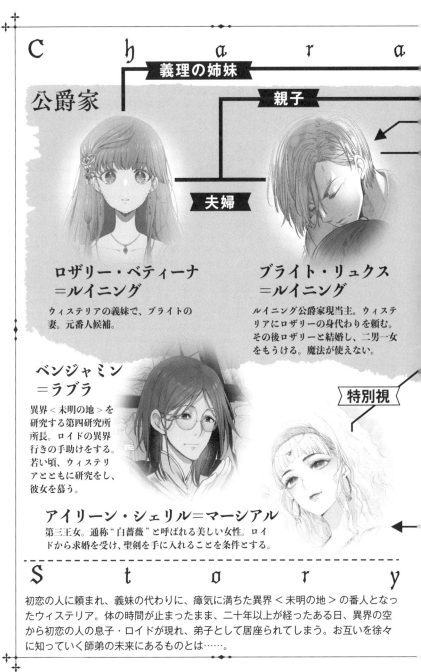

序章　暗き往路

——もう二度と戻ることはない。

暗闇の中を、一歩、また一歩とウィステリアは進んだ。

自分の体を引きずるように歩いた。決して泣くまいと強く閉ざした唇の奥で、こみあげた嗚咽《おえつ》が何度も喉を痙攣《けいれん》させた。両腕で強く抱えた剣の硬く不慣れな感触だけが、今は唯一自分の側にあった。

寒いのか暑いのかももうわからない。——だが全身を覆う薄い膜のような冷気に、指の先まで凍りついていくような気がした。

『——それで。お前は、恨んでいるのか？』

聖剣と称された、人語を解する不可思議な剣が声をあげる。どこか面白がっているような、あるいは訝《いぶか》っているような声。正気のときであったなら侮辱されたように感じたかもしれない——ウィステリアは頭の隅でそう考えたが、もはやそんな激しい感情を覚える力も残っていなかった。

暗い道を歩く間、サルティスと名乗った剣に経緯を問われ、すべてを話していた。

——義妹が番人に選ばれたこと。その義妹を愛した、自分の恋した相手。彼に乞われ、身代わりになることを決めた経緯。

話す声は震え、何度かつかえた。サルティスは時折、興味を持ったような相槌を打っただけでじっと話を聞いていた。

すべてを聞いてから、剣は短い言葉を発した。

――恨んでいるのか。

自分をここへ追いやったものを。

痺れたような頭で、ウィステリアはその言葉を反芻《はんすう》する。水面から暗い水底を覗きこもうとするかのように、あるいは水底から水面の向こうを見ようとするかのように、自分の内側はぼやけて遠く、判然としない。

異界への《門》を通ったときに、感情がすべて摩耗《まもう》してしまったせいなのか。あるいは自分の足元さえおぼつかぬ無限の暗闇のせいなのか。

（……私は）

冷たく重く、ぼやけた思考の中で、答えを探して途切れる。その間にも、足を止めることはなかった。一度立ち止まれば、きっともう歩けなくなる。

（ただ――）

視界がまた、滲《にじ》む。

こんな終わり方であることが、虚しく悲しかった。想像さえしていなかった唐突な終焉《しゅうえん》。

こんな暗闇の奥へ、一人で行かなければならないことが苦しい。隣には、周りには誰一人としていない。人の気配さえ、誰かの温もりさえもないまま。

――この先にあるのは、永遠の暗闇と冷たい眠りだけだ。

一章◆すべて陽に染まり、月は照らす

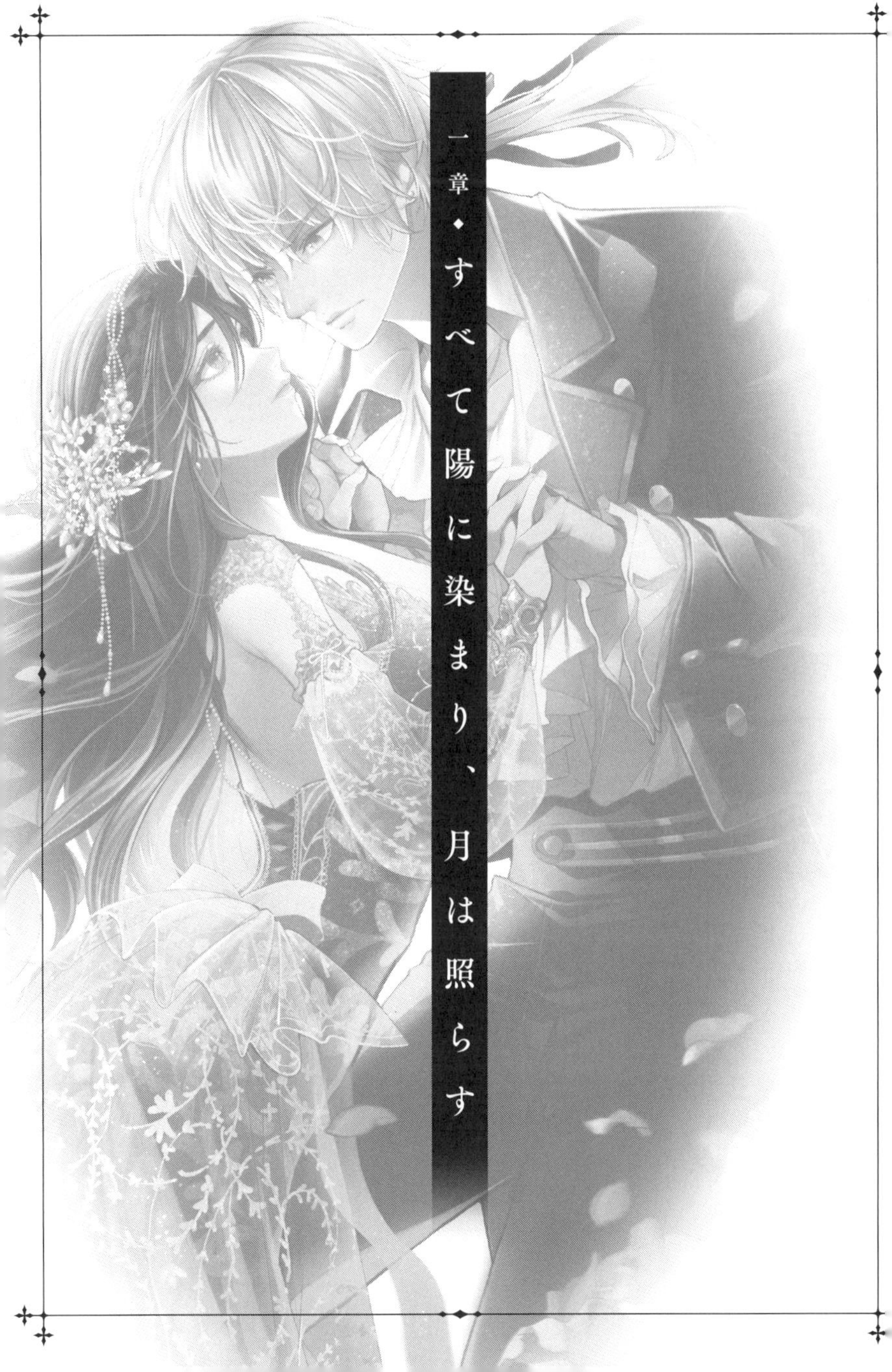

夜が明ける世界

――かつて一度だけ感じた、底のない闇。異界に繋がる冷たく暗い道を歩いた記憶。

きっとまた、その夢を見ている。《未明の地》に来てから何度もそうしたように。

だが違和感を覚えた。体のすぐ側に、大きな熱がある。この体を包み込んで、あるいは閉じ込めるかのような――。

「イレーネ」

その呼び声に、ウィステリアの意識は浮上する。――ウィステリア・イレーネ。自分の名前。

半分解けた意識のまま、瞼《まぶた》を持ち上げる。

はじめに感じたのは、強い明るさだった。

自分に向かって降る影があるのに、それでもなお周囲が明るい。やがて、ウィステリアの意識は世界を認識しはじめる。

視界に映る、一際輝く髪――本来は銀色であるはずなのに、今は炎の照り返しを受けたような色に染まっている。

息を呑むような端整な青年の顔が間近で見下ろしている。広い肩から、束ねられた長い髪がこぼれている。

髪の色と同じ睫毛が魔力の粒子に彩られて淡く輝き、その下で、遠い昔に見た夕陽を思わせる瞳が燃えるような輝きを宿していた。

「ロ、イド……？」

ウィステリアがかすれた声でこぼすと、ロイドは、ああ、と短く応じた。その大きな体がゆっくりと退く。

自分は倒れ、ロイドが覆い被さるようにしていたのだとようやく気づく。

だがロイドの影がなくなったとたん、目を焼かれるような眩しさを感じてウィステリアは反射的に強く目を閉じた。何度も瞬き、目に痛みさえ感じながら、なんとか瞼を開けようとする。

「何が……」

強く瞬きながらウィステリアは問い、片腕にサルティスを抱えたままかろうじて上体を起こす。

鋭敏な剣士であるロイドが警戒態勢を取っていないことで、脅威がないことは直感していた。

高いところから放り出されたような感覚がまだ残っていた。現状を把握しようとして、ウィステリアの思考はようやく動いた。

——白い、特異な《大蛇》。五番目の眼球。《移送》。《転移》。サルティスの叫び。それからロイドに抱かれて、《転移》の穴に飛び込んだ。

とたん、ウィステリアは立ち上がりかけ、青年を見た。

「君は無事か!?」

ロイドはすでに体を起こし、短く首肯する。片膝をつく姿勢でこちらを見ている。どこにも怪我をしている様子はない。

「一体、何が……」

束の間の安堵に声をこぼしながらウィステリアは周囲を見回し、止まった。

そこにあるはずのない――記憶の中にしかないはずのものが、視界に映った。

自分とロイド以外の人間。

呆然としたように立ち尽くす男性は、白いもののまじった濃緑の髪を後ろで束ねていた。眼鏡の向こうで大きく目が見開かれている。

脳天から雷に貫かれたような衝撃に、ウィステリアは息を忘れた。――声もなく立ち尽くすその男性に、既視感がよぎる。

視界が大きく揺れた。世界が反転するかのような感覚。

心臓が震える。たちまち鼓動が激しくなり、耳を聾《ろう》する。

幻覚。過去の記憶。まだ、夢を見ているのか。――《未明の地》に、自分とロイド以外の人間がいるはずがない。

だが、けれど――ああ。目に映るすべてが、あまりに眩しい。

ウィステリアの目は眩み、痛みさえ覚える。燃えるような光が、辺り一面を染めている。夢では、こんな痛みを、こんな明るさを感じることなどなかった。

こんな、いきなり暗闇から引きずり出されたような感覚は。

ひどく酩酊したように、ウィステリアはふらつく足で立ち上がる。かろうじてサルティスを抱える手が震え、うまく力が入らない。よろめくように踏み出す。爪先が、靴越しに足が踏む先は、あの荒涼とした大地ではなかった。

見えない力に誘《いざな》われるように、紫の目で足元を見る。柔らかい土。自分の周りに咲く、焔《ほのお》よりも鮮烈な真紅の花。――魔物ばかりの異界では決して見なかった極彩色。もう過去の中にしかなかった花の色。

けたたましいほどの鼓動の音が耳の奥で鳴り響く。ウィステリアは顔を上げ、立ち尽くす男性――ロイドではないもう一人の人間の向こう、その周りの世界すべてを見渡した。

すべてが、鮮やかな輝きに染められていた。瑞々しい緑の葉が、茎が、蕾が、花が、命を育む柔らかな土や手入れされた花壇、人の手によって敷かれた敷石、もっと大きな建物の影――そのすべてが、緋色の光を浴びて輝いていた。その周りに落ちる色濃い影さえ、世界が強い光に照らされているがゆえに生み出されるものだった。鼻腔から、口から入る空気が甘く澄んでいる。どれだけ深く吸い込んでも、毒に侵されることはない。瘴気の冷たさを感じない。

ここに、瘴気はない。

ウィステリアの視界はたちまち滲み、歪んでぼやけた。喉が急に詰まったように苦しくなる。

「う、そ……」

かすれた声が、震える唇の間からこぼれ落ちる。

天を見上げる。紫の目に痛みを感じるほど、その空は眩しかった。

――白い雲の層。やがて沈みゆく夕陽が、それでもなお燃えるような色で天を染めていた。

夜明けが訪れ、太陽が昇り、落ちて夜に変わってまた明ける——その理を持った世界の空だった。

「あ、あ……っ」

かつて何千何万と、この世界に戻ることを夢見た。祈り絶望し希《こいねが》い、擦り切れて忘れたはずの空が今そこに広がっている。

見上げる白い横顔は、陽の色に染まった。眩しさに細められた目から涙が溢れ、色濃い光に輝く滴となって頬を伝い、したたり落ちる。

ウィステリアは剣を抱えていないほうの手を伸ばす。白く血の気のない指先もまた、燃えるような夕陽に染まった。そして夕暮れの空に手を伸ばして一歩踏み出したとたん、火花が弾けるような音が響いた。

潤み見開かれた紫の目に、黒い蒸気が映る。伸ばした手、腕、肩から間欠泉のように噴き出す闇色の靄。

それが瘴気だと、考えるよりも先に理解した。

抱えていた剣が腕から滑り落ち、鈍い音をたてて地に落ちる。

ウィステリアの膝は勝手に崩れ落ち、体が意思から切り離されて傾《かし》ぐ。

「——イレーネ!!」

ロイドが叫び、土を蹴る音が続く。ウィステリアの体は地にたたきつけられる寸前で太い腕に抱き留められた。

たちまち、青年の大きな体に抱き寄せられる。

何が起こったのかわからないまま、ウィステリアはむずがるように強く頭を振り、ロイドを突き放そうとした。――瘴気。この青年に触れさせてはならない。

燃えるような空を求めて白い手が伸びる。火花のような音をたて、伸ばした指先からも瘴気が溢れる。

自分の体の中から、噴き出している。

溢れ出る瘴気の黒さが禍々しく目に映り、ウィステリアの視界は滲み、歪んだ。いま目にしている世界は甘い毒のような夢で、自分を嘲笑うためにそれが解けようとしている――。

「い、や――」

絶望が体を呑み込む。夢ならもう覚めなくていい。この現実を失うなど耐えられない――。

「イレーネ!!」

強く抱き寄せてくるロイドの腕の中で、ウィステリアの意識は再び暗闇に呑まれた。

◆

ベンジャミン＝ラブラはただ呆然と立ち尽くしていた。

夕陽に染められた世界の中で、自分の家の庭がまるで別世界になったかのように思われた。

――白昼夢でも見ているのだろうか。いつ意識を失ったのかもわからず、現実の続きであるかのように錯覚するほどの生々しい夢を。

そうでなければ、いま目の前に起こっている光景を受け止められそうになかった。

ましてここは、《未明の地》の研究とは関係のない、自分の私的な空間だ。

そんな場所へ、何度か思い返した姿よりも遙かに鮮やかな、二十三年前と変わらない彼女が現れるはずがない。

よく似た別人。都合の良い幻覚。だがそれならなぜ、帰りを待ち望んでいた青年までもが側に居るのか。まるで彼と共に帰ってきたかのように。

硬直するベンジャミンの目の前で、覆い被さるように身を伏していた銀髪の青年がゆっくりと体を起こす。

青年の下に横たわっていた人影が、やがて小さな声を発したようだった。それから、急いたように上体を起こす。夕陽の色を浴びた艶やかな長い黒髪を、その輝きをベンジャミンは息も忘れて見入った。

やがて、黒髪の主が弾かれたように周囲を見回す。

——そして、目が合った。

その双眸《そうぼう》——藤の妖精とも称された紫の瞳を見たとき、ベンジャミンは打たれたように全身を震わせた。

記憶は否応なしに色褪せて、それを都合良く補完するために美化される。だがいま、ベンジャミンの目に映るものは、美化した記憶さえも敵《かな》わぬほどに鮮やかな紫だった。

ありえない、とかすれた声が喉から勝手にこぼれ落ちる。

紫の目の主もまた、驚愕に打たれたような顔をしていた。ふらつきながら立ち上がり、何かに吸い寄せられるかのように足を踏み出す。

その目は、すでにこちらを見ていない。優美な紫水晶の瞳は涙に濡れ、空を見上げている。夕陽に染まった空を見上げ、白い手が伸ばされ——突然、火花のような異音がした。

紫の双眸が見開かれる。

伸ばされた手から黒い砂煙状のものが滲み出すのをベンジャミンは見た。

「——イレーネ!!」

彼女が膝から崩れ落ちるのと、叫んだ青年が距離を詰めるのはほとんど同時だった。

頽《くずお》れる体をロイドが抱き留める。愕然と見開かれた紫の目は歪められ、それでも空を見て手を伸ばす。その指からも黒い蒸気が滲む。

手だけではない。その腕、肩、足、体から滲み出す。それが何であるのかをベンジャミンは知っていた。——魔力素の源となる異界の毒。

空に伸ばされていた手が力を失って落ちる。イレーネ、と青年の叫ぶ声が響く。

——イレーネ。それは確かに、記憶の中にある女性のもう一つの名だった。

ベンジャミンはようやく正気を取り戻し、転ぶように二人のもとへ駆け寄る。

「ロ、ロイド君……っ!!　その方は——」

反射的に、ベンジャミンは手を伸ばす。とたん、青年は顔を上げた。

その金の目の鋭さにベンジャミンは怯んだ。

野の獣に対峙したかのような感覚に凍りつく。——この青年が、ロイドが、こんな気配を自分に向けてきたことは一度たりともなかった。

ロイドは腕の中のものを強く抱え込む。

紫の瞳は白い瞼に閉ざされ、気を失っているようだった。

◆

すべてが目まぐるしく反転し、溶け合い、まざりあう。五感が混乱し、自分という存在の境界が曖昧になっているかのようだった。

だがその混沌はいつからともなく引いてゆき、ウィステリアの意識はゆっくりと浮上していった。

白い瞼がかすかに震え、わずかに上向いた黒の睫毛が半分持ち上がる。

ウィステリアはしばらくぼんやりとまどろみを漂った。頬に触れるものが、呼吸しているかのようにかすかに上下するのを感じた。弾力があり、熱を帯びている。呼吸の音。やがて、頭のすぐ上で動く気配があった。

「……イレーネ？　目が覚めたのか？」

気配が、ささやくような声を発する。

ウィステリアは半ば反射的に顔だけを上げる。

そして黄金の瞳と目が合った。長い銀色の睫毛さえ鮮やかに見えるほど、青年の顔は間近にあった。

ウィステリアは鈍く瞬き、重い思考をなんとか巡らせようとした。

思考と同様に重い体に、ふいに背から押される力を感じた。いつの間にか、背に回っていた腕に引き寄せられる。

「体の具合は？」

胸に響く声でロイドが言う。労りがゆっくりと頭に浸透していくようで、ウィステリアは緩慢に瞬いた。

——体。

意識からまどろみが少しずつ引いてゆき、記憶が浮かび上がる。目を焼くような夕陽、燃えるように輝く世界、手を伸ばし、自分の体から噴き出た瘴気。

ウィステリアの体は強ばり、冷たいおそれを覚えた。一瞬ためらいながら右手を顔の側まで持ち上げ、目を向ける。細い指と白い手のひらには汚れもなく、瘴気を思わせるものは微塵もない。

——自分の手から瘴気が噴き出るなどといった光景こそ、悪質な幻覚だったかのように。

ウィステリアは細い安堵の息を吐く。

「だい、じょうぶ……」

半ば無意識にそう答え、体を起こして自分の全身を確かめようとした。弾力と厚みのある敷物から気怠い体をなんとか起こしたとき、背に添えられていた手にはっきりと気づく。

ウィステリアはぴたりと止まる。

——そうして唐突に、思考が働いた。

こちらを見上げる黄金の瞳。しどけなく寝そべり、背に枕を敷いて上体だけ起こした青年の体。

その大きな体の上で、ウィステリアは上体を起こす姿勢になっていた。ついた手の下にあるのは、

ロイドの厚い体だ。

数拍遅れて、ウィステリアはじわじわと恥ずかしさとためらいを覚えた。

――いったい、どういう状況なのか。

慌てて飛び退くだけの力はまだ戻ってきていなかった。それでも、自分の体から瘴気が出たことを考え、手を撥ね上げて迷わせる。

この青年から一刻も早く離れなければならない。

「ちょっと、待て……、離れろ。瘴気が、」

「もう出てない」

怠さに引きずられたウィステリアの鈍い抗議に、ロイドは静かに答えた。同時に、無言で引き留めるかのように背に触れる左手に力がこもる。

ウィステリアは短く息を詰め、ますます困惑してロイドを見下ろした。金色の目もまたじっと見つめ返してくる。何かを促すかのようにその視線は強く、背に回った手も離れようとはしない。

「どういう、状況なんだ。何が……、ここは」

言いながら、ウィステリアは周りを見回した。正気が戻ってくるにつれ、また心音が大きく乱れはじめる。

視界に映るのは、見慣れた自分の拠点ではなかった。自分とロイドが横たわっているのは広い寝台で、それも自分が作った不格好なものではなかった。壁には大きなガラス窓があり、外からの光が射し込んでいる。

その光の強さに、ウィステリアは一瞬目が眩んだ。《未明の地》の光をどれだけかき集めても、どれだけ多くの火を灯してもこんな明るさを得ることはできない。

胸の中で、心臓が大きく跳ねる。

強い刺激さえ感じる明るさの中、何度も瞬いて周囲のものを視界に捉え続ける。部屋の中央には小さなテーブルと椅子もあった。人の世界で当たり前に作られた形の良い調度品と家具。見知らぬ、誰かの家の一室。床には絨毯が敷かれている。外から射し込む、鮮烈な陽光。

――ああ、と震える声が、吐息と共にウィステリアの唇からこぼれた。

「戻って、来られたのか……？」

こみあげるもので苦しくなる喉で、かすれた声で問う。

「――そうだ」

ロイドの答えは短く、この上なく明確だった。ロイドもまた、ゆっくりと上体を起こす。

ウィステリアの吐息は揺れ、唇をわななかせるばかりでそれ以上言葉を続けられなかった。何度も瞬いて、目の奥にこみあげる熱を抑える。それでも目は濡れ、視界が滲んだ。まだ重い体に、高揚の熱がわきあがってくる。目眩のするようなその感覚に全身が粟立つ。背に回ったままの左腕に柔らかに引き寄せられた。

青年の胸に額をつけるような姿勢になっても、ウィステリアは抗わなかった。肩を小さく震わせ、ロイドに頭を預けたまま目を伏せていた。強く閉ざした唇の奥で、迫り上がった感情が何度も喉をひくつかせる。

ロイドのもう一方の手がウィステリアの左腕に触れたとき、控えめに扉を叩く音がした。すぐに扉が開き、人影が入ってくる。

「ロイド君、少し様子を――」

憚るように抑えた声を発しながら入ってきた人物が、寝台の上の光景を見てぴたりと止まった。ウィステリアもまた顔を上げ、部屋に入ってきた人物を見て目を見張った。

大きな眼鏡の向こうで見開かれた目。驚いて固まる眼鏡の男性の姿に、ウィステリアもまた驚いた。――人の良さそうな顔に強い既視感がよぎる。だが濃緑の髪には白いものが交じり、記憶の姿より長くもなっている。その髪は後ろでひとまとめにされ、温厚そうな目元や鼻には木の年輪に似て小さな皺ができていた。研究所でよく見た長いローブも着ていない。それでも。

「……ベンジャミン？」

ウィステリアが思わずこぼした呼び声に、呆然と立ち尽くしていた男性は小さく肩を揺らした。そうしてひどくぎこちなく、泣き笑いのような表情をした。

「本当に……、あなたなのですね。ウィステリア様」

震えを堪えたような声が応じる。穏やかな口調、自分を呼ぶ声は記憶のものと変わらず、それがウィステリアの胸を打った。そして確信する。

目の前にいるのは、かつて《未明の地》と魔法を共に研究した仲間――ベンジャミン＝ラブラだった。

ウィステリアがロイドから身を離し、ベンジャミンのもとに歩み寄ろうとしたとき、体を支える腕に引き留められた。ウィステリアはかすかに息を詰め、ロイドに振り向く。

「ロイド、もう大丈夫だから……」

少し焦って言うと、だが怜悧《れいり》な弟子は答えず、無言でもう一方の手を再びウィステリアの腕に触れさせた。金の目はウィステリアからベンジャミンに向く。

「意識がいま戻ったばかりです」

「そ、そうですか……」

ベンジャミンは虚を衝かれたような顔をする。二人のやりとりにつられてウィステリアもまたベンジャミンに目を向けたが、かつての知人はひどく気まずそうな、あるいはいたたまれないものを前にしているかのように視線をさまよわせている。

それで、ウィステリアに遅れて羞恥がこみあげた。

(どういう状況なんだ、これは……!?)

――よくわからないとはいえ、ロイドとの距離があまりに近く、それをベンジャミンに見られるということに恥ずかしさと焦りがわいてくる。

ウィステリアはロイドから身をもぎ離そうとしたが、当のロイドは銀の眉一つ動かすでもなく、鋼のような腕を緩めもしなかった。いつの間にかがっちりと抱え込まれ、ウィステリアは混乱する。

「な、何だ、何が……! こ、ここは本当に元の世界か? いったい何が、サルトは!?」

「あれは隣の部屋だ」

ロイドは平然と答え、ウィステリアを抱えたまま寝台の端に寄り、腰掛ける姿勢になった。

――そして膝の上に、横抱きにするようにウィステリアを乗せた。

「⁉」

ウィステリアは紫の目を大きく見開き、固まった。だがベンジャミンが驚く気配を感じて目の下が熱くなり、ロイドから離れようと厚い胸に手を突っ張った。銀の眉がたちまちひそめられる。

「暴れるな」

「なっ……⁉　君がおかしなことをするから……！」

理不尽な一言に一刀両断されながら、ウィステリアはじたばたと抵抗する。

しかしロイドは膝上の抵抗をものともせず、涼やかな目をベンジャミンに向けて言った。

「完全に落ち着くまではこうします」

「あ、はい……いや、しかしその……」

ベンジャミンがひどく困惑した様子で言いよどむ。視線の置き所に迷うかのごとく眼鏡に指を触れさせている。

それでも、ためらいながらウィステリアに目を戻した。

「ウィステリア様、体調はいかがですか。苦しいところや痛むところなどは？」

「な、ない！　……です」

ウィステリアは反射的に答え、にわかに迷った。遠い記憶から蘇った口調が半端に交ざる。――ますます恥ずかしくなる。

なんとかロイドから逃れようとしたとき、ベンジャミンの続く言葉に動きを止めた。

「体のどこかに、瘴気を感じるような部分はありますか？」

静かな、配慮さえ感じる声色にウィステリアは息を呑んだ。急に背に冷たいものを感じ、浮ついたものが引いていく。

――体のどこか。

夕空に手を伸ばしたとたん、自分の体から瘴気が噴き出した光景がまざまざと瞼の裏に蘇った。

ウィステリアは無意識に右手を持ち上げ、そこに目を向けて口を開いた。

「何も、異状は感じない。だが、私の体から瘴気が出た理由は……わからない」

そう告げてから、ウィステリアは自分の発した言葉の意味に臓腑が重くなるような感覚を抱いた。

自分の体からあのように瘴気が溢れるなど、今までになかったことだった。

（……向こうの世界で、瘴気から魔法を使ったことが影響しているのか？　だが魔法を使っていない状態だったのになぜ……、それとも《関門》を開きすぎたからか？）

無意識に眉をひそめる。得体の知れない不安が、胸の内側に重苦しく広がっていく。目を歪めて自分の手首を睨んだとき、ふいに大きな手につかまれた。

「――私が抑えられる。心配するな」

すぐ側で響く声に、ウィステリアは息を止めた。手首をゆうに包む熱い手に心臓が跳ねる。思わず目線を上げると、金の目もまたこちらを見下ろしていた。

その目に一瞬見入りながら、抑えられる、という言葉でようやく思い至る。

「……私の中から瘴気が出てこないように、こうしているのか？」

何か理由があるからこそ、この青年はこんなふうに自分を抱きかかえ続けている。――むしろ、そうすべき必然性がなければ、こんな体勢をとるはずがない。

「……それも、ある」

少しの引っかかりを思わせる間を置いて、ロイドは答えた。

ウィステリアは束の間、返答に詰まる。――やはり、そうなのだ。不安の靄がまた胸に広がる。

「抑える、というのはどういうことだ？　私の体がどうなっているのか……わかるのか？」

――瘴気は、自分以外の人間にとっては毒だ。そんなものが自分の体から放出されるのであれば、他人から離れなければならない。

無意識にまた身を離そうとしたとき、ロイドは答えるよりも先に腕で引き留めた。銀の睫毛が緩慢に瞬く。そこにかすかな思案を、言葉を選ぼうとしているような気配を感じてウィステリアは不安を強めた。焦れる思いでロイドを見つめたとき、あの、と控えめな声が介入する。

ウィステリアははっとベンジャミンに振り向く。

記憶とは変わっていても、温厚な風貌を十分に残した研究者は、気まずそうに続けた。

「とにかく、怪我や異状がないのなら何よりで……。その、ウィステリア様さえよければ――今、お話をうかがえませんか。何があったのか、教えてください」

もっともな問いに、ウィステリアは少し慌てて何度も首肯した。

――お互いに話すべきことも、訊ねたいことも無数にあった。

長い時間の末

ウィステリアの体調に配慮し、話し合いに際して場所を替えるということはなされなかった。

ベンジャミンはいったん部屋を出て、使用人に軽食と温かな飲み物を持ってくるよう頼んで戻ってきた。

ウィステリアはロイドの膝上からはなんとか脱出したが、しかし必要だからという理由ですぐ隣に腰掛けさせられた。寝台の端に並んで腰を下ろす形になる。

ベンジャミンは部屋の中にあった椅子を引いてきて、二人と向き合う位置に座った。

ウィステリアはぽつりと疑問をこぼした。

「ここは……、ベンジャミンの家、ですか？」

「はい。独りには大きすぎる家ですが……、弟一家や甥なども遊びに来るので、便利でして」

ベンジャミンは気恥ずかしそうに頭の後ろをかく。その朴訥《ぼくとつ》な仕草、飾らない表情に、ウィステリアは急に胸が詰まるような感覚がした。溢れそうな懐かしさと、それを上回る名状しがたい感情。

眼鏡の向こうの少し眠たげに見える目は変わらないのに、目の周りには、記憶になかった小皺がいくつも刻まれている。目だけではなく、鼻や口元にもあった。肌も焼けただろうか。

既視感を覚えるほどには面影を残しているのに、角度によっては見知らぬ人間のようにも思える。

（……年を、重ねてる）

頭では、数字としてはわかっていたはずのことがいきなり生々しい現実としてそこに現れていた。

――ベンジャミンはロイドよりもずっと自分と年が近い。あれから二十三年が経過しているのだ。

胸が騒ぎ、ベンジャミンはロイドよりもずっと自分と年が近い。あれから二十三年が経過しているのだ。


間もなく、扉が控えめに叩かれる音がする。ベンジャミンが振り向いて声をかけると、台車を押して五十代ほどと思われる女性が入ってきた。はつらつとした雰囲気ににこやかな笑みを浮かべている。

ウィステリアは吸い込まれるようにその女性を凝視した。

（人……）

――自分以外の人間。今度はまったく見知らぬ人間だった。

ロイドとは別に、見知らぬ他人に遭遇するということがあまりに久しぶりで、言いようのない懐かしさと感動がわきあがってくる。女性の姿に、養母の記憶がちらついたからなのかもしれない。

台車をベンジャミンの側まで押しながら、女性はウィステリアに目を向けた。

一瞬目を丸くしたが、そのあとはなぜか目を輝かせる。好奇心が全面に出たような態度にウィステリアが戸惑うと、ベンジャミンが慌てたように言った。

「ありがとう、夫人！　後でまた色々と頼むよ」

「遠慮なく、何なりとお申し付けくださいませ！　お客様もどうぞ、ごゆっくり！　どんな些細なことでもお申し付けくださいね、ええ！」

女性は明るく主張し、満面の笑みで部屋を辞していく。

ウィステリアは忙しなく瞬き、なんだったのだろう、と内心で首を傾げた。ベンジャミンがため息をつきながら腰を上げ、台車の上にある三人分の茶器の一つを取った。一人分の茶器が載った小さな盆ごと、ウィステリアにそっと差し出す。

ウィステリアは、礼を言っておそるおそる受け取った。カップから立ち上る淡い湯気は芳香を放ち、その香りが記憶を蘇らせた。

――かつてこの世界で普通の人間として暮らしていたときの空気が、そのまま立ち上ってきたかのようだった。

つんと鼻の奥に刺激を感じながら、ウィステリアはカップを持ち上げてそっと唇をつけた。

温かな液体が舌から喉へと流れていくと、湯気より強く香りが立ち上る。淡い苦みと爽やかな味は、もうずっと忘れていたものだった。

ウィステリアはカップを見つめる振りをして、何度も瞬いて目の奥にこみあげるものを抑えた。

「口に合わないようでしたら、他のをお持ちしますが……」

「いえ……、大丈夫。ありがとう」

気遣わしげなベンジャミンの言葉に、ウィステリアは少しくぐもった声で答えた。左隣から、ロイドの視線も感じた。ベンジャミンもロイドも急かすような真似はしない。

ウィステリアはカップを盆に戻し、側に置いた。そうして、ベンジャミンに目を向けた。ベンジャミンもまた、ややためらうように一瞬視線を揺らしたものの、見つめ返してくる。

——ロイドから、ベンジャミンは研究者であり続けていると聞いていた。

何から話すべきなのか、ウィステリアは無数の言葉に迷う。だが結局、口からこぼれたのはあまりに素朴な一言だった。

「……お久しぶりです、ベンジャミン」

淡く苦笑いして言うと、ベンジャミンの顔が歪んだ。泣き出しそうになったのを、必死に微笑みで覆い隠したような表情だった。温和な研究者は指で眼鏡の縁を押し上げ、目をこする。

「信じられない。なにか、夢でも見ているかのようです。ウィステリア様は……、昔のままだ」

そうつぶやいた声が揺れている。

ウィステリアもまたつられて喉を締め付けられたようになり、目の奥が熱くなる。何度も瞬いて膝の上で強く手を握った。

——こんなふうに誰かと再会する日が来るなど、思いもしなかった。

ベンジャミンはぎこちなく笑い、すみません、とつぶやく。それから表情を引き締める。少し強ばった顔には、緊張感さえ交じっていた。研究者としての顔のようだった。

「二十三年前、ウィステリア様は確かに番人として《未明の地》へ行かれた。それから、一体何があったのですか？　なぜ……いまロイド君と共に戻られたのですか？」

ベンジャミンの目線が、ウィステリアの横のロイドにも向く。

ウィステリアもまた何度か呼吸してうなずき、言葉に迷いながら口を開いた。

「——二十三年前、私はサルティスと共に《未明の地》へたどり着きました。そこに、覚醒状態の

《大竜樹》があって、大竜樹は私を呑み込もうとした。けれどそれはかなわなかった。サルティスの力もありますが、私の体質が、大竜樹にとって忌避すべきものだったのではないかと推測しています。主にサルティスの意見ですが」

「サルティスが守った？　大竜樹が……忌避？」

大きく目を見開いて反復したベンジャミンに、ウィステリアは首肯した。

「大竜樹は私を取り込みきれなかった。もとより、大竜樹にとって人間そのものが異物ですが、私は更に瘴気に耐性があります。確証はありませんが、その特殊な条件が大竜樹の嫌うものであったのかもしれません。そしてサルティスの助言で、私は死ぬことなく大竜樹を休眠状態にさせることができました」

眼鏡の向こうで、こぼれんばかりに目が見開かれた。

「犠牲になることなく……、大竜樹の活動を、休止させることができたと？」

信じられない、とその声色が告げていた。ウィステリアは首を縦に振った。そして、自分の右手を見た。――二十三年前、はじめて大竜樹に触れたときの感触を思い出す。乾いてざらざらとした、だがひどく冷たい金属の滑らかさをも感じた手。

「幼子を寝かしつけるように、大竜樹の目の周りを撫でたんです。休ませる、というと他の行動が思い浮かばなくて。……あまりに単純でしょう？　でも、幸いにも効果があった」

ベンジャミンは呆然として、すぐには言葉が出ない様子だった。その反応も当然だとウィステリアは思った。異界に行く前、ベンジャミンたちと《未明の地》について研究していた頃の自分でも、同じような反応をするだろう。

間もなくベンジャミンは自失から立ち直り、目の下をこすった。

「大竜樹を休眠状態にすることができ、ウィステリア様が脅威から逃れられたというのは……その、にわかには理解しがたいのですが、そういうものとして捉えます。ですが、その後は？　あの《未明の地》でどうやって生存を……」

驚きを滲ませる声に、ウィステリアはしばし答えに窮した。

久しく忘れていた、思い出さないようにしていた記憶が、色褪せた絵画のように浮かびあがる。

無意識に右手を握りしめ、その手首を左手で握った。

「一人であれば、そのまま倒れていました。でも、私にはサルティスがいた。サルティスの忠告や警告に従い、とにかく魔物や危険な地形を避けて過ごした。岩陰や大竜樹の側で身を潜めること、瘴気の溜まりやすい地形を避けること、魔物からひたすら逃げ回ること。当時の無防備な状態で、強力な魔物に捕まらずに済んだのは運が良かった。向こうの世界のものを口にして、致死毒にあたらなかったことも」

できる限り淡々と事実だけを述べたが、ベンジャミンが息を呑む気配が伝わった。

それで、ウィステリアはいったん言葉を切った。

少し間を置くように――自分をも落ち着けるように、意図的にゆっくりと瞬きをする。

《未明の地》に来て直後の日々。恐怖と冷えと極度の疲労、そしてかつて感じたことのない飢え。

濁った水、見たこともない奇妙な実や草を口にすることを拒み、そのまま死ぬつもりでいた。

——地に倒れ、頬に痛みと圧迫感を覚え、硬い感触に全身が痛んだ。乱れてほつれた黒髪は重く視界を妨げ、薄汚れて力のない自分の手を見ていた。

うずくまってそのまま死ぬのだと思い——けれど、死ねなかった。

立て、と何度も何度も叱咤《しった》するサルティスの声。泣いても懇願しても怒鳴っても、手を差し伸べてくれる者はなく、あの聖剣だけが側にいた。

（……あのときから、サルトはいつも口うるさいな）

感傷と共に、サルティスへの思いが静かに胸に広がった。——峻厳な聖剣にときに本気で怒り、苛立ち、突き放したいと思うときがあっても、結局、ずっと側にいてくれたのはあの聖剣だけだった。

ウィステリアはかろうじて苦い笑みを浮かべた。

「思ったより、私は生きたがっていたようです。サルティスがいてくれたのが一番大きい。あの聖剣のおかげで、私はなんとか生き延びることができました。彼からも話を聞いたほうがいいでしょう。サルトは隣の部屋に——」

ウィステリアがそう言って腰を上げかけたとき、ふいに左手が取られた。

小さく目を見張って振り向くと、金の双眸と視線がかち合った。ロイドの右手はウィステリアの左手首を柔らかく捉え、手遊びでもするように指が手首を一撫でした。

不意のくすぐったさにウィステリアは手を引っ込めかけたが、つかまれているせいでかなわなかった。

「な、なんだ？」

「聖剣殿はやかましい。一通り話し終えた後で持ってくればいいんじゃないか」

「それは……サルトは確かに……口数が多いが」

ウィステリアは言いよどみ、困惑する。決して強く握られているわけではないのに、ロイドの手が離れようとしないせいで動けない。――触れる手を振りほどくことは、なぜかできなかった。

「えーとですね。その……」

ぽつりと聞こえた気まずげな声に、ウィステリアははっとしてベンジャミンに目を戻した。驚きばかり露にしていた温和な顔に、居心地の悪そうな表情が浮かんでいる。

ウィステリアもまたそれでひどく気恥ずかしくなり、ロイドに手をつかまれたまま小さく身じろいだ。

「これは、あの、私と彼は、一応師匠と弟子という関係で……」

「師匠と、弟子……ですか？」

「そ、そうです！　魔法を教わりたいと言うので、私が一時的に教える立場になりまして……」

ウィステリアは早口にまくしたてたが、はあ、とベンジャミンは気の抜けた返事をする。

それからベンジャミンは目を瞬かせ、説明に苦心するウィステリアと、その左隣の涼やかな顔をしたロイドを交互に見た。

「それについても知りたいのですが、まず順序立ててうかがいます。それで、もしや……サルティスの力が、ウィステリア様の外見にまで作用するといったようなことがあるのですか？」

好奇心と疑問の中に確かな配慮を滲ませて、ベンジャミンは問うた。

ウィステリアは少し冷静さを取り戻し、緩く頭を振った。

「これはサルティスの力ではなく、瘴気の環境と私の体質の作用だと思います。私の体が、瘴気に耐性があることは覚えていますか」

「……ええ。もちろんです」

ほんのわずかに、ベンジャミンの返答に間があった。ウィステリアはそこにためらいの気配を感じたが、いったん疑問を脇にやって続けた。

「私は瘴気の環境下でも命を落とさずに済みました。はじめは不調を覚えることが多かったのですが、時間が経つとそれもなくなった。——私の体が環境に適応したのではないかと、サルティスは言っていました。私も同じ考えです」

適応、とベンジャミンは少しかすれた声で反復し、息を呑んだ。

——そして自分に向く目が一瞬揺らいだのを、ウィステリアは確かに見た。

気づかぬ振りで、そっと視線を逸らす。

ベンジャミンに滲んだ狼狽がどんな感情から来るものなのか、考えないようにつとめた。

——瘴気に適応するなどというのは、普通の人間にできることではない。

驚愕するのも、すぐには信じられないのも当然のことだった。

左手首に触れていた大きな手に淡い力が加わり、ウィステリアははっとする。手首に触れる長い指、大きな手のひらから熱を感じた。——振り向かなくとも、ロイドの目が自分に向いているのを感じた。

触れる手は言葉よりも雄弁に語ってくる。離れることなく、静かに勇気づけられている。ロイドなら、そうしてくれるだろうと思える。

ウィステリアは静かに息を吐き、右手を握った。――とっさに、左の手首に触れる大きな手に自分の手を重ねたくなってしまったからだった。

ベンジャミンに目を戻し、できるだけ淡白な声色をつくって告げた。

「ベンジャミンもよく知っていることとは思いますが、瘴気は、様々な未知の作用を引き起こす力を持っています。《未明の地》の瘴気は私の体に老いにくくなるという作用をもたらしたのだと考えています」

眼鏡の向こうの目が大きく見開かれる。

「老いにくくなる……。そんな、ことが――」

呆然としたつぶやきを、ウィステリアは静かに聞いた。

――不老というものが自分の思い込みにすぎない可能性も考えられなくはなかった。だが出会ったときのロイドの反応、そしてベンジャミンの反応を見て、やはり自分の肉体と外見は本当に実年齢と一致していないのだと悟った。

ベンジャミンは少し視線を伏せ、顎に手を当てる。考え込むように何事かをつぶやき、合点したようにああ、と声をあげる。

「確かに、魔物の中には成長が極めて遅いものも……」

何気ないつぶやきに、ウィステリアは一瞬息を止めた。体がかすかに強ばり、とっさにごまかしの笑みを浮かべようとしたとき、左手首に触れる手の熱が強くなった。ウィステリアが思わず視線を向けたとき、ロイドが口を開いた。

「《未明の地》だけでなく、この世界の生物すべてを見渡せば、不老に近い性質を持っているものもいるでしょう。あるいは、もっと奇異な性質を持つ生物がいても不思議じゃない。変わった性質は魔物のみとは限らない」

淀みない、低く硬質な声。

ウィステリアが小さく目を見張るのと、ベンジャミンが弾かれたような顔をしたのは同時だった。とたん、ベンジャミンは肩を縮め、恥じ入るように目を伏せた。

「――その通りですね。浅慮でした」

悄然とうなだれる姿に、ウィステリアは居たたまれなくなる。気にしていない、と言おうとして、逆に蒸し返すことになると思い、結局口をつぐんだ。

――ベンジャミンの言葉は決して不自然なものではなく、その考えも妥当だった。

自分が冷静に受け止められなかったせいで、気を遣わせた。

(むしろ……)

ロイドのように、自分の不老や瘴気に対する体質を屈託なく受け入れられるほうが特殊なのだ。

ウィステリアは庇う姿勢を見せた青年に感謝する。

悄然としながらも、ベンジャミンはかすれた声で続けた。

「では……ウィステリア様は、聖剣サルティスと共にずっと……この二十三年間、《未明の地》で生き延びておられたと……」

はい、とウィステリアは首肯した。ベンジャミンが言葉を続けられないのも理解できた。

――人が生き延びられるはずのない異界で生き延び、不老という変質まで起こしたなどと、すぐには信じられないのも当然だ。

だが、長く《未明の地》の研究に携わってきた研究者は、無為に疑問を挟むことも否定することもしなかった。眼鏡を押し上げて目の下をこすり、自分を落ち着かせるかのような仕草をしてから、一つずつ確かめるように次の問いを口にした。

「それから、ロイド君と出会われたのですか？　ロイド君はこれまでずっと――ウィステリア様と一緒に居たと？」

「……そうです。彼は出会ってからすぐ弟子入りを希望して、まともに帰ってくれそうになかったので……私の拠点で、サルティスを含めて三人で暮らしました。その間ずっと、私は彼に魔法を教えていて、あと魔物の討伐にも大いに協力してもらい……」

ウィステリアは少しの気まずさをごまかすように、〝三人で〟、〝魔法を教えていた〟、というところを特に強調して告げた。

拠点、と不思議そうにつぶやくベンジャミンに、枯れた大竜樹の内部を少しずつ整えてそこを住居にしていたことを説明する。

ベンジャミンは目を丸くし、視線を横にずらしてロイドを見た。

疑念の目を向けられながら、ロイドは眉一つ動かさず軽く肩をすくめた。

「連絡する手段がなかったため、無断で帰還予定日を大幅に過ぎることになりました。ラブラ殿にご迷惑をおかけしたことを謝罪します」

言葉の割にあまりに堂々たる態度に、ウィステリアはぽかんと口を開けそうになった。

「む、無謀すぎます！　ルイニング公も王女殿下も、ロイド君のことをすごく案じているんですよ……！」

慌てたようなベンジャミンの言葉を聞いたとき、ウィステリアは小さく目を見開いて硬直した。

――王女殿下。ルイニング公。

すっと体温が下がっていく。

そうだ、とウィステリアの中で冷たい声が響く。

自分の側にいるこの青年を待っている人がいる。同じ声、同じ顔をした彼の父。家族。そして、この青年の将来の伴侶となるべき王女が。

その事実を、忘れていたわけではないのに。

ウィステリアは唇を引き結び、捉えられていた左手を少し強く引いた。一瞬抵抗を感じたが、ようやく手が抜ける。そうして、自分の膝上に置いた。

「父や殿下には後ほど拝謁し、私から説明します。今後についてですが――」

ロイドが淡々とした口調でそう切り出し、ウィステリアは膝上の手をぎゅっと握った。

その瞬間だった。

――耳元であの、小さく弾けるような音がした。

体の中で何かが爆ぜたような音――ウィステリアの体はがくんと崩れる。前のめりに倒れ、傾く視界に薄い黒の靄が見える。自分の体から噴き出している。

「ウィステリア様……!?」

ベンジャミンが立ち上がるのと、ロイドがウィステリアを抱き留めるのは同時だった。

ウィステリアは驚愕に目を見開いたまま、ロイドに強く抱き寄せられた。自分の体からまた瘴気が噴き出しているという現実を、すぐには受け止めきれない。――だが、瘴気に触れさせてはいけないという思いだけは先立ち、ロイドを突き放そうとした。

「離、れろ……! ベンジャミンも……っ!」

なのに、抱き留める腕は微塵も緩まない。厚い胸に強く押しつけられ、ウィステリアは顔を歪めて抗う。――しかし触れ合う体から体温だけではない強い熱が伝わったとき、滲む瘴気がはっきりと薄らいだ。熱が全身を包んでいくと、体から滲み出していたものが止まる。

空中を漂っていた薄い黒の靄が一瞬白金の光と混じり、火花を起こして霧散する。――滲み出た瘴気が、魔法を起こす力として使われて消失したのだと悟る。

ウィステリアは動きを止め、紫の目を見開いてロイドを見上げた。

すぐ側で見下ろす金の瞳が、魔法の行使を示すように淡い光を帯びている。

「君が……?」

――放出された瘴気を消費したのも、この体から噴き出そうとするものを止めたのも。

安堵がわずかに胸に広がったのも束の間、どっと体が重くなる。

ウィステリアは顔を歪め、その感覚に抗う。重石をつけられて暗いところに引きずられていくような感覚。宙に手を伸ばす。瘴気を浴びても影響を受けず、常に自分を導いてくれた剣を求める。

「サルト……」

かすれた声を絞り出し、抗えずに意識を失った。

◆

紙の上に数行だけ文が書かれている。最後の単語のすぐ側でペン先を止めたまま、ベンジャミンはかすかに震える手でペンを握り続けていた。

――とにかく、この世紀の大発見ともいうべき情報を記録しなければという思いに駆られていた。

しかし熱に浮かされたようにウィステリアの話を書き記した後で、ふいに他の考えが戻ってきた。

たちまちベンジャミンの混乱はぶり返し、先ほど、再び意識を失って寝台に横たえられたウィステリアの姿が目の裏によぎった。

とっさに駆け寄ったが、青年の大きな、威圧的な背中に拒まれた。

――通常なら、医師を呼んだほうがいい状況だ。

だが、長く《未明の地》や瘴気を研究した人間として、普通の医師に対応できるものではないと直感した。同時に、まだ外部の人間を呼び込まないほうがいいとも思えた。それは、青年のほうも同様であるようだった。

〝彼女を静かに休ませたい。経過は私が見ます〟

ロイドは即座に決定し、ベンジャミンはそれに異を唱えなかった。

何かあったらすぐに呼んでほしい――それだけを強く伝え、振り返りつつも部屋を出た。前代未聞の一大事であるのに他に何もできないことが悔しかったが、とにかく記録しなければならないという衝動に突き動かされて書斎に駆け込んだ。

ベンジャミンはペンを放り出し、書斎の椅子に腰掛けたまま、眼鏡を外して手で目を覆った。

（なんてことだ……）

今になって強い衝撃がやってくる。何もかもが、現実に起きたこととは思えなかった。

外は既に色濃い光に包まれ、夕闇が忍び寄ってきている。書斎机に腰掛けて一人呆然とする研究者を、翳りのある光が照らしていた。

書斎机に置いた左手に、濃い影が落ちる。

瞼の裏に焼き付くような深い藤色の瞳。そしてその女性と共に帰還した金眼の青年と、二人がもたらしたものすべてがベンジャミンの思考を目まぐるしくかき乱した。

――ウィステリアに問いたいことは無数にあった。ロイドにも。

ウィステリアの言葉を反芻しているうち、ようやくまともに物を考える力が戻ってくる。更に疑問が増える。

（《未明の地》で生き延びた？　体質が変わった？　瘴気にさらされ続けることで人体は変化するのか？　いや、空気中の瘴気だけではない。生き延びるために、向こうの世界の食物を口にした……）

——異界の地の物質を口にしたという考えに至ったとき、ベンジャミンは思わず息を詰めた。驚愕の念に交じり、かすかな忌避感がわいてくる。しかしその感覚を恥じて押し殺し、考えを進めた。

（ロイド君も、これだけの期間生き延びて共に過ごしたということは、おそらく同じように向こうのものを摂取している……）

見た限り、青年の身に異変は見つけられなかった。

瘴気を防ぐ道具も身につけていて、正常に機能し、破損した様子もない。体質の違いを考えても、ウィスタリアと同じ変化が起こる可能性は低いとも考えられる。

そう考えたとき、ベンジャミンの脳裏に再びウィスタリアの姿が浮かんだ。

伸ばされた白い手——その指先から噴き出す、黒い瘴気。

まるで、黒い血の霧が噴き出したかのようだった。痛ましくも禍々しくもあった。

彼女の容貌が記憶の中と変わっていないことも余計に歪に見せた。

背にうっすらと寒気を感じ、ベンジャミンは息を止めて堪える。頭に浮かんだ一つの考えは、振り払おうとしてもかなわない。

変わらない外見。死地において生き延び、異界のものを口にして生き長らえ、体から瘴気さえ溢れる様は——果たして、人間と言えるのだろうか。

（……何を、考えてるんだ）

ベンジャミンは強く目を閉じ、頭を振る。馬鹿げている、と自分の妄想を否定する。だが感情を排し、条件や環境だけを羅列して思考する研究者としての在り方が、妄想を振り払うことを許してくれなかった。

〝魔物の中には成長が遅いものも――〟

自分が何気なく放った言葉が、今になって暗く反響する。そしてその反響は変質し、別の意味に変わる。

――彼女は本当に、自分の知るウィステリア・イレーネなのだろうか。

彼女は本当に、人間のままなのだろうか。

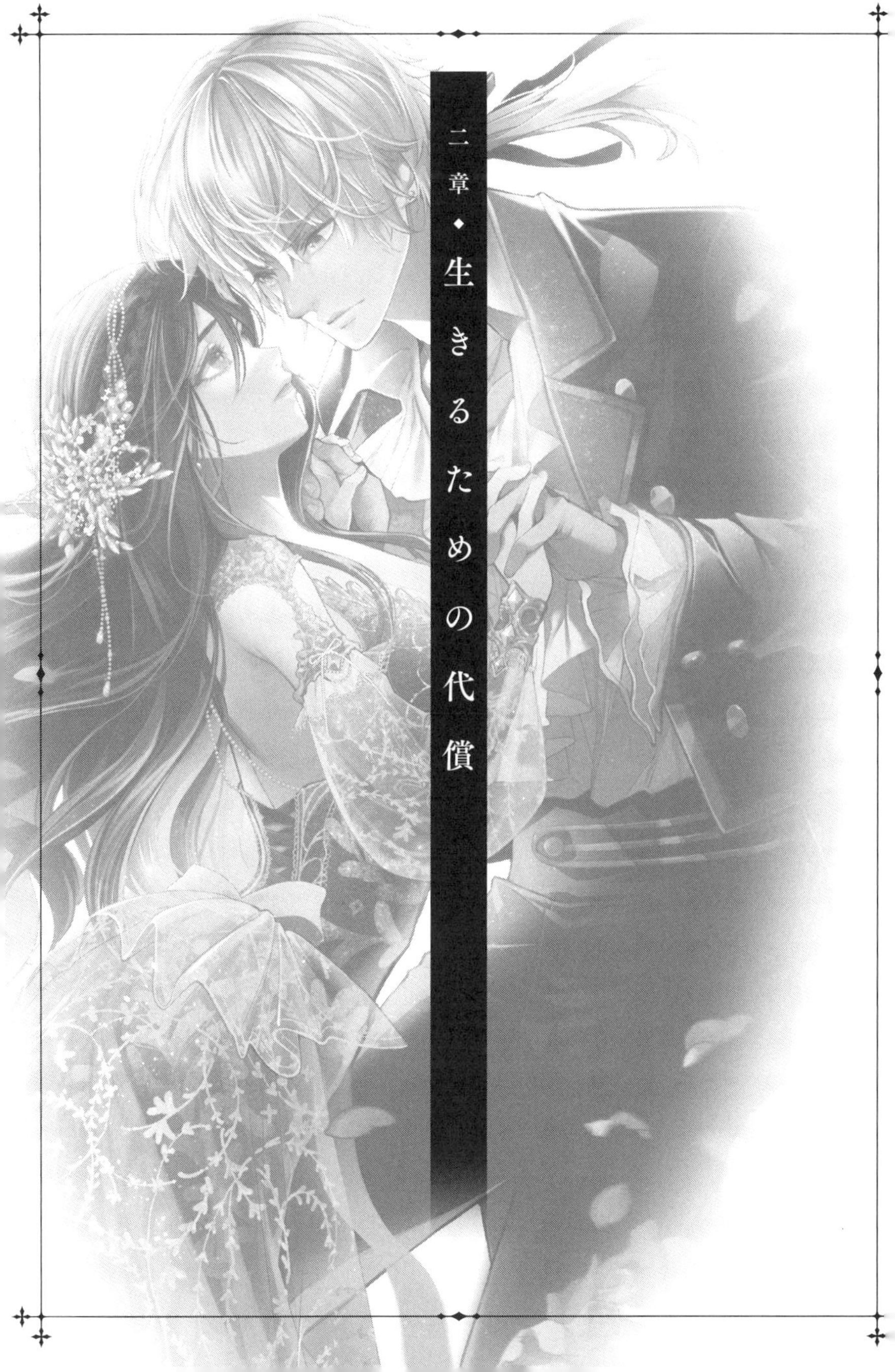
二章◆生きるための代償

変異と適応

大きく、緩やかに上下しているものがある。その規則正しい律動の心地よさにウィステリアはぼんやりと揺蕩《たゆた》った。

そのまま深い眠りに落ちていかなかったのは、焦燥がわいてきたからだった。

――目を覚まさなければならない。

そうしなければ、また暗闇に呑まれる。あの明けることのない闇に包まれた世界に。瘴気の創り出した闇に覆われた異界に。その瘴気が、自分の体から噴き出して――。

ウィステリアは、無理矢理まどろみを振り払って瞼を持ち上げた。黒の睫毛を鈍く瞬かせる。

『おい、起きろイレーネ！　いつまでその見苦しい姿勢に甘んじるつもりだ！』

よく通る、はつらつとした青年のようにも快活な老爺のようにも聞こえる声が響く。あまりの強さに頭を軽く殴られるように感じ、ウィステリアは目元を歪めて何度も瞬きながら目を覚ました。

――頬をつけ、頭を預けているのは熱と弾力をもったものだ。呼吸のためにかすかに上下している。寝具にはありえない感触だった。ほんの少し前にもこれを味わっている。

ウィステリアは重い頭をなんとか持ち上げた。

それで、大きな枕を背もたれにして上体をわずかに起こした青年をすぐに見つけた。

「具合は？」

何の不思議なこともないというようにロイドは問うてくる。

——寝台の上、この青年の大きな体の上に横たわっているということも、それがまるで抱擁されるような姿勢であることも、ウィステリアはぼんやりと視認するだけだった。解かれた黒髪がロイドの体をなだれ落ちている。

思考の動きは鈍く、数拍遅れてからウィステリアはようやく答えを返す。

「痛くも、苦しくもない……」

『しっかりしろイレーネ！　その小僧の前でこうも弱みを見せるとは何事か!!　無防備に背中をさらすより間抜けだぞ!!』

頭を揺らす声に顔を歪めながら、ウィステリアは視線を動かした。

寝台から少し離れたところに小さなテーブルが置かれ、その上にサルティィスが横たわっている。

見慣れた聖剣の姿に、言葉にならない安堵を覚えた。

『お前が惰眠を貪っているせいで、我がこのような屈辱的な扱いを受けているのだぞ!!　仮の主として悲憤に駆られて然るべきであろう!!』

いつもと変わらぬ調子に、ウィステリアは微苦笑した。半ば無意識に手を伸ばしたところで、腰と背に回った腕に柔らかな抵抗を受け、無言で止められる。

「……やはりあれがいると休めないんじゃないか」

『小僧!!　傲慢不敬も甚だしいぞ!!　この無礼きわまりない扱いはお前のせいか!!』

憤慨するサルティスを横目に、ウィステリアは重い瞬きを何度も繰り返した。ようやくじわじわと正気が戻ってくる。それにつれて鼓動が速くなり、頬に熱を感じた。

「お、起きる……」

舌をもつれさせながらそう言って、ロイドの体の両脇に手をつき、なんとか体を起こした。

そしてウィステリアは何気なく目を向け、固まった。緩いうねりを描く黒髪が肩を伝ってぱらりと落ちる。

上体をわずかに起こし、寝台に横たわったロイドが見上げてくる。

まるで自分が押し倒したかのような姿勢になっていることに気づき、ウィステリアは慌てて目を背けた。急いでロイドの上から退いたとき、突然視界が揺れる。

「――っ」

「無理して動くな」

ロイドが素早く体を起こし、支えるように腕をつかむ。

ウィステリアは鈍く頭を振り、目元を歪めて額に手を触れた。ロイドに支えられて動きを止めると、思考が戻ってくる。

「……これは、何だ」

問いが、かすれた声となってウィステリアの喉からこぼれ落ちた。緩慢な動きで顔を上げ、青年を見る。

「私の体から、瘴気が噴き出た。君は、それを止めてくれたようだが……、《反射》を逆向きに私にかけて止めたのか？」

顔が強ばるのが、自分でもわかるほどだった。

——体を包む淡い熱と光。あの魔法は何だったのか。内から出ようとする瘴気を抑える効果は、内向きの反射であるように感じた。外からの瘴気を外に撥ね返す本来の《反射》に似て非なるものだった。

ロイドは無言でウィステリアを見つめ返し、一度だけ瞬きをする。一見淡白な反応が、青年の逡巡を表しているように思えた。

焦る思いで、ウィステリアはサルティスに視線を向けた。

「サルト。私の体から何度も瘴気が滲み出た。どういうことだ？」

『……ふん。瘴気が滲み出た、か』

サルティスの声が少し低く、急に感情を失ったような冷たさで響く。いつもの気安い声色でなくなったことに、ウィステリアは不安を煽られた。

『お前の中にあった瘴気が出て行った、ということは答えなど一つしかあるまい。お前の体内に瘴気が蓄積されていた。お前の体は、瘴気に適応しすぎたのだ』

頭の中に響く冷厳な声が、ウィステリアを鋭く貫いた。地が震えたように視界が揺れる。

「どういう……ことだ」

絞り出した言葉が、かすれてひきつれる。

『人間からすれば長い時間を《未明の地》で過ごし、その間にどれほど瘴気が体内に入り込んだと思う。どれほど蓄積された。少ない量などとは思っていまい。瘴気に耐えられる、どころではない。《未明の地》で生き延びるため、お前の体は変質した。不老は、その変化の一側面にすぎなかったということであろう』

ひゅっとウィステリアの喉が鳴り、息が止まった。横から頭を殴られたかのように、視界が大きく揺れる。

『――異界に来る前の徒人《ただびと》であったお前と、今のお前がまったく同じ体でいられるはずはあるまい』

無感動に事実を述べる声が、雷のごとくウィステリアを貫いた。

――蓄積。適応。変質。

聖剣の言葉が、耐えがたい事実となってのしかかってくる。――二十三年間、異界で過ごしたことの意味。自分の体にどれほど瘴気が入り込んでいるかなど考えなかった。それがどれほど蓄積されているかなど考えないようにしていた。

瘴気に一層強くなり、老いにくくなり、魔法が使えるようになった――それだけだと思いこんでいた。

〝魔物には成長が極めて遅いものも――〟

悪意なく、ベンジャミンが魔物をたとえに出した声が反響する。

ウィステリアの全身から、すっと血の気が引いていった。

『肥沃な地の果樹が荒野では生きていけぬように、荒野に生きることを選んだ植物もまた肥沃な地では生きていけぬ』

剣は感情のない声で突きつける。

紫の瞳を大きく見開き、ウィステリアは息を止めた。サルティスの言葉の意味するものがベンジャミンの声の残響に重なり、凍りつく。

『――そうであろう？　小僧』

聖剣は、冷えた皮肉交じりの声をロイドに投げかける。ロイドに支えられたまま、ウィステリアは小さく肩を揺らした。それでまた、ようやく気づく。

――ロイドも、同じように考えている。なぜこの体から瘴気が滲むのか、その原因に思い至っている。

だからこそ自分の側にいて、瘴気が漏れ出ないように観察しているのだ。

衝動がウィステリアの目を眩ませ、ロイドを突き放そうと腕を突っ張る。だがロイドはそれ以上の力で抵抗を押さえ込んだ。

ウィステリアを抱き留めたまま、ロイドは視線だけをサルティスに向けた。

「相変わらずたとえが下手だな、聖剣殿」

傲慢さを隠そうともせず、ロイドは言い放つ。

「荒野に生きることを選んだ植物のたとえなどどこにあてはまる。大地から無理矢理引き抜かれた果樹が、荒野で生き延びていた――生き延びるために耐性をつけた。そして元の地に戻されて、まだ馴染んでいない。果樹であることに変わりはない。それだけのことだ」

ウィスティリアはびくりと目を見開き、鈍い動きで視線を上げた。不安と混乱の入り乱れる中、すがるように青年を見つめる。

――変わりない。まだ馴染んでいない。それだけ。

ロイドが口にした反論の意味が、胸に淡い火を灯す。それに応えるように、ロイドは金の目をウィステリアに戻した。

「環境が急に変わったことで体調を崩したという状態と同じだ。体内に蓄積されたものが出て行っているのであれば、逆に、それを放出しきれば落ち着くはずだ。普通の風邪や怪我と変わらない」

強く輝く金の瞳に、ウィステリアは視界が明るくなるような感覚さえ抱いた。それでも、かつて瘴気に倒れた青年の姿が脳裏をよぎり、顔を伏せる。

「だが……、瘴気だ。私から瘴気が流れ出たら、周囲の人に危険が及ぶ」

「私が側にいる」

ほとんど間髪を容れずに返された答えに、ウィステリアははっと目を戻した。

ロイドにあるのは哀れみでも同情でもなければ、ただの労りでもなかった。――もっと固い意志を感じさせる、確固たるものだった。

「それに瘴気も、一定量以下であれば周囲への害はほとんどない。近い距離でなければ尚更だ」

ロイドの言葉を胸に刻み、ウィステリアは強く唇を引き結ぶ。

――だから、ロイドは《反射》の変形を使い、師から噴き出す瘴気を抑えてくれたのだ。瘴気が、これ以上師の体から噴き出さないように。師本人と周りの人間のために。

明敏な弟子のとっさの判断と行動に舌を巻きながら、ウィステリアはすうっと体温が下がっていくのも感じた。

――瘴気が体から噴き出さないよう止められたということは、自分の内に瘴気が留められているということだ。ロイドが瘴気の流出を止めてくれたことで、症状が緩和されたということの意味は。

「……君がとっさに止めてくれて、助かった。ありがとう」

精一杯、礼の言葉を口にすると、構わない、とロイドは淡白に応じた。そこに、体内に少なくない瘴気を抱えた相手に対するおそれや警戒は感じられなかった。

ウィステリアは自分の手を見つめた。血の気を感じられないほどに白く、わずかに震えている。

「……瘴気が体外に出ないようにしたほうが……瘴気が体内に留まっていたほうが、安定するのか」

半ば無意識に、声を引き絞るようにしてつぶやいていた。――瘴気にさらされていたほうが安定する体。体内に留めておいたほうが安定する性質。それは、魔物そのものだ。

「状況次第だ。もしあなたが懸念しているような状態なら、私がずっと逆向きの《反射》をかけていなければならないはずだろう」

明瞭な指摘に、ウィステリアは弾かれたように目を上げた。喉の奥で小さく声をあげかけた。

――いま、ロイドは魔法を使っていない。しかし、それでも体内から瘴気が噴き出すこともなければ、意識を失うような不調もない。

「おそらく瘴気の流出量と速度の問題だ。どんな植物も生き物も、急な環境の変化に即座に対応することはできない。――あなたが時間をかけて《未明の地》に適応したなら、その逆も当然ありえるはずだ」

ウィステリアは大きく目を見開き、息を呑んだ。ロイドの指摘が、ほとんど天啓のようにさえ響く。冷たくなっていた体の中で、鼓動が少し速くなる。

《未明の地》に着いた直後、長く不調が続いていたことを思い出す。魔物の脅威が前提にあり、飢えや緊張、特異な環境によるものとばかり考えていたが、瘴気に体が反応していた可能性もあったのかもしれない。魔法が使えるようになっていくと体調は徐々によくなっていったが、あれは、瘴気を含めて体が慣れていったからとも考えられるだろうか。

「少しずつ体から瘴気を抜いていけばいいということか……？」

「ああ。そのはずだ」

ほとんど確信に近い青年の声色に、ウィステリアは抑えようのない細波を感じた。胸の奥が震え、体が熱くなる。

――ロイドは無謀なことをする一面はあっても、決して根拠や考えのない行動は取らない。ずっと多くのことを素早く考え、決断するだけの強さがある。

それは、今もなお発揮されている。

『ふん、驕りも甚だしいぞ小僧。お前などせいぜい、いないよりはまし――瘴気を抑えるのに多少役立つという程度ではないか』

サルティスの皮肉めいた言葉に、ウィステリアは弾かれたように現実に戻った。

熱に浮ついていた頭に少し冷静さが戻り、サルティスに振り向く。

（サルト……）

心の中で呼びかけ、見つめる。——ずっと自分の側にいたこの剣は、《未明の地》で過ごす体に不老だけではない変化が起こりつつあったことに気づかなかったのだろうか。あるいは知っていて、見て見ぬ振りをしていたのだろうか。

また、サルティスという剣のことがわからなくなる。抜き放たれた黒い刃を見たときのように。異界で生き延びることができ、今日に至ることができたのは、この剣がいたからであるのは間違いないのに。

(なぜ……)

黒い剣が、ロイドを傷つけた光景が瞼をよぎる。気持ちが揺らぐ。サルティスは、決して裏切ってなどいない。そのはずだ。

あるいはもしサルティスがこの体の変化に気づいたとして、それを指摘されたら自分はどうしただろう。

(——どうにも、できなかった)

《未明の地》においては、どこにも逃げ場などなかった。そこで生き延びるか、自分で幕を引くかという選択肢しかなかったのだから。

腑に落ちる感覚と共に、ウィステリアは大きく息を吐いた。

(……どうにもならないことは、知らなくていい)

異界にあって、元の世界のことを考えないようにしていたように。逃げられない異界で自分の体が不老以外に変化していたなどと知っても、何の意味もない。それどころか、不安や苛立ちや恐怖が増すだけだ。サルティスにとって見苦しい姿にほかならない上に、ウィステリア自身も、知りたくもない話だった。

それに、こうして元の世界に戻って来られるなど、サルティスにさえも想像できなかったはずだ。

ウィステリアは緩く頭を振ってわだかまりを追い払い、サルティスから目を逸らした。

「私の体から瘴気が抜けきるまで……どれくらいかかる？　その間、ずっと君を私のために拘束するのか」

「どれくらいの期間を要するかはまだわからない。──あなたの側にいることが拘束などとは思わないし、望むところだ」

ロイドの答えは淀みなかった。少し、好戦的な響きさえ滲んでいる。軽く跳ねた鼓動をいさめるように、ウィステリアは膝の上で手を握った。

──淡く口角をつり上げて望むところだ、などと言われては別の意味に誤解しそうになる。

だがこの青年は、困難なことにほど意欲を燃やす一面があることをよく知っていた。強大な敵にも立ち向かえる弟子なのだ。師の苦境にも、助力を惜しまないということだろう。

遅れて、自分に対する不甲斐なさが苦くこみあげた。

瘴気がいつ体から抜けるのかなど、わかるはずがない。何がきっかけで瘴気が噴き出すのかもわかっていないのだ。自分自身ですらわからないものをロイドに問うのは、困らせる上に甘えているだけだ。

漠然とした不安など、この青年にぶつけるべきではない。

――労りを見せる青年に寄りかかってしまいたくなるのを、かろうじて自制する。

ウィステリアは少し力をこめて、ロイドの腕から抜け出て身を離した。

「君の気遣いはありがたい。だがずっと側に、というわけにはいかないだろう。君は……会いに行かなければならない人たちがいるはずだ」

目を合わせないようにしながら、ウィステリアは自分にも言い聞かせるように告げた。

銀の睫毛が瞬く。金の目は、ウィステリアから逸れなかった。

「報告には行く。だが今すぐにじゃない」

握った手に、ウィステリアは静かに力をこめた。今、自分の胸で波打っているものが何なのかわからなかった。ロイドが当面は側にいるということへの安堵なのか、それでも結局は離れていくということへの、子供じみた反発なのか。それを振り払うように、ウィステリアは口を開いた。

「……君を案じている人たちのために、なるべく早く会いに行ったほうがいいと思う」

「わかってる。だが今は行かない」

それでもうこの話題は終わりだというように、ロイドは静かだが頑なな口調で応じた。

ウィステリアも、それ以上言い募ることはできなかった。間もなくまた体が重くなり、瘴気が滲み出すような兆候が表れる。思わず息を詰めて目元を歪めると、ロイドは敏感に反応した。

再び青年の手が伸ばされ、手首に触れる。ウィステリアは一瞬息を詰め、しかし突き放すことはしなかった。触れる手に意識を集中させ、息を整えてなんとかやり過ごすと、青年の大きな手に突然はっと気づく。

目を上げてロイドを見る。

「……君の体は？」

銀の睫毛が瞬く。ロイドは軽く肩をすくめた。

「なんともない」

「傷は、医師に診てもらわないと……」

「それほど大きな傷じゃない」

「軽く見るな。瘴気に触れて悪化するかもしれない」

ウィステリアは眉間に皺を寄せた。――この世界に戻ってくる直前、ロイドは傷を負っていた。簡易的な処置をしたとはいえ、あくまで素人の処置にすぎない。

「必要ならあとで診てもらおう」

軽い調子で、ロイドは答えた。

ウィステリアは更に言い募ろうとしたが、この青年に散々助けられている以上、無理強いも頭ごなしの説得もできないと思い止まる。すると、その隙を突くかのごとくサルティスが声をあげた。

『世話焼き婆になる余裕などあるのか、イレーネ！　お前の身のほうがよほど面倒なことになっているではないか！』

「……おい、さすがに配慮がなさすぎるぞサルト。君は私の味方じゃなかったのか？　君には長年の友情や配慮というものがないのか？」

『何を言う！　我ほど偉大で哀れみ深い師はおらんぞ！』

ウィステリアは眉間に皺を寄せて聖剣を睨んだ。――面倒な身、という言葉に少し胸を突かれたが、サルティスの指摘が正しいことは認めざるをえない。この聖剣の悪意なき率直な物言いは今にはじまったことでもない。

だが、ふいにウィステリアの内に冷たい閃きが起こった。

――この世界に戻る前。ロイドと共に暗い道を落ちる前。その原因。五番目の赤い目を持った、白い変異体。

「あの白い《大蛇》――ディグラの子は、どうなった？」

そう問う声が低くなり、わずかにかすれる。見つめてくる金眼に硬質な光がよぎり、サルティスもまた同様に口をつぐむ。空気が張り詰めるのをウィステリアは感じた。

ロイドは怜悧な眼差しで告げた。

「私たちが先に、白い《大蛇》が作り出した《転移》の門を使った。力の大きさから見て、同じ門を《大蛇》が通れるとは考えにくい」

「――もう一度別の門を作り、転移した可能性は？」

ウィステリアは頬を強ばらせて反問する。

ロイドが束の間、考え込むような気配を見せる。それで、ウィステリアは遅れて悔いた。

（……ロイドに聞いてどうする）

《大蛇》については、自分のほうがよほど多くのことを知っている。むしろロイドのほうが聞きたいはずだ。ウィステリアは浅く頭を振り、気を引き締めて弟子を見つめた。

「私たちの後から転移してこの近隣に現れた、ということはないな?」

「ああ」

ウィステリアはサルティスに目を向けた。

「サルト、どう思う」

『——わからん。ああいった変異体はこれまでに見たことがない。どれほどの力を持っているのかも未知数だ』

無感動な聖剣の声に、ウィステリアは短く首肯した。サルティスの答えもまた当然のことだった。

唇の下に指を当て、思考する。

「変異体とはいえ、《大蛇》であることには変わりない。《大蛇》はこれまで、《転移》はおろか魔法の類を一切獲得できなかったはずだ。こちらの世界に転移する、というのは相当な力を要することも考えると、あの白い《大蛇》が《転移》を連発できる……とはあまり考えられないような気はする」

「もう一度《門》のようなものを開く力があるとしても、多少間隔が空くか」

「おそらくは。それに、あれほどの魔物がもし……もし、こちらに転移してきたとなれば、必ず大きな騒ぎになるはずだ。何かの情報として伝わってくるはず。楽観的な推測ではあるが」

慎重に言葉を重ねるウィステリアに、ロイドはああ、と短く応じ、続けた。

「楽観視できる要素はもう一つある。——こちらの世界に転移した魔物は、必ず自滅するという点だ」

ロイドの言葉に、ウィステリアは紫の目を大きく見開いた。

金の双眸は少し冷たく見えるほど透徹とした眼差しを投げかけている。ウィステリアは半ば呆然と、告げられた言葉を繰り返した。

「自滅……」

「個体によって、生存期間にだいぶ差はある。だがこちらの世界に現れた魔物は最後には必ず自滅する。自壊するとでも言った方がいいか。魔物はこの世界に定着して生き長らえることができない。討伐から逃れた魔物がいても時間経過で被害が終息するのはそのためだ」

衝撃が、ウィステリアの言葉を奪った。――《未明の地》で生きるようになってからは、そこでの魔物の習性や種類について知ることはあっても、人の世界へ転移した魔物がどんな振る舞いをするかまではわかっていなかった。

少しの安堵と、それ以外の複雑な感情がウィステリアの胸にわいた。

(なら……私が躍起になって向こうで魔物を止めなくても――いや。それでもこちらの世界で魔物がすぐに自壊するというわけじゃない。自滅するか、ロイドや他の人間によって討たれるまで周りに被害が及んでいた。《蛇蔓》の一件もそうだ)

小さく頭を振り、自分がしたことは無駄ではない、油断は許されないと改めて結論づける。

「こちらに来た魔物が自壊する、というのは――」

どんな原因か、と続けようとして、ウィステリアは息を詰めた。

〝肥沃な地の果樹が荒野では生きていけぬように、荒野に生きることを選んだ植物もまた肥沃な地では生きていけぬ〟

サルティスの言葉が、再び意味を持って反響する。

――魔物は、瘴気に満ちた異界で生まれ育っている。

「……瘴気がないこの世界では、長くは生きていけない生物ということか」

ウィステリアはつぶやき、その先の言葉を呑み込んだ。

（……私も、似たようなものか）

自分の体から漏れ出す瘴気の意味を思った。魔物はきっと、その度合いがもっと著しく、生命に関わる状態なのかもしれない。

「イレーネ」

ロイドの呼び声が、思考を遮る。ウィステリアは目を上げ、弟子を見た。真っ直ぐに自分を見つめてくる、月のような目に一瞬意識を奪われる。

見透かされている――あるいは鼓舞されているように感じ、思わず目を伏せた。先ほどから、醜態ばかりさらしていることを自覚する。

『魔物が自滅するからといって、放置するなどというのは愚行の極みだぞ。特にあの変異体については傍観するなどありえん』

「わかってるさ。このことについては、ベンジャミンにも協力を仰いだほうがいい。この情報も伝えて――」

そう言いかけたとき、強い目眩がウィステリアを襲った。氷の破片が肌に突き刺さり、その穴からどっと何かが流れ出ていくような感覚。顔を歪めて奥歯を噛んだとき、ロイドに両腕をつかまれた。触れられた部分から淡い熱が広がっていく。冷たい感覚が引いてゆき、体の中から流れ出るものが勢いを失う。

《反射》に似た、応用の魔法をかけられているのだと悟る。体から滲み出す瘴気の勢いを抑え、調整しているのだろう。

ウィステリアは数度呼吸し、息を整えた。

「――すまない」

「気にするな。今は休んだほうがいい」

ロイドの言葉に、ウィステリアは緩慢にうなずいた。とたんに重い疲労を感じ、ロイドに促されて寝台に横たわる。たちまち、眠りの波にさらわれていった。


――明るい。

起きなければという焦燥に駆られ、ウィステリアは瞼をこじ開けた。

室内にはうっすらとした暗さが満ちているのに、それでも明るさを強く感じる。何度も瞬いて意識が浮上してくると、天井も周りも見慣れぬ部屋だと気づいて一気に目が覚めた。

（ここは……）

少しの混乱のあと、ロイドとサルティスとの会話――それから眠りの波に呑まれたことをようやく思い出す。

思わず跳ね起きると、歪なところのない広い寝台、丁寧に裁縫された手触りのいい寝具があった。中の詰め物も異界の物質ではない。足元をとっさに見るが、自分が作ったサルティスのための台座もない。

寝台から離れたところに小さなテーブルと椅子があり、その椅子に腰掛けるようにサルティスが立てかけられていた。

『起きたか。おいイレーネ、この粗末極まりない台座をなんとかしろ！』

いつもと変わらぬ聖剣の声を、ウィステリアは感動をもって聞いた。

――夢じゃない。

視界の端にかすかな光を感じ、右側に顔を向ける。窓には厚い臙脂色のカーテンがかかって、だがその端から光が淡く溢れ出して四角い枠を作っているようだった。

ウィステリアの心臓はどくんと跳ねた。這うように寝台を出て立ち上がり、カーテンのかかった窓へ近づく。伸ばした手はひどく青白く、小さく震えているのが見えた。

白い手はカーテンをつかみ、窓の端へと引く。

とたん、強い光が爆ぜて目を刺し、ウィステリアはとっさに瞼を閉じてよろめいた。反射的に涙が滲む。何度も瞬き、強烈な明るさに無理矢理目を慣らした。

目元を拭いながら、窓の外を見る。

――そして、鮮やかな光に照らされた世界が広がった。

朝日を浴びた生命の箱庭。

自分たちが倒れていたという、ベンジャミンの家の中庭。広い土の空間に、よく手入れされた草木と色とりどりの花の花壇がいくつも並び、それらを眺める四阿がある。小鳥のさえずりが天上の音楽のように響く。

光を浴びる花の色彩が、葉の緑が、枝木の瑞々しい茶色が眩しかった。——そこに、瘴気の暗さはどこにもない。目を上げれば、空は《未明の地》のどんな朝よりも炎よりも明るかった。たなびく雲は灰白く、空の色を透かして明るく澄んでいる。世界は無数の色彩に満ち、無限に生命の輝きを放っている。

その世界のあまりの鮮やかさに、ウィステリアはただただ圧倒された。

——もう夢にしか見なかったはずの、遠い昔に見ただけの夜明けの世界。

まるで、この輝ける世界にはじめて触れたかのようだった。あのまばゆい燃えるような夕陽も、この朝日も、夢ではない。

（……戻って、きた）

震えるような衝動がこみあげ、鼓動を打ち鳴らし、喉が締め付けられた。突き上げる感情に肩が震え、目の奥に熱が溢れる。うつむいたときに唇がわななき、目の縁から熱いものがこぼれ落ちた。

サルティスの声も、今は聞こえなかった。

『……ネ、おいイレーネ！』

飽くことなく窓の外を眺めていたウィステリアは、サルティスの声をようやく認識した。

窓辺に立ったまま少し赤い目元を拭い、振り向く。

「ああ……、おはよう、サルト」

『おはよう、ではない!!　何を呆けているのだ！　部屋の外に気配が近づいている！　警戒を怠るな！』

ウィステリアは目を見張り、ようやく扉に目を向けた。同時に、警戒を促すサルティスに従って魔法を構えようとしたとき、だが何も発生せずにはっと自分の手を見た。

――魔法はいま、使えない。

そして、小気味よく扉を叩く音がした。

「お客様。お目覚めでいらっしゃいますか？」

扉の向こうからかかった声に、ウィステリアは目を丸くした。ぱちぱちと忙しなく瞬いて、扉に歩み寄り、開く。すると、五十代と思しき女性が驚いた顔をしてそこに立っていた。

質素な紺色のドレスに前掛け、白髪の交じった栗色の髪はきっちりと結い上げてまとめられている。ふくよかな体形に、肌は日に焼けて目や口元に小皺を刻んでいたが、生き生きとした目は若々しい輝きを放っていた。

――はじめて目が覚め、ベンジャミンと話し合うときに飲み物を持ってきてくれた女性だと気づく。

「まあお客様！　おはようございます！　お目覚めはいかがです？」

「あ、ああ……はい、よく、眠れたような気がします」

「それはようございました。お体の具合はいかがでしょう？　このままご起床でしたら、お着替えと洗面具をお持ちしますが」

にこにこと笑う女性の隣に、澄んだ水を張った洗面器と折りたたまれた布や衣類の載せられた台車があった。

ウィステリアはぎこちなくうなずき、女性を部屋に招き入れた。

それからサルティスに振り向くが、口うるさい聖剣はぴたりと沈黙している。

台車ごと部屋に入ってきた女性は、手際よくカーテンを端にまとめ、敷布を取り、寝台を整える。

ウィステリアは半ば呆然とその様子を見つめていた。

（人だ……）

――ロイドとベンジャミン以外の、見知らぬ人間。

この世界には、自分以外の人間が星の数ほどいる。その事実が急に迫ってくるようで、思わず言葉に詰まった。熱に胸が震え、何度も目を瞬いて迫り上がるものを堪える。

「お客様。よろしければこちらにお座りください。身支度のお手伝いをさせていただきます」

「い、いや、その……大丈夫だ。替えの衣類さえ貸していただければ、自分で着ます」

ウィステリアがなんとか答えると、女性は残念がるような表情をした。

「畏まりました。ですが、実は替えの衣類をご用意したとは申しましたが、当館には女性のお召しものがほとんどないのです。申し訳ございません。肌着は、恐縮でございますが私のものをひとまずお召しください。どれもすぐに新しいものを用意いたしますので、少しの間どうぞご勘弁を。それまではぼっちゃ……主の私服を着ていただけますか？」

「……ベンジャミンの服、ですか？」

ウィステリアが目を丸くすると、女性はひどく申し訳なさそうにうなずいた。

だがウィステリアはむしろ安堵した。——今さら、ドレスといったものを着るつもりはなかった。

「何から何までありがとう。あなたやベンジャミンがよければ、服を貸してください」

女性は意表を突かれたような顔をしたが、すぐに笑みを浮かべ、快く衣類を渡した。

「お着替えが終わりましたら、一階の正餐室《せいさんしつ》へお越しください。当家の主が、ぜひ朝食を一緒にと申しております。もう一人のお客様もおいでになるはずです」

「わかりました」

ウィステリアがうなずくと、ふと女性が気遣わしげな顔をした。

「質問をお許しください。お客様ともうお一人の方は、ご夫婦でいらっしゃるのでしょうか」

慎重にうかがうような問いに、ウィステリアはきょとんとした。

——客。夫婦。

誰のことだろうと考える。ベンジャミンは結婚して妻がいるのか、などと強引に夫婦の意味を解釈しようとして、ようやく違うと気づく。——このベンジャミンの家にいま、客人と呼ばれる存在は自分とロイドしかいないはずだ。

「⁉」

ウィステリアは大きく目を見開き、渡された衣類を抱えて後ずさった。

「な、なん……っ、ち、違う！　か、彼はその、私の弟子だ！」

「弟子……ですか？」

「そ、そうだ、です。魔法を教えるための教師と教え子のようなもので、それでその……遠い親戚でもありまして」

「親戚」

客人の反応と返答に女性は目を白黒させ、異国の単語を繰り返すように呟いた。不思議そうな表情をしていたが、やがて納得してくれたのか、先ほどよりにこやかな笑顔になる。

「では、お客様は未婚の淑女でいらっしゃると」

「……淑女かどうかは知りませんが、結婚はしていません」

ウィステリアは苦笑いをして、平常心を取り戻した。

すると女性は一瞬——結婚はしていない、という言葉の部分に——更に目を輝かせたように見えた。それからひどく上機嫌な顔になり、頭を垂れる。

「失礼しました。ご滞在中は何なりとお申し付けくださいませ。私はハリエットと申します。我が家だと思ってゆっくりお過ごしくださいね。ええ、ぜひ」

「？　ど、どうも……」

妙な圧を感じ、ウィステリアは訝る。だが女性——ハリエットが足取りも軽やかに部屋を出て行くと、ぱちぱちと瞬いた。

それから、サルティスに振り向く。

「……何だったんだ、あれ？」

『知らん!!　弛んでいるぞ、イレーネ!!』

ウィステリアは小首を傾げたが、結局考えるのを止めて、身支度にとりかかった。

今後について

ハリエットが持ってきてくれた洗面器で洗顔したあと、髪を梳《くしけず》る。

自分が木の枝から作ったのではない、まともに作られた櫛一つにもウィステリアは小さな感動を覚えた。

ハリエットのものだという、質素で薄い肌着を着た後、そろそろと袖に腕を通して上着を着る。

寝台の足元側に設けられていた大きな姿見を前に、ウィステリアはしげしげと自分の格好を眺めた。ゆったりとした濃い色の脚衣、襟元に控えめなフリルのあるシャツに明るいクリーム色の上着。上着の合わせ目や袖にも、優美な幾何学的模様が縫い付けられている。私服というより、ちょっとした夜会にも顔を出せそうな、品の良い装いだった。

（これは、借りてもよかったんだろうか……）

こちらの世界の服を着るのもずいぶんと久しぶりで、余計に豪華に見える。あるいはベンジャミンが配慮して、少しでも華やかな衣装を貸してくれたのかもしれない。肩が少し余ったものの、もともとベンジャミンとウィステリアは背丈が近く、ベンジャミンの服は思いのほか着やすく、目にも馴染んで見えた。

『何を自分に見とれているのだ、自惚れも甚だしいぞ！』

「曲解するな！　第一、君にだけは言われたくないぞ!!」

ウィステリアは振り向いて反論しながら、鏡の中の自分をまじまじと見ていたことへの恥ずかしさをごまかした。

サルティスをつかみ、部屋を出る。廊下に出ると、その明るさに驚いた。大きな窓がいくつも並び、射し込む陽光が廊下を照らしている。眩しさに一瞬目を細めながらも、もっと見たい、浴びたいという気持ちがわいた。窓からの光に吸い寄せられるように窓際を歩きながら、階段を探す。まったく見知らぬ家で少し迷うも、なんとか階段が見つかり、ゆっくりと下りていった。

階段を下りきると大きな広間となり、真正面に玄関が見える。ウィステリアが左右を見ると、右手側から声がかかった。

「お客様、こちらです」

ハリエットが、広間から北西側の部屋の前で立っている。ウィステリアはそちらに向かって早足に歩いた。

ウィステリアが近寄ると、にこやかだったハリエットの目が丸くなった。ぱちぱち、と驚いたように瞬きが繰り返される。

「まあお客様。とてもお似合いです！　美しい青年役者のよう……！　これほど着こなしてしまわれるなんて」

ハリエットが大仰に感激したような声をあげ、ウィステリアは面食らった。皮肉や揶揄には思えない。なんとも気恥ずかしいような、少し居たたまれないような気持ちも交ざり、苦笑いした。昔、青年のような背格好と言われたことを思い出す。

目を輝かせていたハリエットの視線が、ふと腕の中のサルティスに向く。

「あら……。お客様、その、腕にお持ちのものは……」

「ああ、気にしないでください。これはその……抜くことは決してありません。置物というか、必要な荷物でして」

腕の中で聖剣がにわかに振動したような気がしたが、ウィステリアは素知らぬ振りをした。この聖剣は、どうやら他の人間の前ではあまり喋りたがらないようだった。

はあ、とハリエットは不思議そうな顔をしたが、不審を抱いたりや気分を害した様子はなく、扉を開いてウィステリアを中へと促した。

そこは、小さな正餐室だった。落ち着いた臙脂色の壁に、控えめな風景画が複数掛けられ、しっかりとした暖炉も備え付けられている。長方形の重厚なテーブルに布が掛けられて燭台が飾られ、八人分の椅子が備わっている。

テーブルの一番奥の席にベンジャミンが一人で座り、何かを熱心に書いているようだった。

ウィステリアが目を丸くしていると、背後のハリエットが露骨に咳払いをした。

「ぼっちゃ……旦那様！　お客様がいらっしゃいました！」

「え？　あっ、ああ、す、すいませんウィステリア様！」

弾かれたように顔を上げたベンジャミンが、ウィステリアの姿を認めて慌てふためく。書いていたものをまとめ、脇に追いやった。

その姿に、かつての研究熱心な仲間の姿を見てウィステリアは自然と微笑んだ。

「邪魔をしてしまいましたか？」

「い、いいえ！　ああ、その、体調はいかがですか？」

「今は大丈夫です。よく、眠れました」

分厚い眼鏡を指で軽く押し上げながらベンジャミンはウィステリアを眺める。すると、ウィステリアの後ろでハリエットが苦々しい声で言った。

「旦那様。淑女を凝視するのはいかがなものでしょう」

「えっ⁉　いや僕はそんなつもりじゃ……！　す、すみません……」

「ああ、いや、構いません。気にしないでください」

慌てたようなベンジャミンに、ウィステリアは苦笑して応じた。

「お客様、ぜひあちらの席へどうぞ」

ハリエットがそう言って手で示したのは、ベンジャミンの斜め左隣の席だった。主人と近しい間柄の相手に与えられる席だ。他にも席は空いている。ウィステリアはややためらったが、わざわざ拒むものでもないと思い、素直にその席に向かった。

ベンジャミンが立ち上がり、少しぎこちない仕草でウィステリアの席の椅子を引く。客人に対する配慮の仕草に、ウィステリアは気が引ける思いがした。礼を述べて席に座ると、ベンジャミンもまた自分の席に戻る。ウィステリアは隣の席にサルティスを置いた。

「色々とありがとう、ベンジャミン。とても面倒をかけてしまって……。この服も、お借りしています」

「いえ！　その、大きさが合って良かったです。むしろぴったりで驚い……ああ、僕はこういったことが本当に苦手で、失礼があったらすみません」

「いいえ。そもそも、正式な客でもないわけですから……こうして寝泊まりさせてもらえるだけでも助かります」

ベンジャミンは緊張と照れがまじったような表情をしていた。

研究着でない私服のベンジャミンを、ウィステリアは新鮮な思いで眺めた。清潔で上質だが飾り気のないシャツにベスト、長くなった髪を後ろでまとめ、ウィステリアよりよほど質素な格好をしていた。

それから、ウィステリアは何気なく浮かんだ疑問を口にした。

「不躾なことを聞きますが……、ご結婚は？」

ここがベンジャミンの家で、妻たる人がいたなら、まず挨拶と説明をしに行かなければならない。だがベンジャミンは小さく目を見開いたあと、苦く笑った。そのとき、口元の皺と目尻の皺が急に際立ち、ウィステリアは妙に胸を突かれた。

「していません。できなかった、と言うほうが正しいですね。散々、周りにも心配されましたが、僕には妻帯者となる才能や度量が欠如していたようです」

「そんなことは……」

ウィステリアはやや口ごもった。ベンジャミンが知的で温厚な人物であることは知っている。極端に貧しい様子でもなく、女性に忌避されるような男性とも思えない。おそらく、本当に出会いや運がなかった——研究に没頭しすぎたということなのだろう。

二十三年前から、ベンジャミンはそういう人物だった。

（……私的なことに踏み込みすぎたか）

内心で少し反省する。ベンジャミンとの交流は久しぶりすぎて、距離感を誤っているのかもしれない。やや気まずく感じ、ウィステリアは話を変えるべく室内を見回す。

「ロイドは……」

「早朝に、少し調べたいことがあるといって外に出て行かれたようです。朝食に参加してくれるそうなので、そろそろ戻ってくるのではないかと思います」

ベンジャミンは答え、それからふと黙った。どこか気まずげな様子に、ウィステリアは心の中で訝る。すると、ベンジャミンは目を合わせないまま告げた。

「お気を悪くしないでいただきたいのですが、ウィステリア様とロイド君はその——」

歯切れの悪い問いにウィステリアが紫の目を忙しなく瞬かせたとき、正餐室の扉が開いた。

ウィステリアがベンジャミンと共に目を向けると、まさに話題にしていた青年が入ってくるところだった。

その姿に、ウィステリアは目を丸くした。ロイドもまた装いが替わっている。《未明の地》に来た当初の服とも、《働き羽》たちに作ってもらったいつもの衣装とも違う——明るめの緑に、金色の刺繍が美しい上着と黒の脚衣だ。上着は肩や腕回りが張ってきつそうで、襟は少し開いている。

そこからのぞく細い鉛色の首飾り、耳朶に小さくきらめく耳飾りと、長い銀の髪を束ねる黒の布だけがいつもと同じだった。

(本当になんでも着こなすな、この青年は……!)

改めて感嘆の息がもれる。

見事な体つきや髪や目の色とあいまって、どんな華美な衣装にも負けず、地味な衣装で埋没するということもないらしかった。

「おはようございます、ロイド君」

「ラブラ殿、おはようございます。服を貸していただいて感謝します」

「いいえ。僕には大きすぎるくらいだったのですが、ロイド君にはちょっときつそうですね」

苦笑いするベンジャミンに、ロイドは肩の辺りに手をやった。

「服を傷めてしまわないといいのですが」

「僕はもう着ないので構いませんよ。弟の妻が試作品としてくれたものだったのですが、僕にはまったく着こなせずに眠らせていただけだったので」

ベンジャミンの言葉に、ウィステリアは内心でおや、とつぶやいた。ベンジャミンに弟がいたというのは知らなかった。——否。ベンジャミンの私生活の部分はほとんど知らない。

そんなことを考えていると、ロイドの目がウィステリアに向いた。

「おはよう、師匠」

「お、おはよう。もしかして、朝の鍛錬に行っていたのか?」

「軽くな。それと近辺を観察してきた。――少なくとも《大蛇》の痕跡はなかった」

ウィステリアは息を呑む。自分の気の緩みを、痛烈に自覚させられる。

思わず言葉を失う師を横目に、ロイドはウィステリアの向かい、ベンジャミンの右側の席に腰を下ろす。

「《大蛇》？」

ベンジャミンが訝る。

ウィステリアは気を引き締め、一度ロイドと視線を合わせた。ロイドがかすかにうなずいたように見え、ウィステリアはベンジャミンに向き合った。

「――ベンジャミン。お話ししておきたいことがあります。お世話になるばかりで心苦しいですが、ぜひご助力いただきたいのです」

改まった物言いに、ベンジャミンが虚を衝かれたような顔をする。

だがすぐに姿勢を正し、ウィステリアに向き直った。

「何があったのですか？」

ウィステリアは、情報を整理しながら話しはじめた。

――《大蛇》との因縁。戦い。生まれた変異体。その変異体が獲得した特異な力、それを利用する形でロイドと共にこの世界に戻ってきたということ。

話すうちに眼鏡の向こうの目は乾くほど見開かれ、ベンジャミンは声を失っていた。それから、うめき声をこぼす。

「ああ、お二人が戻ってこられたのはその異例の手段によってで……。変異体が、《転移》……」

呆然とつぶやかれた言葉に、今度はロイドが応じる。

「私と彼女を追って近隣に転移した様子はないようです。しかし転移してこないと考えるより、転移してくる可能性を含めて警戒しておきたい。魔物の《転移》や魔力素の異変などについて情報を集めたいのです」

「わかり、ました。僕はいま、休暇扱いで研究所を離れていますが、何か異変があればすぐに連絡するよう言ってあります。とはいえ、王都からここまでは馬を飛ばしても三日以上は確実にかかる。僕自身が研究所に戻ったほうがいいでしょう」

「――休暇中だったのですね。本当に迷惑をかけてごめんなさい、ベンジャミン」

今度はウィステリアが告げた。ベンジャミンが休暇中だとは知らなかった。

だがベンジャミンは緩く頭を振った。

「特にやることもなくて退屈していたくらいです。しかし《転移》の力を持った魔物か……」

ベンジャミンは腕を組み、眉間に皺を寄せた。

懐かしい表情に、ウィステリアの中にふと疑問が浮かんだ。

「……なぜ、私たちはベンジャミンのところへたどり着いたのでしょうか」

ベンジャミンがはっとしたように目を上げ、ウィステリアを見る。

「魔物の転移先がどのように決まっているのかはわかりませんが、変異体の《転移》を利用してたどりついたのがここであったということは、魔物の転移先がこの場所になりやすいという可能性がありませんか？」

「いえ……、その可能性は低いと思います」

思わず不安になったウィステリアに、ベンジャミンが首を横に振った。

「お二人が僕の元に転移してきたのは、おそらく、ロイド君の装身具と僕の持っていた《石》が不完全ながらも反応したからではないでしょうか」

予想外の答えに、ウィステリアは目を見開いた。反射的にロイドに目をやると、ロイドのほうは腕輪に触れるように左手首をつかみ、ああ、と納得したような声をもらした。

「ロイド君の装身具には、一度だけ《未明の地》側の《門》を開き、同時にこちらに座標を送る機能が備わっています。《門》は《未明の地》とこちらの世界に同時に開いてはじめて道となるのですが、ロイド君の装身具が《未明の地》で《門》を開いた場合、装身具から送られた座標を対となる呼応器が受け取り、こちらの世界に位置を固定し、こちら側の《門》を開く用意が整います。つまり、ええと……磁石を思い浮かべてください」

ベンジャミンは言って、手元にあったナイフとフォークを離して並べた。

「そして、ロイド君の装身具とその対である呼応器は、《未明の地》からの漂流物である鉱石の一つを特殊加工したものです。この鉱石には特殊な性質がありまして、どれだけ距離があっても互いに呼応する——互いに引き寄せ合う性質を持っています。この性質を使って、ロイド君の位置を把握したり、送られてくる合図を受け取っています。ただ、距離があるほど負荷がかかり、破損しやすくなるのでそう頻繁には使えませんが」

「そんな性質が……」

ウィステリアは愕然とする。《未明の地》で長く過ごしていたが、向こうの世界で見かけた石にそんな性質があるなどとは知りもしなかった。

「ウィステリア様の状況では気づくことも難しいと思います。本来、ロイド君が装身具の力を使って《門》を開けた場合は、王宮側で保管されている呼応器が反応し、そこを出口とする設計になっています。磁石同士が引き合うのに似た力を利用して引き寄せる、とでも言えばいいでしょうか。ですが今回は、その力を使ったわけではない。しかし——僕はその、個人的に石を譲り受けていまして。ロイド君の装身具と呼応器に使った素材の残りが研究所にあり、それを持ち帰っていたんです」

どことなく気まずそうなベンジャミンに、ウィステリアは忙しなく瞬いた。

「つまり……、ロイドの装身具と、ベンジャミンが持ち帰っていた素材の石が反応する？」

「そのようです。精度を上げるため、元々ロイド君の装身具と呼応器だけが反応するよう加工したつもりですし、本来の使われ方をした場合は、まず装身具と呼応器だけが反応するはずです。互いに引き合う力を持った磁石同士だけがくっつく、というように」

《未明の地》の研究に長く携わる研究者は、困惑したように頭の後ろをかいた。

「魔物が世界をまたぐ《転移》と、人が《門》を開くことは原理としては同じ、ということでしたね。ウィステリア様とロイド君の話を聞いた限り、《大蛇》の変異体が行使したのも《転移》に近い力……つまり《門》を開こうとする力です」

ウィステリアは言葉少なに首肯する。

「これは僕の推測ですが、ロイド君の装身具は、変異体が作り出したともいえる《門》に共鳴のようなものを起こし、こちらに不完全な形で座標を送ったのではないでしょうか。そもそも、この石の引き合う力というのは、共鳴作用と言い換えることもできます。不完全な形というのは、こちら側の呼応器が反応しなかったからです。誤作動を防ぎ、精度を上げるための加工が、むしろ反応範囲を狭め、反応できなかったということが考えられます」

ウィステリアは小さく声をあげ、目を見張った。とっさにロイドを見ると、ロイドもまた、異界に来る前から身につけている腕輪を確かめるように、右手でなぞる。

「……不完全な形で反応した装身具に対し、呼応したのはむしろ加工する前の素材……僕が持っている残骸のほうだった。そもそも別の《門》が使われるとどうなるかということは、まったく想定していませんでした。事故のようなものと言えるのかもしれませんが、ここに出たのは幸いだったかと……」

ベンジャミンは困惑を滲ませながらも、考え込むように手で顎を撫でた。それから視線を宙に投げ、小声で考えをつぶやく。研究者としての気質が、考察へ走らせようとしているのかもしれない。

ウィステリアは半ば圧倒されながらベンジャミンの説明を聞き、心の中で感嘆の声をもらした。

（なんという偶然だ）

これまで、運命の皮肉というものを何度も感じ、悲嘆し呪ったことはある。——しかし、このような幸運ともいえる形の偶然はかつてないものだった。

——ロイドがベンジャミンと関わり、《未明の地》に来て自分と出会ってからここに至るまでのすべてが、ふいに胸に迫った。

言葉が出ずにいると、ベンジャミンが気遣わしげな顔を向けてくる。

「ウィステリア様は、これからどうされますか？」

おそるおそる、といったように問われ、ウィステリアは目を見張った。

——どうするのか。

その意味が、すぐにはわからなかった。半ば痺れていた頭にようやく正気が戻り、思い至る。少し前の会話。

——この家の主であるベンジャミンが、王都にある研究所に戻ったら。

客扱いをしてもらっているが、自分がそのまま滞在し続けるというわけにもいかない。

ウィステリアは答えに窮した。

この世界で、他に行くあてなどないことに唐突に気づかされる。

その様子を見て、ベンジャミンは慌てたように手を振った。

「出て行っていただきたいということではないんです！　ウィステリア様の望む限り、ここに居てくださって構いませんので……！」

「——だが、ずっとここで暮らすわけにはいかない」

答えたのは、ウィステリアではなくロイドだった。

ベンジャミンが驚いたように青年に振り向く。

ウィステリアは小さく息を呑む。喉に息苦しさの塊がつかえたような気がした。

——青年の何気ない一言が意味するものに、なぜか突き放されたように感じた。

「そう、だな……」

取り繕おうとして、精一杯ぎこちない微笑を浮かべる。

ここから出て行くのは、ベンジャミンだけではない。

（……ロイドも、待っている人の元へ戻る）

この世界で居場所がないのは、自分だけだと今さら思い知らされるような気がした。うまく言葉を返せずにいると、隣の席に横たえた聖剣がさも白けたような声をあげる。

『ふん。何を迷う。ここには魔物が少なく、《未明の地》よりは危険が少ない。好きなところに出て行けばよかろう。それとも、この地に戻ってたった数日でもう軟弱に成り下がったとでも言うのか？　これまでの我が叡智と慈悲の賜物たる数々の教えを、たった数日で無にしたとでも言うのか!?』

語尾にいくにつれサルティスの声が勢いを増す。その聖剣らしい叱咤が、わかりにくい激励にも思えてウィステリアは少しだけ自然に笑うことができた。

ベンジャミンがあっと声をあげ、驚愕の顔でウィステリアの隣を見る。——これまで沈黙していた剣がいきなり饒舌に喋りだしたことで驚いたようだった。

「聖剣《サルティス》……!?」

『いかにも！　敬ってへつらえ、凡人!!　我が威光の前にひれ伏すがよい!!』

「おいこらサルト。我々はいま、むしろベンジャミンを敬ってへつらわなければいけない居候の身だぞ」

『世話になっているのはお前と小僧であって我ではない‼』

「詭弁《きべん》を弄《ろう》するな！　私と君は一心同体だろ！」

『我がいつお前と一心同体になったのだ⁉』

目を丸くするベンジャミンを横に、ウィステリアはサルティスに反論する。

そのやりとりを黙して眺めていたロイドが、静かに口を開いた。

「――ルイニングに来ればいい」

その名に、ウィステリアは動きを止めた。

目を見開いても、振り向くことはできなかった。

「あなたに関する記録は誤りだ。あなたの名誉のためにも、母に知らせ、説明したい。これまでの経緯と真実がわかれば、母も父もあなたへの援助を惜しまないはずだ。あなたの望む場所に居を構えればいいし、あなたが今後を心配する必要はない」

ロイドの明瞭な声を、ウィステリアはサルティスに視線を固定したまま聞いていた。

――ルイニング。

その名が古傷のように耳に谺《こだま》する。瞼の裏によぎる、ロイドによく似た人の姿。明るい花のような笑顔を持った妹。

もう二度と会うことはないと思っていた。

けれどいま自分がいるのは彼らの存在する世界で、会いに行くことができる。そのことを、急に思い知らされる。

胸の内側から叩かれているように鼓動が乱れる。

ウィステリアはそっと息を止めて感情の波を堪え、サルティスを何気なく眺める振りをして答えた。

「……いや、いい。君の気持ちはありがたいが、私はもう、昔の知人やロザリーたちに会いに行くつもりはない。混乱させるし、ただ迷惑と面倒をかけるだけだからな」

「母は、そんなふうには考えないと思うが――」

「いいんだ。瘴気が出る体なんてものを考えても、あまり多くの人間と関わらないほうがいい」

ロイドとベンジャミンの顔を見ないまま返す。そして無意識に、思い浮かんだ言葉がウィステリアの口からこぼれ落ちた。

「……私はもう、昔のウィステリア・イレーネ＝ラファティじゃない」

その言葉が、自分自身の胸に跳ね返って響く。

ベンジャミンがかすかに息を呑む音が聞こえる。うろたえるような気配。気詰まりな沈黙が落ち、ウィステリアは自分を抑えてゆっくりと壁に目を向けた。

「今後については考えようと思います。ベンジャミン、もう少しだけ時間をくれますか」

「も、もちろんです！　その、少しと言わず、ウィステリア様さえよければずっといてくださって構いませんので……！」

「……ありがとう」

ウィステリアはようやくベンジャミンに顔を戻し、微笑を繕うことができた。ロイドの姿は、意図的に視界に入れないようにしていた。

息苦しさを避けるように、食事の時間は《未明の地》のことだけを話題にして過ごした。

素朴だが味が良く量も多い料理は、ウィステリアを呼びに来たあの女性使用人ハリエットが作ってくれているのだという。

ウィステリアが話し、時折サルティスが乱入し、ロイドが補足するという形で会話が進むうち、ベンジャミンは身を乗り出さんばかりになって聞き入った。気詰まりな空気をすっかり忘れたような研究熱心な顔に、ウィステリアは安心感と微笑ましさを覚えた。

元からそこまで饒舌ではないロイドは、たまに適確な補足を入れ、あとは黙々と食している。

ウィステリアは久しぶりのまともな料理でいつもより少し多く食べたが、それでも出てくる料理の大半はロイド一人の胃袋に消えていった。ベンジャミンもどちらかというと少食であるようだった。

食後に一息ついてから、ウィステリアはぽつりと言った。

「ベンジャミン。庭を見てもいいですか？」

「！　もちろんです。どうぞ自由に見てください。この家で唯一自慢できる場所です」

ベンジャミンは表情を明るくして答える。

『おいイレーネ！　のんきに草花など観賞している場合か!!　よもや我にそんな退屈に付き合えと言うのではあるまいな!?　ただでさえこの退屈な会合に付き合わされて辟易しているというのに!!　我は暇ではないのだぞ!!』

「落ち着きのない子供か君は！」

庭の持ち主の前でも容赦のないサルティスにウィステリアは思わず眉をつり上げる。

だがベンジャミンは苦笑いして、気分を害した様子もなく答えた。

「では、僕は書斎に戻ります。ウィステリア様からうかがったことを記録に残しておきたいので」

「わかりました。……ああ、一応、向こうでも異変の記録みたいなものをつけていたんです。持ってこられなかったのが残念ですが……」

「向こうで記録を⁉　何てことだ、信じられない貴重な資料です！　ぜ、ぜひ拝見したかった……」

「……おぼろげながら覚えている部分もありますので、できるかぎり思い出して書き出しておきます。サルトも協力してくれ」

『なぜ我が⁉　いくら我が能力が人智を遙かに越えているからといって、気安く利用しようと――』

「え、まさか覚えてないのか？」

『覚えておるに決まっておろう馬鹿者‼』

「ではよろしく。頼りにしてるぞ」

ウィステリアはにこやかにサルティスに笑いかけた。

ベンジャミンが興奮に目を輝かせるのが視界に映る。

だがふいに、先のロイドの言葉が蘇って頭が冷えた。――ルイニング。ロザリー。ブライト。

「……ベンジャミン。《未明の地》について引き続き話したいこともあるので、後で書斎にうかがいます」

ロイドの存在を意識して、なるべく何でもないことのように言う。

ベンジャミンは一瞬不思議そうな顔をしたが、すぐに温厚な表情に戻り、ぜひ、と告げる。

ウィステリアはサルティスをつかむと、今度はロイドに声をかけた。

「ロイド、一緒に庭を観賞しないか？」

勘の良い青年に悟られないよう、できる限り自然な様子を装って誘う。――ベンジャミンとロイドを二人きりで話させたくないという意図を隠すために。

ベンジャミンは、自分の二十三年前を知っている。

「わかった」

ロイドは簡潔に応じて席を立つ。

ベンジャミンの視線が一瞬、二人の姿を追うような動きを見せたが、それだけだった。

代償と覚悟の意味

散々不満と退屈を叫ぶサルティスをいったん部屋に戻し、ウィステリアはロイドと共に中庭へ向かった。中庭への道はロイドが既に把握しているようで、ウィステリアはその後についていくだけでよかった。

建物に囲われ、朝の光に照らされた庭が眼前に広がる。この世界に落ちてきたとき、夕陽の中で見た景色とはまた異なる姿だった。異界の暗さに慣れた目に、日の光はまだ強く眩しく感じられた。中庭としてはかなり大きな庭だった。いくつもの色分けされた花壇が整備され、庭の中央に四阿がある。

その四阿の側には幹の太い、蔓性の木が生えているのが一際目についた。蔓を這わせ、四阿の屋根を覆うように房状の花を垂らしている。赤みのある紫色の花の連なりは、どうやら藤であるようだった。

形容しがたい郷愁が胸にこみあげて、ウィステリアはしばらく立ち尽くした。まぶしさを何度か瞬いてやり過ごし、降り注ぐ光と花々に吸い込まれるように一歩踏み出す。土に敷かれた石の道をたどりながら、大きな庭をゆっくりと一周するつもりで歩く。すぐに足を止めては、花壇に見入った。目の眩むような赤、薄桃、薄紫、黄色、橙色、吸いこまれるような青と鮮やかな花々が開き、あるいは蕾をつけている。目に刺激すら感じるほどの鮮烈な色彩だった。

「……何かあるのか？」

背後から静かな声がして、ウィステリアは意識を引き戻した。振り向いて、そこに立っているロイドを見る。

金色の目は、今もなお花に劣らぬほどの輝きを帯びて見える。ウィステリアが聞き返す前に、ロイドは続けた。

「あなたと、母のロザリーの間に何かあったのか。会いたくない理由があるのか？　それとも気質が合わないのか？」

ウィステリアは小さく目を見開いた。とっさに手を握り、それ以上表情が揺らぎそうになるのを抑え、ごまかすために笑った。

「――ただ、気まずいだけだ。考えてもみてくれ。遠い昔にもう死んだと思っていた姉が、当時の姿のまま現れるんだ。それだけでも二重に不気味だが、体内に大量の……瘴気を蓄積させた状態となれば、合わせる顔が――」

「悪でもないし害でもない。瘴気は私が側に居て対処すればいい」

ほとんど即答する青年に、ウィステリアは力なく微笑む。それは君だから平気なんだ、と答えようとして、ロイドが先んじた。

「――あなたはただ、美しいままだ」

微笑を張り付けたまま、ウィステリアは一瞬固まった。遅れてじわりと目の下が熱くなり、やや不自然に目を逸らして花壇を見る。ロイドがまったく戯れの気配を見せないせいで、余計に鼓動が乱れた。

「それは、その……光栄だな」

口ごもりながら、礼の言葉を述べて濁す。

(ま、真顔で言うのがこの青年のおそろしいところだ……！)

戯れかそうでないのかわかりにくい。ウィステリアは必死に平常心を繋ぎ止め、騒ぎ立てるな、と自分に言い聞かせる。するとロイドが続けた。

「母に無理に会えとは言わないし、その必要もない。だが、あなたが気後れする必要はない。あなたが《未明の地》で成したことや、私に与えたものを考えれば、ルイニングの援助は受けて当然のものだ。ルイニング以外からも。それでもあなたに報いるには到底足りないが」

細波が立ったような心を抱えたまま、ウィステリアは短くうなずくことしかできなかった。ようやくロイドの意図がつかみかけてくる。

（そうか。……私の名誉のため、そして彼自身が恩を受けたと感じているから……）

尊大な面と同じくして、ロイドには律儀な面もある。これまでのことで、ルイニングの支援は見返りとして当然受けるべきものと考えているのかもしれない。

ウィステリアは答えず、花壇をひたすら眺める振りをして歩きはじめた。ロイドが黙ってついてきているのがわかる。

寡黙なわりに行動自体は活発である青年が、こうして大人しく付き合ってくれるのは意外にも思えた。

ロイドと、こんなふうに穏やかな時間を過ごすのは初めてであるような気がした。沈黙が少し気まずく、忙しなく他の話題を探す。

四阿に近づく。

何気なく藤の花が作る屋根の下に入り、見上げる。小さな花弁の連なりが淡紅と紫の房飾りのように揺れ、控えめな甘さをまとった芳香がふわりと鼻腔をくすぐった。

その下には、向き合うようにして一組の長椅子が設えられている。

ウィスステリアは長椅子の端にそっと腰を下ろし、ロイドは向かい側に腰掛けた。

「その……君のほうは、体調は大丈夫か？　傷は？」

「悪くない。いつもと変わらない。傷も問題ない」

ロイドは軽く肩をすくめる。淡々としていながら、言葉通りに常と変わらぬ静かな自信に満ちた態度だった。そうか、とウィステリアは安堵を覚え、いったんロイドから視線を外した。

頭上の、紫色の小さな花々を眺める。甘い香り。澄んだ空気。頬に触れる微風はひどく新鮮で心地よかった。

ゆったりと瞬く黒の睫毛の下、紫の目に、小さな光に似た花の影が映る。

「……ラブラ殿は」

ロイドの声が聞こえ、ウィステリアは目の前の青年に視線を戻した。

「あなたを、ウィステリアと呼ぶんだな」

静かな声と言葉――だがその黄金の目と力を秘めた声が、忘れていた記憶を一瞬呼び覚ます。

ウィステリアは胸の中で小さな揺らぎを感じ、膝の上で手を握って抑えた。

「……ああ。昔は、その名で呼ばれることのほうが多かったから」

「今は、もうその名で呼ばれたくはない？」

何気ない問いに、ウィステリアはわずかに返答に詰まる。ロイドが何を疑問に思っているのか気になった。

――ウィステリアという名を封じたいわけではない。

ただ、あの人を思い出させる声で呼ばれたくない。そんなことを、この青年に言えるわけがない。

「……そういうわけではないんだが。ベンジャミンは以前からの付き合いだし、今になってイレーネと呼んでくれ、などと頼むのも煩わせるだけだろう。サルティスにはずっとイレーネと呼ばれてきたから、今はそちらのほうが慣れている」

「そうか。わかった」

ロイドが素直に引き下がったことに、ウィステリアは胸の中で安堵の息をついた。

それからまた静けさが舞い降り、頭上の藤が淡く揺れて芳香を漂わせる。

（……夢みたいだ）

何度も夢に見て、やがて擦り切れ、忘れたはずの願望。元の世界に帰るという希望。

周りに広がるものはほとんど白昼夢にも思え、現実感を失いそうになる。

「……〝藤の妖精〟」

ロイドが、ふいにそんなことを言った。ウィステリアは驚き、ロイドを見る。

腰掛けた青年は開いた足の上に手を置き、前傾気味の姿勢でウィステリアを真っ直ぐに見つめていた。

驚くウィステリアを前に、銀の睫毛を上下させて続ける。

「あなたはそんなふうに言われていたんじゃないか？」

「な、なんだいきなり……。まあ、そんなふうに言われたこともあるような気はするが」

「なるほどな」

ロイドは妙に納得したような声をもらす。

「何がなるほどなんだ？」

ウィステリアが訝ると、ロイドは視線を動かさないまま続けた。

「この花の下にいると、あなたの姿が特に映える。名画から抜け出してきたみたいだ」

まったく照れた様子もなく言われ、ウィステリアは目を丸くした。ロイドは真顔で、正面から眺めるような視線を向けている。そのためらいのない言葉と内容がすぐには一致しなかった。

が、ウィステリアはようやく意味を理解し、どうやらこの青年にしては珍しく――こちらが気恥ずかしくなるほどに褒めてくれているらしいと察する。

とたん、頬に熱を感じた。景色に感動してぼんやりと周囲を眺めている様子を、ロイドに観察されていたようだ。

どんな顔をしていいかわからずに、照れくささを隠そうと中途半端に眉をつり上げる。

「……君、たまに妙に詩人みたいな言葉を使うよな。絵心がないとかなんとか言ってたのに」

「思ったことを言っただけだが」

「なっ……！」

つついてやるつもりが鉄壁の冷静さに撥ね返され、ウィステリアのほうがますます恥ずかしくなった。この弟子はやはり精神までもが強すぎると実感する。

――その時だった。

急に全身が冷たくなる感覚に、ウィステリアはぐらりと前のめりになった。

「――っ！」

視界が揺れ、体のどこからともなく黒い瘴気が噴き出す。体の一部が破れて、中から流れ出していくような感覚。

だが、椅子から落ちて地にたたきつけられることはなかった。ロイドがすかさず腕を伸べて抱き留める。

そして触れ合う体と腕から淡い熱が——ロイドの魔力が魔法に変わって伝わり、ウィステリアの体を薄い光の膜で包んでいった。冷たい不快感と重い倦怠感が和らぎ、ゆっくりと引いていく。

ロイドに抱えられ、隣り合う姿勢で長椅子に座る。

ウィステリアは左半身に触れるロイドに身を委ねてしばし目を閉じ、呼吸を整えることに意識を集中する。誘われるまま厚い胸に頭をもたれさせ、背に回って肩を抱く腕、自分の左手首に触れる大きな手の熱を感じ、自分の中に迫り上がる苛立ちや焦燥を押し止めた。

——まるで、見えない何かに嘲笑われているかのようだった。この世界に戻ってきて、ただ喜んでいる自分を。

（……いつまで、こんな状態が続く？）

突如やってくる、体から瘴気が噴き出す症状。自分だけならまだよかった。だがロイドのような力を持たない普通の人間が近くにいれば、その相手まで害することになる。

ウィステリアは強く目を閉じ、一度息を止めて感情を殺す。そうして、ゆるゆると息を吐いた。

「……すまない」

「いい。大丈夫だ」

耳のすぐ側に降ってくる声を、ウィステリアは静かに瞬いて受け止めた。

——大丈夫だ。

短いその言葉が、不思議なほど胸を打つ。誰かにそんな言葉をかけられたのはいつ以来か、もう覚えていない。目の奥がじわりと熱くなり、喉が少し震えた。

体を起こしてロイドから離れなければと思うのに、うまく動けない。頭が重く、考える力も鈍くなっているようだった。ウィステリアはそれ以上抗うのをいったん止め、しばらく呼吸を整えてから、ぽつりとつぶやいた。

「ロイド。——ありがとう」

目を合わせないままでも、ロイドが自分の頭を見つめているのを感じた。

「君に、礼を言っていなかった。寄ってくる魔物や《大蛇》を倒し、私を運んでくれた——そして、この世界に連れ戻してくれた」

「——礼には及ばない。あなたが向こうの世界で私のために費やしてくれたものに比べれば」

それに、とロイドは一拍おいて続けた。

「私が、あなたをこの世界に連れ戻したかった。必ず連れ戻すと決めていた」

静かな力を感じる声に、ウィステリアは目を見開いた。ふいに胸が熱くなり、突き上げるもので喉が詰まった。吐息が揺れそうになるのを、息を止めて堪える。そうして、微笑んだ。

「……そうか」

そんな答えを返すだけで精一杯だった。

――連れ戻したい。その気持ちが、言葉にならないほど嬉しかった。

そうすると決めて、本当に成し遂げてしまうのがこの青年なのだ。

ロイドの長い親指が、手首を柔らかく上から下へなぞる。くすぐったさにウィステリアは小さく肩を揺らした。手慰みのように、ロイドの指は緩やかに白い手首を撫で続ける。

ウィステリアは拒まず、戯れる指にしばらく自由にさせていた。自分の鼓動が小刻みに跳ねるのを感じる。

それから、話題を探して切り出した。

「……外に出て変異体に遭遇する前、君は魔物の《転移》に関して何か言おうとしていたな。あれは、何だったんだ？」

手首を撫でていた指が一度止まる。そしてすぐにまた、指先が白い皮膚を撫ではじめた。

「瘴気を取り込んで強化された魔物は、自分の質量の分だけ《門》を開く力を得る――なら、きわめて強力な魔物が変異して《門》を開く力を身につけたなら、その《門》は強大な質量に耐えうるものとなる。それを利用してこちらに戻って来られるのではないか、と考えていた」

ウィステリアは紫の目を見開き、打たれたように固まった。ロイドは落ち着いた声で続ける。

「……転移しようとする魔物の《門》に、石の中にいる小さな魔物を投げ込んでみたが、弾かれて戻った。《門》には、あまり余裕がない。《転移》を発動させた魔物に、わずかな質量の魔物が追随するのも不可能だ。そうなると、質量の小さな方が先に通るしかない」

あまりにもさらりと言われ、ウィステリアは思わず顔を起こして弟子を見上げた。手首を撫でていた手からもすり抜ける。

「理屈はわかるが、危険だろう！　変異体の力の中にいきなり飛び込むなど……！」

「あの変異体の力を見ると、私とあなたの質量に耐えうるだけの《門》だとは思っていた。たとえ《門》の力が足りなくても、弾かれるだけで死ぬ可能性は低い」

淡々とした調子でロイドは応じ、ウィステリアは言葉を失った。それ以上何も言えずに吐息をこぼした。無茶だ、という思いは、だからこそなのかもしれないという内なるささやきに変わる。

（私では……きっとそんなふうに行動することはできなかった）

帰ることを前提に思考し続け、試す行動力。とっさの判断力と決断力。ロイドの持つそれのおかげで自分はいま、この世界に戻って来られている。

感嘆の思いがわいてくるのと同時に、ウィステリアはふと気づいた。

「……君一人なら、身につけている装身具で《門》を開けて帰ることもできただろう？　なら……その、危険を冒さなくても、私とサルティスだけをあの変異体の《転移》に送り込んで、君は自分の《門》を開けて帰ってくるほうが安全だったんじゃないか？」

ロイドの片眉がわずかに持ち上がり、ウィステリアは慌てて頭を振った。

「もちろん、君の行動を否定するつもりはない。君のおかげで、私はこの世界に戻って来られた。ただ……魔物の《転移》ではどんな作用が起こるかわからない。それを利用して戻ってくる、というのが危険であることは事実だ。そしてその危険を冒したのは、私のためだろう？」

言いながら、ウィステリアは自分が何を言いたいのかわからなくなってきた。視線を迷わせる。

──ロイドの行動を否定するつもりはない。だが、あれは危険な行為には違いなかった。

「君は……私を助けようと何度も危険なことをする。それはあまり、よくないことだと思うんだ。君の身を案じている人のためにも、もっと安全な方法があるなら、そちらのほうが……」

「あなただって同じようなことをしているのに？　私のためにディグラと戦っておきながら？」

控えめながらしっかりと皮肉を滲ませるロイドに、ウィステリアはうぐ、と言葉に詰まった。

「そ、それはまあ、否定はしないが、避けられる危険は避けたほうがいいだろう。その、今回の場合は別々に戻ってくるという選択肢もあったわけだから……」

「魔物の《転移》ではどんな作用が起こるかわからないいいいいいいいいいいいいいんだろ。サルティスはともかく、あの場であなた一人に危険を背負わせて、自分は安全な方法を取れと？」

すかさず切り返してくる青年に、ウィステリアはまたもや返答に窮した。ロイドは普段口数が多いほうではないのに、必要なときには的確に核心を突いてくる。

しかしロイドの言葉がこれほど強く響くのは、師を案じる気持ちがあるからだ。自分だけが安全な方法は取らない──危ういほどに真っ直ぐで純粋な高潔さ。あまりにも眩しく感じられるほどの。

（それでも……）

師としては、弟子の高潔さと勇敢さは讃えるべきなのかもしれない。英雄と呼ばれる騎士や戦士は、名誉と勇猛を何より重んじる。周りもそれこそが賞賛に値するものだと見なす。──だが、ウィステリアは手放しでそうすることができない。相手がロイドだからだ。

ためらいながら、言葉を選んだ。

「……君まで一緒に飛び込んだら、最悪の場合、共に命を落とすかもしれないだろう。それは駄目なんだ。だから……」

「知ってる。だから飛び込んだ」

躊躇のない答えに、ウィステリアは大きく目を見開いた。予想もしなかった答えに絶句し、呆然とロイドを見る。

藤と陽光の下でも孤高の月を思わせる目は、静謐《せいひつ》な強さを持ってウィステリアを見つめていた。

「私が、あなたを死の危険にさらすとでも思っているのか。あなた一人を」

怒鳴っているわけでも、苛立ちや不快感を表しているわけでもない――ただ強く、偽りを許さない声。そして、ロイドは告げた。

「決してあなたを置いていかないと言った」

その言葉が、ウィステリアの胸を強く打った。ぐらりと視界が一瞬揺れる。紫の目の中で光が揺らめき、黄金の瞳を持った青年から離れられなくなる。

――あなたを置いていきはしない。

死と隣合わせの中で聞いた青年の咆哮が、ウィステリアの耳に鮮やかに蘇った。その残響が、胸に火を灯したように熱くさせる。

自分が思うよりずっと、あの叫びは重い意味を持っていたのだと今さら思い知らされる。

ふいに激しく込み上げてきたものが、ウィステリアの顔を歪ませた。

「君は、本当に……！」

震える声でそうつぶやき、とっさにうつむいてロイドの胸に額をつけた。表情を見られまいとして、わななく唇を強く閉じる。

ロイドの勇気を、それに劣らぬ熱と優しさを、どう捉えていいかわからない。

ロイドの言っていることは、その行動は、まるで――。

（……私と一緒に死ぬ覚悟すらあると言っているように聞こえる）

ウィステリアはぎゅっと目を閉じた。また体が熱くなって声に詰まる。この感情を受け止めきれない。

言葉を失っていると、ささやくような低い声が落ちた。

「……あなたこそ」

すり抜けたはずの左手に、また大きな左手が触れる。手首を持ち上げられ、ウィステリアは目を開けてロイドを見上げた。

ロイドはかすかに顔を屈め、捉えた手首に唇を寄せる。

「大きな代償を払った」

その声がわずかにかすれる。

彫刻じみた高い鼻の先が、白い皮膚をかすめる。その感触にウィステリアは小さく息を詰め、肩を揺らした。形のよい銀の眉が歪められるのを見る。

「――私のせいだ」

続いた言葉と吐息が、手首の薄い皮膚に触れる。

抑えられた声の中に、ウィステリアは労りと悔恨に似たものを感じ取った。何か答えようと口を開きかけたとき、手首に柔らかなものが触れた。

「……っ」

こぼれそうになった声を抑える。

ロイドの唇が手首に触れ、白い肌の上を浅く食《は》む。薄い肌の下――そこにあるはずの《関門》に触れようとするかのように。

ウィステリアの鼓動は乱れ、頭の中が揺れた。唇を押し当てられる感触に、返すべき言葉が混乱して解けていく。

「……っロイド、」

かすれた声で呼んだとき、肌を啄む唇が止まった。上向きの、長い銀色の睫毛までもが鮮やかにウィステリアの視界に映った。金色の視線だけが持ち上がる。

手首に口づけしたまま、ロイドは目を合わせる。闇夜の火を思わせるような、どこか激しさを秘めた眼差し。

ウィステリアは続く言葉を失った。――こんな眼差しは知らない。

自分の内側から聞こえるけたたましい心音が耳の奥に谺する。

向けられる黄金の瞳に堪えかね、ウィステリアは顔を背けた。

だがそのことでロイドの唇は再び手首をたどりはじめ、鼻先までもが肌をくすぐる。ウィステリアは息を詰め、とっさに声を堪える。揺れる吐息ごと押し殺して言った。

「ロイド……、だめだ」

制止の言葉に力が入らないことは、自分でもわかっていた。ロイドは一瞬だけ動きを止めたが、答えは返って来ない。視線を感じても、ウィステリアは目を合わせなかった。

そのせいで唇はまた戯れを再開し、甘やかな暴虐を繰り返す。

ウィステリアは捉われていない右手をかろうじて握った。それでもうまく握りしめることができず、完全に抵抗を溶かされる前にと無理に強く力をこめる。

なんとか左手をロイドから引き抜いた。唇を押し当てられた部分に、炎を間近にしたような熱を感じる。

触れられた手首を押し隠すように、もう一方の手で押さえた。そうして必死に考える。正しい理由、誤解のない関係を探して名前をつけようとする。

――だって、彼には伴侶となるべき相手がいる。約束された、若く美しい王女が。

だから。

(ロイドは……気にしてる)

ウィステリアは体を強ばらせ、自分を戒めた。乱れる心音を無視して考える。

ロイドがこんなに手首に触れる理由。《関門》。

――大きな代償。

《関門》を四カ所開くことの意味を教えたのは、他ならぬ自分だった。――弟子であるこの青年はそれをよく理解している。だから、私のせいなどと言った。

「その……いいんだ。あの戦いに、後悔はない」

ウィステリアは言葉を振り絞る。ロイドが悔いているのなら、これだけは伝えなければならなかった。

「あのとき力を尽くせたことは、誇りに思える。もし時を戻れたとしても、必ず同じことをする」

それだけは、迷わなかった。――もう失いたくはなかった。

頭上から垂れた花が小さく揺れる。ほのかな甘い香りが鼻をくすぐる。一瞬の静寂が落ちる。

「――イレーネ」

強く、抑えたような呼び声がウィステリアの目を上げさせた。

黄金の双眸と合い、息を止める。

――焔のような目。

火花を散らして燃え盛る炎に見入ったかのように、ウィステリアはその瞳に圧倒される。――肌に熱ささえ感じる。

火に触れそうになって反射的に手を引くように、ウィステリアは顔を背けた。

この目は本当にだめだ、と胸の中でつぶやく。あまりにも真っ直ぐな目を向けられるせいで、力に押され、距離を見誤りそうになる。

顔を見ないまま、ウィステリアは話題を変えようと声を振り絞った。

「だ、だからその、つまり……、回避できる危険は回避したほうがいいという話であって」

「……あなたが危険にさらされなければ私も危険なことはしない」

ロイドの声に、冷静さが戻る。理不尽なことを言っているのは相手だと言外に突きつけようとするかのように。

「な……、本当に、言うことを聞かない弟子だな君は……！」

「師に似たんだろ」

「⁉　私もそうだと言いたいのか……⁉」

さらりと返されてウィステリアは思わずロイドに向き直る。口数が少ない割にただ言い負かされることもしない青年は、いつもと変わらぬ怜悧な表情だった。金の目からも、心を騒がすような強い輝きはおさまっている。

ウィステリアは咳払いをして冷静さを少し呼び戻した。

藤の甘い香りが、また気まぐれに振りまかれる。《未明の地》では決してありえなかった陽光を浴びて、ロイドの瞳はより明るく見え、長い銀髪はきらきらと輝き、その艶が宝冠を作っている。

（……だめだ）

ロイドの側は居心地がよくて、寄りかかりたくなってしまう。否。もう何度も助けられていて、この青年は自分を助けてくれるのだと信じている。――そしてそれは、すでに取り除くことは難しい感情になっていた。

ここでこれ以上気を緩めれば、ロイドに手を伸ばして触れてしまいそうになる。

ウィステリアはぎゅっと手を握りしめ、未練を振り払うように重い腰を上げた。

「ベンジャミンと話してくる」

ロイドもまた立ち上がる。無言で同行しようとする気配に、ウィステリアは頭を振った。

「君は、待っていてくれ」

「なぜ」

ロイドは訝り、金の目をわずかに細くする。形の良い眉に不審とも不機嫌ともつかぬものが漂い、ウィステリアはややたじろいだ。

「久しぶりに、知人に会ったんだ。私的なことも話したい。君に聞かれるのはその、恥ずかしいので」

「私は気にしない。興味もある」

「まっ、真顔で言うな……！　なんだ、興味って！」

ロイドはまた片眉をわずかに持ち上げ、探るような表情をした。力のある目はじっとウィステリアを見つめる。その気配と表情は、いまいち承服しかねると雄弁に伝えてくるようだった。威圧感はあっても、どこか子供じみて感じられるほど率直だ。

ウィステリアは危うく折れそうになったが、無理矢理押し通すことにした。

「ここにいてくれなくてもいい、しばらく君の好きに過ごしてくれ。私は話してくる。……ではまた後で」

そう言って、素早く背を向けた。

弟子は一応師の言うことを聞き入れたらしい。しかしウィステリアはひしひしと背にロイドの不服の気配を感じ、逃げるように屋内へと戻っていった。

選び、選ばれなかっただけ

建物の中に戻ったものの、ウィステリアがベンジャミンの書斎の位置がわからずにやや立ち往生していると、たたんだ布類を手に足早に通り過ぎようとしていたハリエットが気づき、場所を教えてくれた。

ウィステリアは階段を上り、二階に向かった。ベンジャミンの主な書斎は、二階の西側の角部屋にあるという。

廊下は大きな窓が並んで陽がよく入り、ウィステリアは思わず窓の一つ一つに立ち止まって外に見入ってしまいそうになった。突き当たりの部屋の前で止まり、手の甲でぎこちなく扉を叩く。

「ベンジャミン。……ウィステリアです」

ウィステリア、と自分で名を口にするとき、かすかな違和感を覚えた。それほどに久しい、遠い昔の名のように思えた。

とたん、中で少しの物音と、ベンジャミンの慌てた声がする。

「ど、どうぞ！」

許可を聞いて、ウィステリアはゆっくりと扉を開いて室内をうかがった。

書斎であるという部屋は、一面が奥行きのある本棚に埋もれていた。部屋の奥に窓があって光が射し込み、窓の側には重厚な机と椅子が置かれ、ベンジャミンは椅子から立ち上がっている。

書斎机の前には背の低いテーブルと向かい合った小さな椅子があった。その周りに書物がぎっしり床に積まれている。本棚に収めきれなかった分だろう。背の低いテーブルのまわりをなんとか確保するために慌てて本を避けたというような状態に見えた。

「すみません、お恥ずかしいところを……！　場所を替えたほうが……」

「いえ、大丈夫です。お邪魔にならなければ、ここで」

ベンジャミンは意表を突かれたような顔をしたが、やがて書斎机の前、テーブルと椅子をウィステリアにすすめた。ベンジャミン自身も書斎机を回り込み、向かいの椅子につく。

ウィステリアも対面の席にそっと腰を下ろした。

「仕事の邪魔をしてしまったでしょうか」

「いえ……。本来、休養のためにこの家に戻ってきたので、まともな仕事はしていません」

温厚な研究者はどこか気まずそうに頭の後ろをかいた。その様子が懐かしく、また微笑ましく見えて、ウィステリアは思わずつぶやいた。

「ベンジャミンも、あまり変わりませんね」

ただ、口をついて出た言葉だった。しかしベンジャミンが一瞬動きを止め、眼鏡の中の目が動揺したように揺らぐのをウィステリアは見た。

ベンジャミンはすぐにそれを押し隠すようにぎこちない苦笑いをする。

「……ごめんなさい。失礼なことを言ってしまったようで」

「ち、違います！　その、本当にお若いままのウィステリア様に言われるとなんとも身の置き所がなくてですね……」

ベンジャミンは軽い口調で言ったが、それが不器用な気遣いであることはウィステリアにもわかることだった。

口下手なベンジャミンが、それでも気まずい空気を変えようと本棚に視線をさまよわせ、雑談の話題を探そうとしている。

だがどこかぎこちない沈黙が降りるのは防げなかった。

――こんな沈黙と気まずさは、二十三年前にはなかったものだった。

鈍く乾いた寂しさを感じながら、ウィステリアはすぐに本題に入ることにした。

「実は、お願いがあるのです。私の過去や、二十三年前の番人選定に関することは、ロイドには話さないでもらえますか」

ベンジャミンが目を見開く。温和な顔が強ばり、空気がにわかに張り詰める。

「それは……」

そうつぶやいてベンジャミンは動揺し、重い塊を呑み込もうとするかのような様子を見せる。そして、その顔を曇らせた。

ウィステリアもまたためらう。

ベンジャミンはどこまで知っているのか。あるいは察しているのか。

息苦しい沈黙が淀む。ややあって、ベンジャミンのかすれた声がした。

「ウィステリア様は……ロザリー様の、身代わりになったのですね」

ぽつりとこぼされた言葉に、ウィステリアはびくりと肩を揺らした。胃がぎゅっと引き絞られるような感覚。――あの日、異界へ続く暗い道を通ってから誰にも言わずにいた言葉だった。

答えに惑い、だが、ベンジャミン相手にごまかすことはできないと直感した。

――ロザリーを番人候補から外すために奔走した日々で、ベンジャミンには情報集めに協力してもらっていた。ロザリーが候補になったことを、目の前の研究者は知っている。

だから、ウィステリアは膝の上で左手を右手で強く包み、短く告げた。

「……はい」

ベンジャミンの、息を詰める気配がした。

少しうつむいたウィステリアの視界に、ベンジャミンが膝頭を握るような仕草をするのが見えた。

本棚に囲まれ、埋もれかけたような部屋には、昼であっても仄暗さが満ちている。背の低いテーブルを挟んで向き合う二人は、互いに視線に惑い、目を合わせられずにいた。

「僕に、こんなことを言う資格はないとわかっています。ですが――」

ためらいを振り払うような一瞬の間を置いて、かつてのウィステリアの知人は言った。

「あの方に、強いられたのですか？」

強ばった声に、伏せられていた紫の目が大きく見開かれる。

ウィステリアは硬直し、言葉を失った。唇が薄く開き、わななく。何かをとっさに答えようとして、だが何を言おうとしたのかわからなかった。

——あの方。

ベンジャミンが示すそれが誰を意味するのか、直感的に理解する。

先ほどまで側にいて、いま誰よりも近くにいる青年と——同じ姿をした人。

自分の胸に迫り上がってくるこれがどんな感情なのか、ウィステリア自身にもわからなかった。

——あの人のせいで。あの人が。

自分は、そう思っているのだろうか。

かつてサルティスに問われたように、恨んでいるのか。

ウィステリアは、ただ事実だけを口にした。

「……いいえ。強いられては、いません」

声を絞り出すと、ベンジャミンがはっとしたように顔を上げた。

「ですが……！」

反論しようとするベンジャミンから、ウィステリアは目を逸らし続けた。

「私は、どんな暴力も脅迫も受けていない。どんな取引もなかった。彼はただ……、何をしてもロザリーを守ろうとしただけ」

鈍い痛みを堪えるように、重ねた手に強く力をこめる。

「彼はただ……選んだだけです」

——何者にも翻すことのできない、決意を秘めた黄金の目。訣別の眼差し。

優しさが嘘だったわけではない。強さが虚栄だったのでもない。それはすべて本物で、だからこそ、自分は選ばれなかったというだけだった。

ブライトが愛したのはロザリーで、自分ではなかった。

――どんな蔑みも害意もなく、ただただ選ぶしかない岐路に立っていた。

「でも、それではウィステリア様が……」

ベンジャミンの声がひきつれる。哀れみや同情の入り交じったそれが、古傷の上に柔らかい雨のように降る。

ウィステリアは重ねた自分の手に目を落とした。

「……もう、いいんです。過ぎたことだから。忘れたほうがいい」

――過去には戻れない。過ぎた時間は取り戻せない。自分にとっても、ブライトにとっても。

怒りも憎しみも悲しみも、抱え続けるには重すぎる。

だから忘れるしかない。声にならない声でウィステリアはそうつぶやいた。

ベンジャミンは言葉を無くし、目元を歪めてウィステリアを見る。そして、自分の膝に視線を落とした。

「ロイド君には……話していないのですね」

「ええ。彼は、関係ないから。話したくないし、知られたくもない。だから……ベンジャミンにも、言わないでほしいんです。お願いします。まるで、共犯の誘いのようですが」

気詰まりな空気を少しでも払おうと、ウィステリアは精一杯おどけた言葉を付け足した。

ベンジャミンが少し強ばりながらも笑い、わかりました、と答える。それでも、温和な研究者の顔から懊悩の影は消えなかった。

「ですが……おそらく、長く隠し通すことはできないと思います。ロイド君は積極的に他人に干渉するような青年ではありませんし、興味本位に過去を詮索《せんさく》するような人ではない。しかし、その……ウィステリア様とロイド君は、一般的な他人の関係とは、言えないように見えます」

慎重にうかがうような声と目が、再びウィステリアの言葉を奪った。

一瞬、かっと頬に熱が上る。――ベンジャミンは揶揄しているわけでもなく、ロイドとは後ろめたい関係でもないはずなのに。

何度も唇を押し当てられた手首に強い熱が蘇り、隠すようにもう一方の手で覆った。

「私とロイドは、その、もともと義理の伯母と甥です。普通の親類ほどの親しさではなくとも、魔法を教える師と弟子という関係でもありますから、完全な他人よりは親しい間柄です。向こうにいたときもずっと別の部屋で暮らしていましたし、やましいことなど何も……」

冷静に説明しようとして、どこか言い訳めいて聞こえてしまうことに余計焦りを覚えた。事実を話しているはずなのに、うまく伝わらない気がする。

「ロイドとは、魔物との戦いにおいて互いに協力する関係で――」

言葉を探しながらそう言い募ったとき、ふいに瞼の裏によぎるものがあった。

――薄闇の中、熱に揺らいでいた黄金の目。自分を見下ろす視線。大きな体の影が落ちていた。広い肩からなだれ落ちる銀の髪。それが、自分の胸にこぼれた。

押さえつけられ、追いかけられて何度も――。

ウィステリアはぎゅっと強く目を閉じ、記憶を追いやった。両手にそれぞれ力をこめ、だがその手も小さく震えた。頬は強ばり、顔の熱を余計に意識する羽目になる。

（あれは、事故だ。意識もなくて、ロイドも覚えていない）

何の意味もない、と心の中にひたすら繰り返す。

他に弁明の言葉がうまく見つけられずにいると、ベンジャミンが気まずそうに頭の後ろをかいた。

「下世話なことを言ってすみません。その、僕が口を出すようなことでもありませんから、過去のことについては聞かれても話さないようにします」

「……よろしくお願いします。ではあの、本題に入りましょう。《未明の地》での暮らしについてですが……」

やや強引に、ウィステリアは話題を切り替える。せめてベンジャミンに役立つことをと考えて持ち出した話題だったが、熱心な研究者はたちまち目を輝かせた。

それで、ウィステリアもようやく緊張が解ける。向き合う位置で座ったまま、ウィステリアが語り、ベンジャミンが書き取るという形になった。

体系立てて語るべきではあったが、少しでも記憶が鮮明なうちにとウィステリアは思い浮かんだことから話した。ベンジャミンは熱心な聴講者となり、筆記係を兼ねる。

――だがそうして長々と話すのはずいぶん久しぶりであるせいか、ウィステリアはところどころつかえ、喉に少しの痛みを感じた。

堪えきれずに空咳を少しこぼすと、ベンジャミンがはっと気づいた顔をして、慌てて制止する。

「すみません！　無理をさせてしまって……」

「……いえ、大丈夫です。たくさん話すことに慣れていないだけで……」

「無理なさらないでください。僕はその、本当に気が利かないので！　没頭すると他のことに気づけなくなるんです」

ベンジャミンはやや肩を落とし、それから急いで席を立った。飲み物を持ってきます、と告げて自ら部屋を出て行く。

ウィステリアは目を丸くしてそれを見送ったあと、一人取り残されてなんとはなしに周りの本棚を眺めた。

（……ベンジャミンは、ずっと研究を続けていたんだな）

本人の話を聞いている限り、やはり《未明の地》の研究というのは体系立てるのが難しく、大きな進展はあまりないという。——それでもベンジャミンが諦めず学び続けているということに、感動にも似た思いがした。

一人感慨に耽っていると、扉が開く。ウィステリアが顔を向けると、ベンジャミンは手ぶらで少し気まずそうにしており、その隣に笑顔のハリエットが茶器を載せた盆を手に立っていた。

ベンジャミンが再びウィステリアの向かいに腰を下ろし、にこやかな女性使用人は真ん中のテーブルに茶器を置く。そうして弾んだ調子でウィステリアに声をかけた。

「他に何か召し上がりませんか？　ぜひ遠慮なく」

「ありがとう。飲み物だけいただければ十分です」

「畏まりました。何かご入り用の際にはお気軽にお声がけくださいませ。旦那様も！　自らおいでになるのではなく！」

「……わ、わかったよ」

ハリエットの笑顔の圧にベンジャミンは完全に降伏する。ハリエットが上機嫌で部屋を出て行き――扉を閉める寸前、

「どうぞごゆっくりお過ごしくださいませ」

ウィステリアに向かってことさらに笑顔でそう告げた。

扉が閉まり、ベンジャミンと豊かな芳香を放つ茶器とともに取り残されたあと、ウィステリアは内心で首を傾げた。

ベンジャミンは困り果てたように頭の後ろをかいている。

「……すみません。夫人はとても面倒見のいい方なのですが、やや思い込みの激しいところがありまして……」

「？　そうですか……」

「と、とりあえず休憩にしましょう。どうぞ召し上がってください」

ベンジャミンの言葉に甘え、ウィステリアは茶器に手を伸ばした。カップを持ち上げると、新鮮で豊かな香りが懐かしさを強く呼び覚ます。

ウィステリアは静かな感傷と感動に浸っていたが、目の前のベンジャミンがカップを手元に引き寄せ、側にあった小瓶から小さじ一杯の砂糖をすくって入れるのを見て目を瞬いた。

「ベンジャミンは砂糖を入れて飲むのが好きなのですね」

「！　そ……っ、そう、なんです、はい……。どうも甘いものが欲しくなるときが多く……、子供のようでお恥ずかしい」

温和な知人は気恥ずかしそうに目を逸らし、スプーンでぐるぐると紅茶をかき回す。

「私も甘い物は好きです」

ウィステリアは小さく笑い、自分の紅茶にも同じく砂糖を入れた。

（本物の砂糖は久しぶりだ）

カップを傾け、甘くなった紅茶を堪能する。くせのない甘みを味わうと、また別の記憶が蘇った。

――異界にあっても、甘い手作りの菓子を口にした記憶。

ウィステリアが無意識に頬を綻ばせると、ベンジャミンは別の意味に解釈したようだった。

「どうぞ、お好きなだけ砂糖を使ってください」

「いえ、大丈夫です。その、向こう……《未明の地》でも甘い物を口にしたときのことを思い出して」

「《未明の地》で、ですか？　そのような食材となる植物が？」

ベンジャミンが目を丸くし、また興味津々といった様子を見せる。

ウィステリアはうなずいた。

「わずかですが、甘味料として使える植物があるんです。それで、ロイドがお菓子のようなものを作ってくれたことがあって」

「……ロイド君が？　ロイド君が、料理を……菓子？」

ベンジャミンがぽかんと口を開く。

ウィステリアは思わず笑ってしまいそうになった。ベンジャミンの反応も無理のないことだった。ロイドの日頃の態度からすれば、まさか人のために料理を、それも菓子を作るなどというのは想像もつかないだろう。

「幼い頃は、眠れない妹のためによく温かな飲み物を用意していたこともあったようで、簡単な料理はできると言っていました」

「それは……知りませんでした……」

ベンジャミンは更に驚いた表情をする。

それで、ウィステリアは少し気持ちが浮つくような感覚を味わった。

──ロイドが、そういった私的な話をする相手は多くないのだろうか。

ロイドの態度からして、ベンジャミンのことは信用しているとわかる。

（……私生活のことは、話す機会もないんだろう）

ウィステリアはそんなふうに納得した。別段、自分がロイドにとって特別な相手というわけではない──勘違いしかけた自分を戒める。

カップとソーサーを膝の上に乗せ、カップの中の琥珀色の水面を見つめた。かすかに揺れる表面に、うつむく自分の顔が映っている。

──あの怜悧な青年は、この世界でどんなふうに暮らしていたのだろう。

ロイドを取り巻く環境や人間関係は、どんなものなのだろう。

いま、知ろうとすれば手の届くところに答えはある。

(でも……)

それゆえに、ウィステリアはためらいもした。

(詮索しないほうがいい。詮索するなと言ったのは自分だろう)

知ることは少し怖くもあった。

そしてまた、自分も過去のことは知られたくないと思っている。

紅茶の表面をぼんやりと眺めているうち、もうずっと昔に捨てたはずの疑問がふいに浮かび上がってくる。

ロイドには聞けない。だが、ベンジャミンになら聞くことができる。膝上の茶器をテーブルに置く。

気づけば、ウィステリアは抑えきれずに声を発していた。

「……私がいなくなってから、ロザリーたちはどんな様子でしたか」

ベンジャミンが、虚を衝かれたような顔をする。たちまち視線をさまよわせ、狼狽を滲ませた。

「それは……その……」

言いよどむ様子に、ウィステリアははっとする。

「ああ、いや、よからぬことを考えているわけではありません。ただ……知りたいだけです。ロザリーにもブライトにも、もう思うところはありません」

感情を排して、ウィステリアはそう付け足した。――この言葉に偽りはない。自分は冷静だと、胸の内で強く言い聞かせる。

ベンジャミンは困ったとでも言うように眉を下げた。

「僕も、ロイド君以外にルイニングの方と直接交流があるわけではないので、正確なことはあまりよく知らないのです。ただ……」

その先をためらうような気配を見せながらも、ベンジャミンは告げた。

「ウィステリア様が番人として《未明の地》へ行かれた後、ロザリー夫人はしばらく王都から離れて療養されていたと聞いています。ウィステリア様のことで、強い心労を受けたためではないでしょうか」

ウィステリアは瞬きと共にそれを聞いた。

（ロザリー……）

――最後に妹の姿を見たのは、いつだっただろうか。《未明の地》へ行く前、最後に見たロザリーはどんな顔をしていたのか、どんな声をしていたのか。最後に交わしたのはどんな言葉だったのか。覚えていない。

自分がいなくなったとき、ロザリーは悲しんでくれただろうか。寂しいと思ってくれただろうか。

ベンジャミンは、気遣わしげな目を向けた。それから、と切り出して続けた。

「ロザリー夫人は一部、記憶を失われたとうかがっています。おそらく……、ウィステリア様が《未明の地》に行かれた前後のことを、覚えておられないように思います」

慎重に告げられた言葉は、ウィステリアを愕然とさせた。

急に足元が崩れたような感覚。ざあっと頭から血の気が引いていく。

ウィステリアは呆然とベンジャミンを見つめ、かすれた声をこぼした。

「私のことを、忘れたと？」

温和な研究者は、怯む気配を見せた。それでも、どこかなだめるような声で答える。

「番人選定とその前後の記憶だけだと思われます。ウィステリア様の存在自体を忘れたわけではなく、おそらく、別の原因と経緯でウィステリア様が亡くなられたというように思い込まれているのではないかと……」

ウィステリアは目を伏せ、膝の上で強く手を握った。

(――ベンジャミンに怒鳴るような真似をしても仕方ない)

神経が逆立ち、胸に波が立つのを強く抑えつける。

「……そうですね。ロザリーにとっても、あまり覚えていたくない記憶でしょうから」

絞り出した言葉に、ベンジャミンは返答に窮したようだった。

(落ち着け、ウィステリア・イレーネ)

叱咤するサルティスの声を思い出しながら、ウィステリアは自分の胸にそう繰り返す。ここで、ベンジャミンに怒りや苛立ちをぶつけても意味がない。この昔からの優しい知人は、自分の問いに答えてくれているだけだ。気まずそうな様子も、こちらに配慮してくれているからだ。

ウィステリアは押し殺した息を長々と吐き出し、握りしめた自分の手を見つめた。

「……すみません」

「いえ。その……ウィステリア様がお怒りになられるのも、当然のことだと思います。誰だって、きっと怒るはずです」

ベンジャミンの素朴な慰めの言葉が、強ばったウィステリアに静かに染みた。

（怒る……）

ロザリーが、身代わりのことを忘れたから。──自分がいなくなっても、忘れるだけだったと突きつけられたから。

そこまで考えて、ウィステリアの中でかつてロイドから聞いた話が繋がった。

「ああ……、それで。私は、公式の記録では、サルティスの窃盗によって追放処分となり、刑罰として新たなる番人となった──ということのようですね。ロイドから聞いたのですが」

ベンジャミンが目を見開き、一瞬顔を歪め、そして伏せた。

「……はい。ロザリー夫人がそのことを信じたとは思いませんが……おそらく何か、もっともらしい理由を聞かされて、そちらで理解されたのではないでしょうか。ウィステリア様が亡くなられたということに対しては、ロザリー夫人はとても悲しんでおられたと聞いています」

ぽつぽつと語られる言葉を聞いていくうちに、ウィステリアの中で波立っていたものが勢いを失っていった。

──ロザリーは、悲しんでいた。

経緯は違っても、自分がいなくなったということ自体は悲しんでくれたのかもしれない。

（それなら……、もういい）

少しでも自分を思ってくれたのなら。喪失を嘆いてくれたのなら、それでいい。

繰り返し、ウィステリアは自分にそう言い聞かせた。

陽光の少ない室内に、沈黙が落ちる。

——もうこれで話を終え、振り払うべきだった。しかし理性とは裏腹に、ほとんど衝動にも似たものがウィステリアの喉を突き上げた。

ロザリーは忘れたという。ならば、あの人は。

「……ブライトも？」

ベンジャミンが、はっとしたように目を上げる。ウィステリアはぼんやりと、眼鏡の中で大きく見開かれた目を見つめた。

「彼も……私のことを忘れたのでしょうか」

答えは、すぐには返ってこなかった。室内に、しんとした沈黙が満ちる。

ベンジャミンは痛ましいものを見るような目を向けた。それから、沈んだ声で答えた。

「いいえ。現ルイニング公は、ロザリー夫人のような記憶喪失は起こしていないと、思います」

「……そうですか」

ウィステリアは、そう答えることしか出来なかった。

——彼が忘れていたとしても、そうでないとしても何だというのか。

あるいはロザリーのような記憶喪失を起こしていないとしても。

(ブライトならきっと……私のことを、忘れられる)

輝ける太陽のような目をした人の優しさを、その強さと惨さをよく知っている。だから、ブライ

トはきっと自らの意思でウィステリアという人間の記憶も乗り越え、過去にするだろう。それができる強さがある。まして、ブライトの側にはロザリーがいるのだから。

――違う、とウィステリアは胸の内でつぶやいた。

(ブライトにとって、もともと私はそんなに重要な存在じゃなかったんだ)

そう気づいて、ウィステリアは自嘲した。

あのとき、せめて少しでも彼の傷痕になりたいと願った。傷となって、後悔という形でもいいから少しでも長く残りたかった。

――だがそれすらも、結局は滑稽な思い上がりだ。

自分とブライトの想いは決定的に違っていたのだから。

ウィステリアは鈍く頭を振り、それ以上考えるのを止めた。これ以上は自分の足元が沈んで呑み込まれそうになる。やはり自分が関わるべきことではない。知るべきことでもない。

(……ロイドは、二人の息子)

その事実が、今になって再び重くのしかかるようだった。

「私は、多分……これ以上、ロイドに関わらないほうがいい」

言葉にしたとたん、それは重い衝撃となって胸を穿《うが》つ。

――必要以上に関わるべきではない。はじめから、そう考えていたはずなのに。

「……師弟関係というのも、最初から一時的なものと決めていました。こんな状況になるとは予想もしていませんでしたが……」

ウィステリアはかろうじて苦く笑った。

ベンジャミンは答えなかった。

温和な知人は思慮深い沈黙の後で必死に言葉を選んでいたのか、やがて返答を絞り出した。

「……そう、ですね。ウィステリア様が、それで平穏に過ごせるのであれば……。ルイニング公やロザリー夫人との関わりを望まないのであれば……」

――ロイドから、離れたほうがいい。

ベンジャミンは言外にそう告げた。

過去を知り、親身になってくれる相手からの同意は、なぜかウィステリアに鈍い痛みを与えた。

――否定を望んでいたなどというのは、あまりに身勝手だ。

喉が詰まり、うまく言葉が出てこない。この話を終わらせ、なかったことにするべきなのに。

窓から射し込む光は少なく、薄暗さを漂わせる部屋に気詰まりな沈黙が落ちる。

やがて、かすれた声がそれを破った。

「ウィステリア様。僕は……」

苦く、ためらいを含んだ気配にウィステリアは顔を上げる。ベンジャミンはこちらを見てはいなかった。両手で膝を握り、頭を垂れたまま迷っているようだった。

ウィステリアはぼんやりと瞬きながら続きを待つ。

――僕は。

ベンジャミンは何を言おうとしているのだろう。その様子から、なにか軽々しく話せる内容ではないらしいことはわかる。

長い沈黙。先にウィステリアのほうが不安に耐えられなくなり、そっと訊ねた。

「ベンジャミン……？」

膝を握るベンジャミンの手に、強い力がこもっている。うつむく姿に懊悩が色濃く表れていた。

やがてベンジャミンは重たげに頭を振って顔を上げた。そこには、力なく苦い作り笑いがあった。

「いえ……すみません。その、自分でも何を言おうとしたのかわからなくなりました。ウィステリア様に聞きたいことがあまりにも多くて、少々混乱してしまったようです」

「……そうですか？　何でも聞いていただければ、わかる範囲で説明します」

ウィステリアはそう答え、《未明の地》のことだと納得し、安堵した。

ベンジャミンが言おうとしてやめたことが本当は何なのか気にかかったが、聞くのは少し怖いような気もしていた。

それからは互いの暗黙の了解のように、《未明の地》に関する話題のみに戻った。

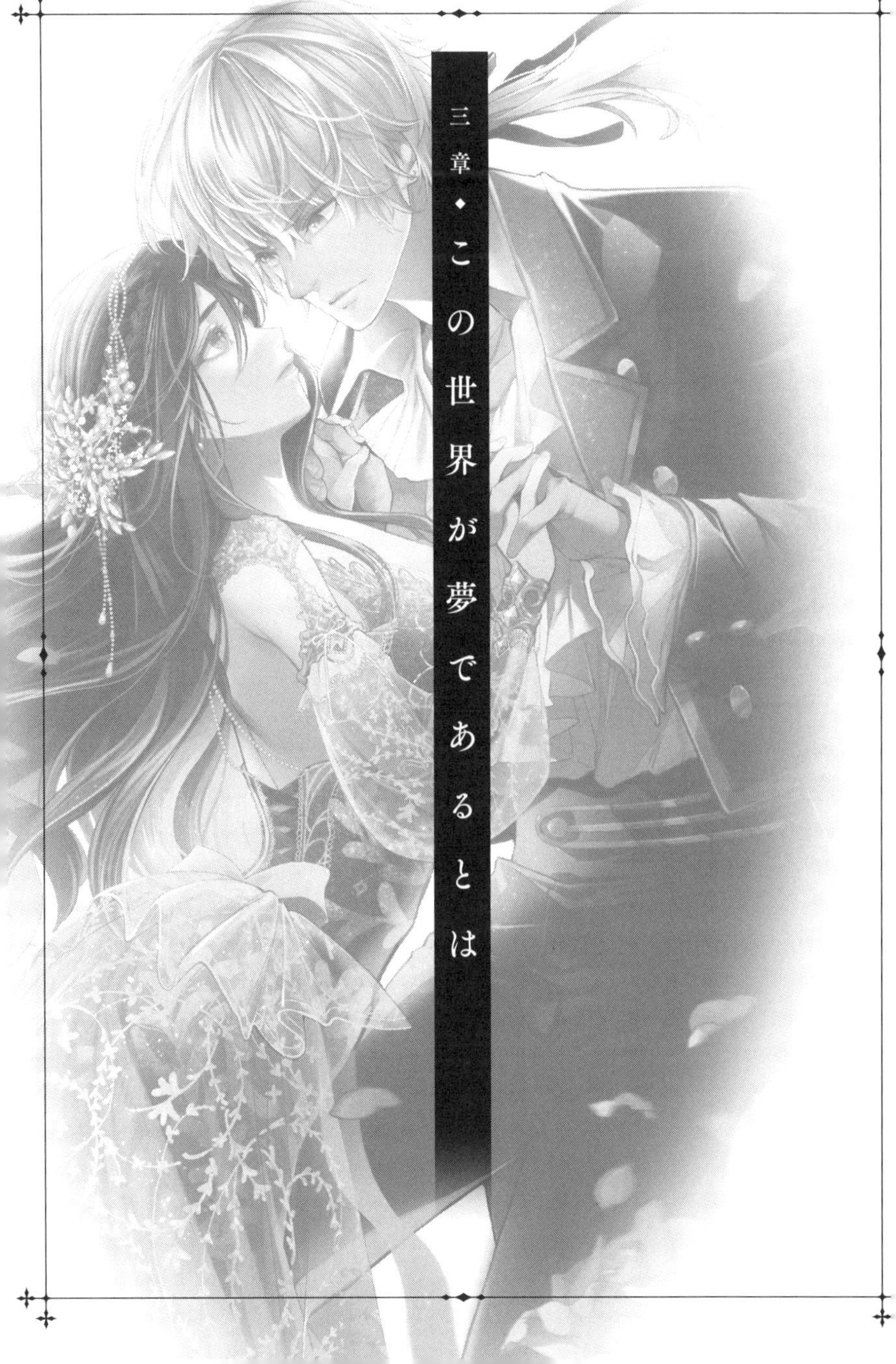

三章◆この世界が夢であるとは

心を傾けるかは

――ひどい雨の日だった。

ベンジャミンは衝動的に飛び出し、ただ冊子だけを腕に抱えて走った日のことを思い出す。

腕の中のものだけは濡らさないようにして、事前連絡もなしにベンジャミンはルイニング邸の扉を叩いた。ずぶ濡れで冷えた体とは対照に、頭に血が上ったまま、是が非でも相手に会わなければならないと激情に駆られていた。この腕に抱えたものを突きつけるまではここから退くつもりはなかった。

そして扉は開き、ベンジャミンの求める相手は現れた。

ルイニングの〝生ける宝石〟はいつか見たときよりも輝きを失って見えた。やつれて顔色を悪くしていたのかもしれない。あるいは自分の主観にすぎないだろうか。黄金の目は驚きに見開かれていた。

その目に、抱えてきたものを叩きつけるように押しつけた。

それから自分が背を向けて走り去ったあと、あの輝ける目をした男は押しつけたものを読んだだろうか。捨てただろうか。もし読んだなら何を思ったのだろう。あるいは――。


〝彼も……私のことを忘れたのでしょうか〟

頭に刻みつけられたばかりの、鮮やかな声が蘇ってベンジャミンははっと目を開けた。

ぼやけた目を慌ててこすり、手元に置いていた眼鏡をかけ直す。ため息をつくと、さすがに疲労を感じた。少し、居眠りをしてしまっていたらしい。

書斎机の上には照明を担う燭台と、離れたところに文書と筆記具が置かれている。

いま手元にあるのは、広げた布とその上に置いた工具と砕いた《石》の破片だった。黒曜石を思わせる暗い色の石は、《未明の地》に由来するものだ。

窓の外はだいぶ暗くなっており、机の上の燭台だけでは、室内はより沈んで見える。

ベンジャミンは重いため息をついた。目頭を指で揉む。

(何やってるんだ。寝ぼけている暇なんてない)

早くこの装身具を完成させなければならない。

——日中、ウィステリアと話したときに湧き上がったあの感覚が、強い焦燥となってベンジャミンを急かしていた。

罪悪感。

あのとき、震えるような緊張感とともに、ウィステリアに吐露しそうになった。——だが、できなかった。自分を信じて見つめてくる紫水晶の目に怖じ気づいた。

——二十三年前と変わらずに接してくれるウィステリアを失いたくなかった。軽蔑されるのがおそろしかった。

ベンジャミンは顔を歪め、強く頭を振ってそれらの考えから逃げた。

少しでもウィステリアの信頼に応えるために、一刻も早くこの装身具を完成させなければならない。

ベンジャミンが再び工具を手に取ったとき、書斎の扉が叩かれた。

「ラブラ殿。戻りました」

「どうぞ、入ってください」

すぐに扉が開き、長身の青年が部屋に入ってくる。暗い部屋の中でも輝いて見える銀色の髪。そして黄金の目。――まどろみの中で見た人物と同じ色彩と容貌のせいで、ベンジャミンは肩が少し強ばるのを感じた。

だが青年の手にあるものを見て瞬く。さほど小さくはないはずのカップが、青年の手の中ではずいぶん小さく見える。

ロイドは相変わらずの乏しい表情で、手にしていたカップを書斎机の隅に置いた。

「ハリエット夫人からです」

「あ、ありがとうございま……、夫人がロイド君に雑用を……!? すみません！」

「世話になっているのはこちらですから、これくらいは」

ルイニングの後継者は何でもないことのように肩をすくめる。ベンジャミンの方が萎縮するほどだった。付き合いの長いハリエットは、年を重ねてますます肝が据わってしまったところがある。

――この青年の素性を教えていないから、余計にこんな大胆な真似ができるのかもしれない。それでも、客人として丁重に扱ってくれと言ったはずで、それを違えるような人ではないから、この青年のほうから手伝いを申し出たのかもしれない。

　この比類なき名門の貴公子が、あまり身分や権威といったものに頓着しないことをベンジャミンは知っていた。侮ったり、著しく礼を失するようなことがなければ、ロイドが不快感を示すことはあまりない。

　ベンジャミンが書斎机の前方の椅子をすすめると、ロイドはそこに腰を下ろした。そしてテーブルの上に重ねてある文書に手を伸ばす。

「ウィステリア様の様子はいかがですか？」

　ベンジャミンが慎重に問うと、ロイドは文書を手に、顔を上げないまま答えた。

「落ち着いたようです。後でまた一度様子を見に行きます」

「そうですか。それは……よかった」

　青年の、まったく気後れもためらいもない答えが逆にベンジャミンを戸惑わせた。

　――ウィステリアは、体から突発的に瘴気が流出するという症状に悩まされている。

　少し前にもそれが発生しかけ、ロイドがすぐに魔法でおさめたものの、ウィステリアの体調を考慮して早めに休ませることになった。ウィステリアが寝室に入っていったあともしばらくロイドは部屋の外にいて経過を見守り、それからここへ来た。

　――ほぼ純然たる医療行為とはいえ、未婚の女性の寝室前に佇むというのは、世間体にはあまり褒められたことではない。

　婚約者のいるこの青年がまったく動じていないというのもベンジャミンにとっては戸惑うことだ

った。青年の行動はまるで――相手との関係を誤解されかねないものだ。

「装身具のほうはどうですか？」

「ああ、はい。なんとか、形にできそうです。あとは効果の検証をしたいところですね」

ロイドの問いに、ベンジャミンはやや慌てて応じた。下世話なことを考えた自分をまた恥じ、頭の後ろをかいた。

――ロイドが問うているのは、ウィステリアの体から瘴気が溢れるのを抑えるための装身具のことだ。

《未明の地》に行くために製作した装身具の応用で作れるのではないか。

ベンジャミンにそれを提案したのは、他ならぬロイドだった。

『彼女から流出する瘴気は、量と速度を抑える必要がある。私に作ってくださったもののように、瘴気を抑制する装身具を作ることはできませんか。完全に封じるものでなくていい』

ロイドの言葉を聞き、ベンジャミンはすぐに取りかかった。研究所に戻れば、もっと有用な工具や材料がそろっているが、今はとにかく応急処置となるものが必要だった。この家でも、運良く使えそうな《石》はまだ手元に残っている。

――装身具ができるまでは、ロイド自身が魔法を使ってウィステリアの症状に対処するという。

「よろしくお願いします。私に手伝えることがあれば言ってください」

ロイドの冷静な言葉に、ベンジャミンははっと意識を引き戻す。――負い目を感じて、目を伏せたまま、息子ほどの年齢の青年に礼を述べていた。

（……僕は、ウィステリア様を疑った）

本当に自分の知るウィステリア・イレーネなのか。そもそも人間のままであるのかということさえ疑った。――そうでなくとも、自分に彼女を疑う資格などないというのに。

しかしロイドは違った。怯むことなく魔法で対処し、最優先でウィステリアの体を気遣い、その後の処置についても現実的に考えていた。

その差が、ひどく恥ずかしかった。

ベンジャミンはいったん手を休め、両手で顔を揉みながら表情を隠した。大きなため息で誤魔化す。それから、青年が運んできてくれたカップを手に取り、傾ける。

一息つく振りをして、正面の椅子に腰掛ける青年を見た。

正面の背の低いテーブルを挟み、こちらに向く形で椅子に座っている。大きな体を少し窮屈そうに屈め、文書に目を通している。

その文書は、ウィステリアから聞いた話を書き取ったものだ。下書きとして書きなぐったものも、ある程度まとめ直したものもある。

期間が異なるとはいえ、ロイドも同じく《未明の地》で過ごし、生き延びた。特に魔物との戦闘は多く、異変も起こり、その体験を共有したという。

――ロイドにも確認して精査と修正をお願いします、とあの真面目で穏やかな女性は言った。

二十三年前と同じ、澄んでいて理知的な声だった。あのときよりは、硬質さを増して凛々しくなっただろうか。印象的な紫の目も、当時より静謐で深みを増したかもしれない。吸い込まれるような目は、影が少し濃くなったようにも見える。

（……感傷に浸ってる場合じゃないだろう）

ベンジャミンは自分を叱責し、ハリエットがいれてくれた茶を何も加えずに飲んだ。

正面のロイドは、黙して読んでいる。かと思えば、右手側に集めてあった紙の束から一枚取り、素早く何かを書き始める。

ペンの音は素早く、止まることがない。思考や記憶によどみがない証拠だ。

邪魔をしてはいけないと思いながらも好奇心が勝り、ベンジャミンは口を開いていた。

「何か補足が？」

「いま読んだ部分に関連する情報です。彼女が記した記録の中にも、同じ記述がありました」

ロイドはやはり顔を上げず、手も止めないまま答える。

そうですか、とベンジャミンはうなるように呟いていた。

（――ウィステリア様が記した記録か）

《未明の地》で類を見ないほど長く生存し続けたウィステリアは、ただ生き延びただけでなく魔物や環境の異変を記録することまでしていたという。その行為自体も驚嘆すべきことだが、記録の内容はベンジャミンにとってはどんな金銀財宝にも勝る財産だった。

ロイドは、向こうの世界でそれを読んだのだという。

――そしてその大部分を正確に覚えているようだった。

この青年が、武人としての才のみならず、記憶力に優れていることをベンジャミンは改めて思い知らされた。第四研究所の他の研究員も感嘆するほど物覚えがよく、呑み込みが早いのだ。

名門ルイニングの〝傑作〟とまで称されるのは、魔法の才のみが理由ではない。

ベンジャミンは甘みのない茶を飲み干し、カップを机の端に置いた。こめかみを揉み、工具に再び手を伸ばしたとき、ふいにロイドが言った。

「ラブラ殿。お聞きしたいことがあります」

反射的に、ベンジャミンは顔を上げる。改まったような調子に虚を衝かれると、ロイドも顔を上げて真っ直ぐにベンジャミンを見ていた。

「彼女の――ウィステリア・イレーネが身代わりとして番人になった経緯を、ラブラ殿ならご存じではありませんか」

簡潔な、だが鋭く切り込んでくるような問いに、ベンジャミンは息を呑んだ。

ロイドの手は文書を放し、開いた足の上に無造作に置かれている。

「彼女は元の番人候補の身代わりとなった。誰か……想う相手のために」

ベンジャミンは目を伏せ、机の上で強く工具を握った。動悸がする。必死に平静を保とうとするが、自分が今どんな表情をしているのかわからない。この室内に濃くなっていく夜の暗さが、自分の反応を少しでも隠してくれることを祈った。

「――以前、ラブラ殿は言われた。〝ウィステリア・イレーネは、悪女などでは決してない……穏やかで聡明で、強く優しい人であった〟と。その言葉が正しかったと、私は身をもって知りました」

「……僕は、以前からウィステリア様と交流がありましたから。同じ研究所で学び、ウィステリア様の人柄は知っていました。ですから、それで……」

手にした工具に目を落としながら、ベンジャミンはそれらしい答えを返す。

だが、青年には通用しないようだった。

「ラブラ殿は、彼女の記録が冤罪だと知っていた。なら、真実をご存じなのではないですか。魔法管理院は何をしたのか。彼女に何があったのか。事実を教えていただきたい」

曇りのない刃のようにロイドは疑問を突きつけてくる。

ベンジャミンは答えに窮した。――元より、嘘もこういった駆け引きもまったく得意ではない。

しかし、ウィステリアは事実を知られたくないと言っている。できる限りこの青年には情報を伏せるという約束もした。

ベンジャミン自身も、この青年とその父との間に確執を生むようなことはしたくないとも感じた。

どう答えればいいのか。黙っているほど余計に疑念を招く。焦りは増したが、結局、ベンジャミンは伝えられる限りのことを口にした。

「……実際に何があったのか、どのような経緯があったのか、僕は知りません。ウィステリア様も、公言していません。ロイド君にも言っていないということは……ウィステリア様は、人に話したくないとお思いなのではないでしょうか。相手が誰であっても」

「……ええ」

「そうであれば、ウィステリア様が話したがらないことを、僕の勝手な憶測や妄想で語りたくはないのです。ロイド君にとっても無意味ですし、僕に語る資格もありません。非常に……私的なことだと思います。僕自身も聞いてはならないことだと思っています。申し訳ないのですが、わかってください」

目を伏せたまま、ベンジャミンは本心からの言葉を振り絞った。感情に訴えるだけの、無益な話し方とわかっていても他に何も言えなかった。

ロイドが声を荒らげて反論してくることはなかった。

静かな圧を帯びた視線を、ベンジャミンは感じとる。そして、抑えた青年の声がした。

「ラブラ殿の言葉を否定するつもりはありません。ですがそうやって見て見ぬ振りのままでは、彼女の名誉も傷つけられたままだ。ウィステリア・イレーネのなしたことは栄誉こそがふさわしく、決して冤罪を放置していいはずはない」

青年の言葉に、強い怒りが滲む。

ベンジャミンの全身は強ばった。腹のあたりが凍りつくような感覚に襲われる。

ロイドの真っ直ぐな言葉は、ベンジャミンが目を背け、ウィステリアを前にして言えなかった自分の臆病と卑劣さごと糾弾するかのようだった。

――おそれを知らず、退くこともない黄金の目は、暗闇に隠したものを暴こうとしている。

ベンジャミンは強い自己嫌悪と羞恥に襲われ、すがるように工具を強く握った。青年の言葉を、否定することも肯定することもできない。

だが、ロイドはそれ以上問い詰めてくることはなかった。もはや目の前の相手から引き出せるものはないと判断したのか、再び文書の黙読と記録の作成に戻る。

ペンが走る音以外、重苦しい室内に音を立てるものはなくなる。

ベンジャミンは工具を握りこんでいた手をいったん離し、強ばった手をほぐすように開閉してから、再び工具を持ち直した。目の前のなすべきことに自分を集中させようとしたが、うまくいかない。心音は乱れ、思考には雑音が交じり、罪悪感と焦燥感で集中が乱される。

――このまま、ただ黙っているだけでいいのか。

ロイドに投げかけられた言葉が、そんな内なる声を呼び起こす。ベンジャミンは強く唇を閉ざす。息を止めて堪えたつもりが、言葉が口をついて出ていた。

「……ロイド君は、これからどうするつもりですか」

青年の顔が上向き、金色の双眸がベンジャミンに据えられる。その視線の真っ直ぐさに一瞬気圧されながらも、ベンジャミンは意を決して言葉を続けた。

「状況が落ち着いたあと、ロイド君も王都へ戻りますよね。魔物についての調査事項などもありますが、アイリーン殿下が……ロイド君を待っておられます」

言いながら、ベンジャミンは必死に考えを巡らせる。うまく、思考と言葉が繋がらない。

金の目は、静かに見つめ返していた。そこには動揺も冷笑もなかった。

――それが、今はベンジャミンの気を騒がせた。

この青年は、わかっているのだろうか。あるいは、自分の杞憂にすぎないのだろうか。

ためらいながら、それでもベンジャミンは確かめることにした。

「ロイド君とウィステリア様が、向こうの世界でどのように過ごされ、どのような関わり方をしたのかはわかりませんが……」

緊張で喉が強ばる。ベンジャミンの脳裏に、《門》によく似た黒い渦から二人が現れて以後の光景がよぎった。

――ウィステリアを庇い、抱え込むようにしていたロイドの姿。自分が駆け寄ったとき、ウィステリアを抱きしめるようにして、手負いの獣じみた目でこちらを睨んでいた。

――ウィステリアから瘴気が噴き出せば、ロイドは止めるためにためらいなく抱きかかえた。気を失った彼女を寝台に横たわらせたあと、寝台の側に椅子を引き寄せてそこで見守る姿勢さえ見せた。大きな背は、他に誰も近寄らせまいとするかのようだった。

青白いほどに血の気を失った寝顔を、青年の目は無言で見つめ続けていた。目覚めたウィステリアがベンジャミンに向いて話をしているときでさえも、ロイドの目線はウィステリアを捉えている。意識を取り戻したウィステリアを膝上に抱えることにもためらいはなく、離そうとはしなかった。

――そのすべてに、ベンジャミンはかつてないほどの強い感情の発露を感じた。

ウィステリアは、それを師匠と弟子の関係であるという。あるいは義理の伯母と甥であるという。

（……これが、師と弟子の関係？）

ベンジャミンは、呆然とする他なかった。学問において、教えを乞う者と授ける者の関係を見たことはある。そこに特別な結びつきがあるのは事実だ。だが少なくとも、ウィステリアとロイドの関係が、それとは異質のものであることは確かだった。

かといって、巷で安い娯楽の題材となるような、不埒で疚《やま》しい関係というようにも思えなかった。

――この国では結婚するまでの恋愛は自由であり、特に、高貴な身の男女は婚約しても他に一時の関係を持つことも少なくはない。よほどの醜聞とならなければ寛容に受け止められる。財や権力を持った人間なら、既婚者となっても他で恋愛を楽しむ者も少なくないと聞いた。

大事なのは互いの合意と、醜聞にならない程度の洗練された遊び方――若い頃、どこかの貴族の御曹司がもっともらしくそんなことを語っていたことを思い出す。

ベンジャミンの感情を排した思考の部分では、可能性の一つとしてそれを考えている。

だがそうあってほしくないという願いのために、ベンジャミンは気力をかき集めて続けた。

「これが僕の杞憂なら、嗤ってくださって構いません。ですが、ウィステリア様のかつての友人の一人として、言わせてください」

ぐっと腹に力をこめ、ロイドを正面から見据えて言った。

「――ウィステリア様は、一時的な関係の相手に選ぶべき方ではないと思います。そこに互いの合意があってでもです。あの方はとても……一途ですから」

ベンジャミンが振り絞った言葉を、ロイドは瞬きもせずに聞いた。真正面から受け止めたように見えた。たちまち、張り詰めた沈黙が生じる。

ベンジャミンは緊張し、青年の答えを待った。

――下世話な妄想を、と軽蔑されるかもしれない。若く高貴な人間のことも艶めいた戯れも色恋沙汰も何一つわからない自分が、何を言うのかと嗤われるかもしれない。

それでも目を背けずにいると、簡潔な答えが返った。

「その懸念は杞憂です」

ベンジャミンは小さく息を呑む。答えを返した青年の両眼に、静謐でありながら強い輝きが見えた。闇夜に光る狼に似た両目。――透徹とした、だが激しい感情の片鱗を滲ませる目。

「私は、ウィステリア・イレーネを軽んじるつもりも、一時的な関係などといったものにするつもりもない」

決して大声ではない、しかし激しさを感じさせる声でロイドは答える。

威圧されたようにベンジャミンは言葉を詰まらせる。

ベンジャミンを直視していた金眼がふいに逸れ、自らの手元を見る。ベンジャミンは、青年の大きな手が強く握りしめられているのを見た。

「それに、わかっています。彼女が、どんなふうに相手を想うのかは。――どれだけ心を割くのかも」

ロイドがそう告げたとき、ベンジャミンは思わず目を見開いた。

――何があったのか。この青年は、ウィステリアの何を見て何を知ったのか。

ベンジャミンの胸の内を聞いたかのように、ロイドは再び顔を上げた。鋭く、射るような金の双眸にベンジャミンは再び緊張する。

「イレーネと何を話したのですか。彼女が、私に対して不安や不満を抱いていたとでも？」

「いえ、そんなことは……まったく」

ベンジャミンはぎこちなく手を振る。ロイドの語気は少し強く感じられたが、訝るのも当然と思えた。

「……ただ、僕の勝手な妄想の話です。気を悪くされたでしょう。すみません」

いえ、とロイドは短く応じた。真意を探ろうとするかのように、金色の目がじっとベンジャミンをうかがう。

ベンジャミンが口ごもっていると、やがてロイドは腰を上げた。

「彼女の様子を見てきます」

ベンジャミンは思わず声をかけそうになった。――ウィステリアに直接問い質しに行くのではないかと危惧した。

だが、そうして無理に引き留めたり、問い質さないでくれなどと言えば余計に疑念を招く。

ためらったわずかの間に、ロイドは部屋を出て行く。

扉が閉められ、一人静けさに取り残されてから、ベンジャミンは長くため息をついて背もたれに体を預けた。

あなたの前から

夜が深まっていく。あらゆる影が夜の闇に呑まれる。だが、それでもどこか明るさが残っている。

ウィステリアは四阿の椅子に座ったまま、静かな感動を持って夜を眺めていた。

建物からの明かりが、十分なほど庭を照らしている。庭の花壇たちは見事という他なかった。夜の照明を浴び、色を深めながらまた別の顔を見せている。――まるで夢のようだった。

感嘆のため息をつくと、四阿の屋根になっている藤の花が、ほのかな甘い香りを振りまいた。

「――イレーネ」

不意の呼び声に、ウィステリアははっと現実に引き戻される。サルティス以外に、自分をそう呼ぶ人間など一人しかいない。

どことなくばつが悪い思いをしながら顔を向けると、予想通り、照明を背にしたロイドが廊下に立っていた。銀の片眉をわずかに上げ、疑うとも、咎めているともつかぬ表情をしている。

「もう起きたのか」

「……う、うむ。その、だいぶ回復したから大丈夫……」

「へえ？」

師の微妙な言い訳を、弟子は短い応答で粉砕した。いくつもの含みをもった返しに、ウィステリアはうぐ、と言葉に詰まる。――瘴気がいつ噴き出すともわからないこの体で、しかも実際に不調で早くに休んだ身でありながら早々に部屋を抜け出すというのは賢明な判断とは言えない。頭ではそうわかっていた。

ロイドが大股で歩み寄る。距離はすぐ詰められた。

「日は落ちた。外の空気を吸いたいなら、部屋の窓を開けるか明日にすればいい。――焦る必要はない」

ロイドの淀みない言葉に、ウィステリアははっと目を見開く。この聡明な弟子は、師が部屋から抜け出して中庭に佇んでいたことの意味を察したらしかった。

「ん……そうだな」

わかった、と受け入れて、ウィステリアは椅子から立ち上がる。少し足元がふらつく。

次の瞬間、体の奥にぞわりと冷たさを感じた。

あの感覚──瘴気の冷たさ。ウィステリアは息ごと動きを止める。また体から瘴気が流れ出すおそれと不安で全身が強ばった。

だが強ばった腕に、大きな手が触れた。ウィステリアが硬い動きで目を上げると、ロイドの金眼が見下ろしている。その瞳が淡く光をまとっていることで魔法の行使を悟る。

この青年が側にいれば、魔法で抑え込んでくれる。その安堵と、ロイドに危惧された通りの状態になったことへの罪悪感でウィステリアは目を伏せた。やはり、部屋で休んでいるべきだったのだ。

「……すまない」

「気にするな」

ウィステリアは冷たい感覚が引いていくのを待ち、ロイドに症状がおさまったことを伝えた。腕を支えていた手が離れていく。

「部屋に戻れるか」

ロイドの言葉に、ウィステリアは短く肯定する。中庭に背を向ける。ごく自然にロイドもついてくる。──この弟子を煩わせているとわかるのに、安心感のようなものも覚える。

（……まるで病人だな）

ウィステリアは内心で自嘲した。体内で何かが均衡を崩し、体調を悪化させている。一人で出歩くことも難しくなるほどに。

借りている一室に戻ると、燭台に火が灯されていた。ロイドも部屋の中に入ってくる。そこで、ウィステリアは部屋にあるはずのものがないことに気づいた。

「サルトは……？」

「隣の部屋に移した。やはりあれがいるとうるさい。あなたの休息の邪魔になる」

当然と言わんばかりのロイドの口調に、ウィステリアは、そこまででもないが、と控えめに聖剣の擁護を試みた。

ロイドは今度こそ、師がまともに休息するかどうか見届けようとしているらしい。

体が重くなったような感覚は拭いきれず、ウィステリアはロイドに見られていることに少し抵抗を覚えながらもひとまず寝台に横たわった。それから、ほとんど無意識に窓のほうへ顔を向けていた。日が沈んでも、窓の外から淡い夜の光を感じる。《未明の地》の夜にはありえない光景だった。

横たわったことで体はますます重く、瞼も重くなっているのに、目を閉じたくなかった。

思考が鈍くなった分だけ、ただ外の世界の光を、景色をずっと眺めていたいという気持ちが先走った。

「イレーネ」

ロイドが呼ぶ。ウィステリアは振り向かなかった。この弟子が、純粋な気遣いと懸念から睡眠を促していることはわかっていた。答えないまま窓の外を眺め、やがて細いため息をこぼした。体にのしかかってくる疲労が、ウィステリアの心の箍《たが》を外す。

「……眠りたくないんだ」

繕うことを忘れた本音がこぼれ落ちる。

「悪夢を見るのか？」

ロイドの声に、どこかなだめるような響きが滲む。

ウィステリアは振り向かずに答えた。

「いや……。夢から覚めてしまうんじゃないかと……思って」

ためらったのは一瞬で、胸の中の思いがそのまま転がり落ちた。あとは、水が溢れるように言葉が続いた。

「眠って、目が覚めて……今ここにあるすべてが夢だったと突きつけられるのが怖い。夢のように消えてしまうのが怖いんだ。……今目の前にあるものは現実だと、そのはずだと頭ではわかっているのにな」

片時も目を離しがたい外の風景を見つめながら、ウィステリアは力なく笑った。――世界《こちら》のほうが現実。そのはずであるのに、目を離した瞬間に、目を閉じた瞬間に消えてしまうのが怖かった。理屈ではなく、頭で言い聞かせてもすぐには受け入れられない。《未明の地》の暗さが体の奥深くに染み込んでいる。思考力が鈍れば鈍るほど、なおさら今にしがみつこうとして、目を閉じることを拒む。

「《未明の地》にいたときは、少しでも長く、一日でも多く眠って何も考えずにいたいと思っていたのにな」

——怠惰だろ、とまた自嘲する。番人の責任などというものはまったくない。仮にも師と言えるほどの理念や強さもない。

聞き苦しいことを言った、と頭の隅で遅れて察すると同時に、呼び声があった。

「イレーネ。こちらを見ろ」

ウィステリアは指先を小さく揺らし、緩慢な動きで振り向いた。寝台の側に立ったロイドが、淡く光る金色の目で見つめている。

「——夢じゃない。目を閉じても、その眠りから覚めても、この世界も私もあなたの前からいなくなりはしない」

決して笑うことのない、真摯な声がウィステリアの胸に響いた。深く反響して、目の奥が少し、熱くなる。

——もう夢に見ることも、考えることすらも放棄していた希望。人のいる世界への帰還。

「……うん」

言葉に詰まり、そんな答えを返すだけで精一杯だった。

ロイドがふいに顔を巡らせ、何かを探すように視線を動かした。かと思うと、室内にあった椅子を寝台の側に持ってくる。そして、ウィステリアのほうへ体を向ける形で腰を下ろした。

「あなたが眠るまで見てる」

ウィステリアの目の熱が少し引っこむ。ぱちぱちと紫の目を瞬かせると、じわりと気恥ずかしさがこみあげる。

「そうされなければならないような原因に覚えは？」

「……か、監視か？」

さらりと返されて、う、とウィステリアは答えに窮した。――つい先ほどまで、休むべき身なのに部屋を抜け出し悠長に庭を眺めていたのは自分だった。

ウィステリアは薄く唇を開いて抵抗の言葉を発しかけ、止まった。

――君が見ていたら寝にくい。そう言おうとしてやめた。

この青年がこんなふうに側にいることは、安堵と緊張の相反する二つが交じったような不思議な気分だった。同時に、目が覚めたらこの現実が消えるのではないかという不安も薄らいでいた。

「眠れないなら、少し何か飲むか、軽く食べるか？　欲しいものや必要なものがあれば言ってくれ」

ロイドが冷静な声で言う。しかしその声に配慮の響きを感じて、ウィステリアは緩く頭を振った。

――これではまるであやされる子供だ。少しくすぐったくて、苦笑いしたくなる。だが、だからこそ今はおとなしく寝ておくべきだろう。

ウィステリアは重い瞼でゆっくりと瞬く。考える力がますます鈍くなっていく。――欲しいもの。必要なもの。

「……ロイド」

少しかすれた声で呼ぶと、ロイドが無言で注意を向けてくる。その顔に向かって、ウィステリアはぽつりとこぼした。

「何か、話してくれるか。私が眠るまで」

「……話？」

ロイドが銀の睫毛を瞬かせる。その眼差しで、何の話を求めるのかと問うてくる。

「何でもいいんだ。ただ……君の声を聞いていたいだけだから」

軽い冗談に聞こえるように、ウィステリアは脆く微笑する。声にうまく力が乗らず、おどけた抑揚にはできなかった。

金色の目が見開かれるのが見えた。かすかに息を詰めるような気配さえした。

――子供じみていただろうか、とウィステリアは意識の遠くで考える。

この聡明な弟子は、決して饒舌ではない。だが必要なときには言葉を尽くしてくれる。

それだけでなく、胸の奥に響くような声がとても心地よいのだとウィステリアは気づいた。

――目を覚まさないロイドを前に、その眼差しと声を渇望したように、この声を聞いていたかった。

あるいは、かつて誰よりも特別だった声に酷似しているからなのだろうか。

「……ああ。わかった」

抑えた抑揚で、ロイドが言う。感情をとっさに強く押し殺したようにも聞こえる。

――あまり面白い話はないが、と前置きして、ロイドはぽつぽつと話し出す。こちらの世界での魔物のこと、その討伐経験。武具のこと、その実用性のこと。騎士見習いのこと、魔法の学びのこと。それがこの青年らしくて、ウィステリアは少し笑った。

ぼんやりとロイドを見つめながら、心地よい声を聞いている。ゆっくりと瞬くと、うとうととまどろみの波が押し寄せてくる。

まだ起きていたい、この声を聞いていたい、この青年を見ていたい、この世界を見ていたい――そんな思いを引きずりながら、眠りの波にさらわれていく。

意識が遠くへ運ばれる間際、イレーネ、と引き絞るような呼び声を聞いたような気がした。

ふっとウィステリアが目を覚ましたとき、部屋は不思議な明るさに満ちていた。

すでに燭台の火は消され、夜の闇だと感じるのに、やはり《未明の地》よりも明るい。

（――夜）

何度も瞬くと、意識が急浮上する。ウィステリアは寝台に体を起こし、周りを見回して――そこが、あの見慣れた異界の寝室ではないことに、深く安堵した。

同時に、寝台の側に座っていた青年の姿がもう見えないことに落胆を覚え、そんな自分に驚く。

どれくらい眠ったのかよくわからなかった。

反射的にサルティスの姿を捜す。隣の部屋に移した、というロイドの言葉を思い出し、寝台から抜け出した。そっと部屋を出ると、廊下は静まりかえっている。夜更けのようだ。

照明が乏しくとも、異界の夜に慣れた目には、窓から射し込む夜の光だけでも風景の輪郭を捉えることができる。隣の部屋の扉に手を触れると、鍵はかかっていない。そっと押し開けると、闇の中にも、淡く光るような黄金の柄を見つけた。サルティスは小さなテーブルに横たえられていた。

ウィステリアは足音を殺して近づき、サルティスを持ち上げた。

『遅いわ!!　今さら何だ!!』

「しっ！　静かに……！」

慌てて制止の声をかけながら、ウィステリアはサルティスを抱えて自分の部屋に戻った。

椅子を窓辺に持っていき、サルティスを持ったまま腰を下ろす。そうして窓の外を見上げると、驚くほど明るく感じられ、すぐにその理由がわかった。

月光に照らされて、月の周りで雲が白く浮かび上がっている。

――夜に浮かぶ月は、大きく膨らんでいた。

「明るいな」

半ば無意識に、ウィステリアの口から感嘆のため息がこぼれ落ちた。

夜気が忍び込んできて冷たく肌を滑るが、それすらも澄んだ空気に感じられる。

ウィステリアが明るい夜に浸っていると、膝の上から日中より少しだけ抑えられた声がした。

『おい、子供のような夜更かしをするつもりか!?　それで能力の低下を招けば目も当てられんぞ！』

「……たまにはいいだろ。月を見るのは久しぶりなんだ」

『なんだ！　はじめて月を目にする子供でもあるまいに！』

「それと同じくらい久しぶりなんだよ。まったく、情緒がないなぁ君は」

『なんだと!?　人間ごときの情緒など我の超越した感性とは比べものに――』

相変わらずな聖剣の反応にウィステリアは少し笑った。今は、サルティスの小言さえも心地よく感じられる。

眠りに落ちる直前まで、ロイドの声がずっと聞こえていたことを思い出した。誇り高いがゆえに尊大なところもあるはずの青年は、それでも真面目に語り、ウィステリアの望み通りにしていた。内容は無骨でも、語る声がいつもより柔らかく感じたのは、彼の優しさの発露なのかもしれない。

（……思った以上に面倒見の良い青年なんだな……）

子供のような我が儘を言った自分に対し、弟子であるロイドはまともに付き合ってくれた。居たたまれなさに今さら目の下が熱くなる。

——こんなふうに起き出せば、ロイドにまた呆れられるかもしれない。

それでも、少しだけと言い訳をして月を眺めた。

（……《未明の地》の夜より、いや、朝よりも明るい）

青みがかった闇に、金銀細工の欠片のごとく星が散っている。

くわえて円に近づいている月があるために、夜は深まってもなお輝きを帯びていた。時折どこから聞こえる鳥の鳴き声すらも心を揺さぶる。

ウィステリアは膝にサルティスを抱えたまま、目を閉じて瘴気のない世界を全身に感じた。それからゆっくりと瞼を持ち上げ、紫の瞳に夜を映す。

——急に、古い記憶の一欠片が浮かび上がってきた。

ずっと昔、幼かった頃の記憶。

——引き取られたばかりのラファティ家で、眠れずに空を見上げていたときの記憶だった。

寂しさと夜のおそろしさに泣いて、眠れない時期があった。

だが、小さなロザリーがぬいぐるみを抱え、目をこすりながら一緒の寝台に潜り込んでくれてからは眠れるようになった。

色濃い影を映した紫の双眸が、月の浮かぶ空から夜の庭へと落ちる。花さえ身を閉ざし、うなだれるようにして眠りについている。

名状し難い感傷が、ウィステリアの胸を支配した。

（……ロザリー）

温かく小さな手を引いたときの感触が、手のひらに淡く蘇る。弾けるような明るさと物怖じしない態度、人懐こい笑顔をした、ひまわりのような妹。ウィス姉様、と呼ぶ高い声。

色恋よりケーキや甘いお菓子が大好きな妹は、いつまでも小さな少女のようだった。――その妹は、もう妻となり母となり、二十を超えた青年の息子を持っているという現実に、今さら衝撃を受ける。

ウィステリアの中で、ロザリーは天真爛漫な十七才の姿で止まっている。

しかし現実は二十三年もの時間が過ぎている。

――ロザリーが、一部であっても自分に関する記憶を失っているということも信じられなかった。

それも、別れる直前の記憶を。

だが勝ち気で明るい妹に、実は脆く繊細な部分があることもウィステリアは知っていた。

ロザリーには耐えられなかったのかもしれない。

（だから……）

仕方ない、とウィステリアは自分に言い聞かせる。頭で考え、自分を諦めさせようとする。

しかしとたんに反発するように胸が軋み、喉を締め付けられる感覚があった。こみあげる鈍い痛みに、ウィステリアはぐっと唇を閉ざす。

頭で言い聞かせた分だけ、感情が反発している。

（それでも……覚えていてほしかった。忘れないでほしかったよ、ロザリー）

妹の明るい笑顔を、きらきら輝く丸い目を、姉様と呼ぶ声を思い、ウィステリアは何度も息を止めて堪えた。

『おい。何を一人妄想に浸っているのだ。妙な顔ばかりしおって』

「……妄想って言うな。私だって感傷に浸ることはある」

『ふん、老いたな！　感傷に浸ることを己に許せばますます老いるぞ！　無意味な妄想をもてあそぶくらいならさっさと寝ろ！』

遠回しの励ましなのか、単純な叱責なのかよくわからない口調でサルティスは言う。

ウィステリアは何度か鼻を鳴らし、忙しなく瞬いて滲む視界を払った。

サルティスにそんなつもりなどなくとも、老いという言葉が妙に胸に刺さった。

――ベンジャミンの顔に表れた時の積み重ね。ロザリーとブライトの過ごした時間。ロイドの年齢。それから。

（……お養父《とう》さま。お養母《かあ》さま……）

自分を拾い育ててくれた二人は、今はもう、六十にさしかかる頃だ。

穏やかな養親は、元よりあまり社交に積極的なほうではなかった。温厚で欲がなく、険悪な関係の相手がほぼいなかったのが、よい評判を生んでいた最大の理由だった。

平穏な暮らしを望んでいる二人であったから、番人の一件の後は王都を離れ、のどかな田舎にでも住んでいるかもしれない。――そうであってほしいと思う自分がいた。

あれから、養親が何事もなかったかのように賑やかな社交界に参加し、これまで通り暮らし続けているとはあまり思いたくなかった。

(二人とも、どうしているんだろう……)

そのこともベンジャミンに聞いておけばよかった、と今になって思う。

ウィステリアはため息をつき、天を仰いだ。

この世界に戻ってきた感動で頭がいっぱいになっていたが、考えなければいけないことは決して少なくない。

知らず、膝に乗せたサルティスに手を置き、戯れるように撫でた。

『なんだ！　馴れ馴れしい！』

「こら、馴れ馴れしいってなんだ。二十三年も一緒にいる仲だろうに」

『我が子守をしてやった、の間違いであろう！』

鼻息が荒くなったような声でサルティスは言う。ウィステリアは苦笑いしながら、徐々に浮かび上がってきた問題に目を向けた。

笑みを消し、膝上のサルティスを見つめる。

「……なあ、サルト。これからどうする？」

『何がだ!!　さっさと寝ろ!!』

「いや、そうじゃなくてだな。そもそも君は、ロイドの求婚のための証立ての最有力候補だろ？」

ウィステリアが少し声を潜めて言うと、サルティスは鼻を鳴らすような声をもらし、不満げに応じた。

『何が言いたい。もっとはっきり言え』

「君がよく話を脱線させるからだろ！　……とにかく。もともと、ロイドは求婚の証として……君を求めていた。私の弟子になって、《黒雷》を習得し戦うか、あるいは《蛇蔓》の除去を終えて、何らかの代替手段を得てロイドは一人でこちらの世界へ帰ってくるという話だったよな」

『ほう。知らん』

「知らん、じゃない……！　真面目な話をしているんだ」

ウィステリアが眉をつり上げると、サルティスは不服そうな声をもらした。

「……だから、つまりだ。ロイドは、これから王女殿下のもとへ……戻るのだろうが、何を手土産にしたらいいのかという話だよ」

『なぜお前がそれを考える必要がある。状況は多少異なったとはいえ、奴はいまだ条件を満たしておらず、我が主たる資格はない。よって何も得られず負け犬であることを認めて戻るしかあるまい』

「おいこら、口が過ぎるぞ。君を渡すわけにはもちろん、いかないが……」

ウィステリアはうめき、黙った。この内容についてはサルティスに相談などというのがそもそも間違っていたのかもしれないと思いはじめる。

「……代用として、強力な魔物を倒してその証を持ち帰ってもらう、なんてことを考えていたが……叶わなかったな。ロイドが《大蛇》を倒したときに戦利品の一つでも持ち帰れていれば……」

思わず悔やんでから、ウィステリアの頬は強ばった。

——漆黒のサルティス。黒い茨を思わせる力で、ロイドの腕を、胸を穿《うが》った光景。

鞘と鍔の境目に置いていた白い手が少し震える。手のひらに硬く冷たい感触を感じたが、強くサルティスを握った。

限定的とはいえ、サルティスはロイドに抜剣を許した。他の人間にはありえないことだ。同時に、サルティスはロイドを傷つけた。

ロイドの、太い腕に巻かれた包帯。精悍な首と大きな背にあった、無数の傷痕。

ウィステリアの聞いたことのない、凍えるような抑揚で剣は嗤った。

〝今この一時のために、二度と剣を握れぬ体になる覚悟はあるか？〟

その言葉が耳の奥に蘇ったとき、ウィステリアは息を止め、背が冷たくなった。

（……ロイドに抜かせたらだめだ）

——サルティスを安易にロイドに渡すことはできない。

これはきっと、サルティスを手放したくないという利己的な思いとはまったく異なるはずだ。

そして、半ば祈るような気持ちが自分の中にあった。

（……ロイドは、きっと大丈夫だ）

二度と剣を握れなくなるなどということはない。しっかりとした休養と、治療さえ受ければきっと回復する。そう信じたかった。

あの青年が、こんなところで力を失うなどとは思いたくなかった。——自分のせいで、失うなどとは。

ウィステリアは無言でサルティスを見つめる。ずっと側にいて、ときに師として友人として唯一寄り添ってくれた剣。なのに今になってよくわからなくなる。

『何だ。物欲しそうな目で見おって』

「……別に、物欲しそうな目なんてしてない。ただ……、どうしようかと考えていただけだ」

『小僧の今後などお前が考えるべきことではないだろうが。すっかりひ弱になりおって！ お前は暇なのか⁉ そんなことより、自分の力を取り戻すことに集中しろ！ 我が二十三年間の教えを無にする気か⁉』

サルティスのいつもの小言が、ふいに棘のごとく胸に刺さった。ウィステリアはう、と小さくうめき、反論に詰まる。

『状況が変わったとはいえ、油断するな！ 弛むな！ 今のお前の体たらくでは、奇襲を受けてもまともに抵抗もできんではないか‼ 変異体どころか、あの小僧相手でもとうてい師とは名乗れん有様だぞ‼』

含みがないゆえの容赦ない一撃が更にウィステリアを打った。今度はうめき声も出ず、息が詰まる。

半ば無意識に目を背けていたことを、サルティスの冷厳さに切り伏せられたような気がした。

――戻らない魔法の力。

ウィステリアは反射的に、左手で右手首をつかんだ。魔力の流れを司る《関門》がある場所。これまで、淡い熱のように魔力を感じ取ることができた場所だった。けれど今は、手を当てても何も感じ取ることができない。

魔法が使えない状態は、《未明の地》であれば瀕死といっても過言ではない。こんな状態でもし再び変異体と遭遇すれば――。それだけでなく、ウィステリアを愕然とさせるもう一つの理由があった。

（……師とは、呼べない）

サルティスから指摘されてはじめて気づいたその事実が、内側で静かに波紋を広げていくようだった。

――ロイドが自分と親しくし、側にいてくれるのは、自分が師という立場を保持できていたからだ。魔法の力と技があったからだ。

ロイドに知識や技のすべてを教え終わるより先に自分が力を失えば、弟子と師匠という関係がそもそも成り立たなくなる。――それ以外には、これまで顔を合わせたこともなかった義理の甥と伯母という脆い関係しかない。

（力を、取り戻さないと）

――戦う力を、自分が積み重ねた二十三年間を、師という立場を、失う。

ウィステリアは歯噛みし、こみあげる焦燥を呑み込んだ。手首をつかんだまま、目を閉じて意識を集中する。《関門》と魔力の流れを感じ取ろうとしたとき、閉じた瞼に突然暗闇が増した。

はっと目を開けたときには、刺すような冷たさを肌に感じた。手から黒い砂に似た瘴気がまばらに滲みはじめ、息を呑む。

『落ち着け、呼吸を整えることに集中しろ』

サルティスの厳しくも冷静な声が膝上から聞こえ、ウィステリアはすぐに手首から手を離し、サルティスの言う通りにした。強く目を閉じ、サルティスを握って、呼吸に意識を集中する。

肌が粟立ち、皮膚の下で瘴気の冷たさが全身に広がりそうになる。

なおも呼吸だけを繰り返しているうち、緩やかに侵食が収まってゆき、止まった。ウィステリアはかすかに震える呼吸を繰り返し、慎重に目を開けた。怯えるように手首を見ると、瘴気は滲み出していない。

長く、大きく息を吐いた。紫の目に膝上のサルティスを捉えながら、ウィステリアは表情を曇らせた。

「……魔法の訓練もできないのか」

『お前の体内の瘴気は不安定で、少しのことで均衡を欠いて噴き出すのであろう。そしてこの世界では魔法の使い方も異なる。瘴気ではなく魔力素から魔法を起こす。忘れてはおらんだろうな』

ああ、とウィステリアは陰鬱に応じた。

『まず、体内の瘴気を制御できるようにしろ。……その様子では、これまでと同じように魔法を使おうとすれば、お前の身の内の瘴気を反応させることになる。瘴気を制御した上で、魔力素から魔法を使う方法へ切り替えろ』

淡々と説いてくる聖剣に、ウィステリアは押し黙った。

サルティスの言葉は、おそらく正しい。これまでずっと師としてのサルティスの言葉は大半が的確だった。

だが正しいとわかるがゆえに、すぐにうなずくこともできなかった。

（……そう簡単に切り替えろと言われてもな）

そんな弱音をこぼしたくなる。――瘴気から魔法を使えるようになるまでも、決して容易ではなかった。一を教えられれば十もできるようなロイドとは違う。

しかし、できないと言ったところでこの聖剣が受け止めてくれるはずもない。それに、瘴気を魔力素に置き換えればいいだけだと考えることもできる。

ウィステリアは重いため息をつき、窓枠に頭をもたれさせた。

「まずはこの厄介な体を抑えることからか。瘴気がいきなり出てくる、なんてことのないようにしないと」

『まあ、妥当であろう』

「……君にも付き合ってもらうからな」

『なぜ我が⁉』

「君は私の師匠だろ？　二十三年前からずっと付き合ってくれてるんだ、今さら嫌だなんて言うなよ」

『頭が高いぞ‼　もしやあの小僧に悪影響を受けているのではあるまいな⁉』

不平不満を訴える剣を握りしめ、ウィステリアは腰を上げる。

サルティスを寝台に横たえ、自分も寝具の中に潜り込む。ゆっくりと目を閉じ、数々の問題から一時の眠りへと逃避した。

それから先へ

翌朝、ウィステリアが目を覚まして少しすると、ハリエットが着替えと洗面器具を持って再びやってきた。

ハリエットとその夫ポールの他に、この家に常駐の使用人はいないらしい。今日は通いの料理人が来てくれるとのことで、朝食までに少し時間がかかるが楽しみにしていてほしい、とハリエットは言った。

ウィステリアは礼を言ってハリエットから一式を受け取り、一人で身支度をしてから、サルティスを抱えてベンジャミンの元に向かうことにした。

ベンジャミンは、今は一階にあるもう一つの書斎にいるという。少し話をするつもりでいた。

廊下の窓から射し込む鮮やかな朝の陽光に目を奪われつつ、ウィステリアは一階へ向かう。

目的の書斎に近づくと、扉がほんの少し開いている。ベンジャミンがいるらしい、と考えたとき、ふいに話し声が聞こえてウィステリアは取っ手に伸ばした手を止めた。

「これはもはや最後の好機かもしれないのですよ坊ちゃん……！」

「……いや夫人、本当にその、止めてほしい。あの人はそういう相手じゃないし、僕もそんなつもりはないんだ」

「坊ちゃん！　紳士でお優しいのはたいへん結構ですが、そればかりではいつまで経っても結婚の機会を逃しますよ……！」

ハリエットらしき人物とベンジャミンの会話に、ウィステリアは目を丸くした。

（好機……結婚……、あの人……機会？）

その単語を拾って、はっとする。

（……ベンジャミンには、親しい女性がいるのか？）

そう思い至ってから、呆然とした。妻たる人がいないなら、自分やロイドがこの家に泊めてもらっても大丈夫だろうなどと暢気《のんき》に構えていた。しかし妻がいなくても、結婚を考えている相手はいるのかもしれない。そんな相手がいたら、ロイドと一緒とはいえ、自分がここに長く泊まるというのは要らぬ誤解を招き、ベンジャミンにますます迷惑をかける。

「もうこんな年だ。地位や財がある名士ならともかく、今さら結婚するつもりも、できるとも思ってないよ……」

困り果てたベンジャミンの声が、ふいにウィステリアの胸に小さな棘となって刺さった。

よろめくように数歩後退する。

反射的に、足音を殺して書斎から遠ざかっていた。

（……何だ、これは）

自分が、何に動揺しているのかよくわからなかった。

――こんな年。今さら。急に、時間という現実を突きつけられたからだろうか。

ベンジャミンは自分にとって年の近い知人で、同年代だと思っている。

だが、短くはない時が流れている。こんな年、とベンジャミンが言うほどの。

それは、自分にも言えることだった。異界で過ごした時間。取り戻せない時間。

――もしこの世界で年を重ねていたら、今頃は。

(何を、考えてる)

混乱しながら沈みかけた思考に、ウィステリアは強く頭を振った。苦さを噛み殺すように唇を閉ざし、光の射し込む中庭へ逃げ込む。

午前の明るい日差しを浴びた色鮮やかな花壇と四阿に、ウィステリアはにわかに息苦しさが軽減されるのを感じた。

しかしすぐに紫の目を見張る。庭の中に立つ、青年の大きな後ろ姿があった。少し窮屈そうなシャツの袖をめくり、剣を構えて静止している。

――その剣は固定の形を持たず、輝ける銀光で紡がれている。ロイド自身の魔力で作り出された剣だ。

ウィステリアは小さく息を呑む。剣を手にしたロイドを久しぶりに目にしたような気がした。

絵画にも彫像にも見えるほどの、完璧に均等のとれた構え。息をするのも憚られるような、これ以上不用意に近づくことはためらわれる空間が広がっている。

ロイドの間合い。

だがふいに、構えられた銀の剣が白い光を撒き散らして弾けた。不可侵の空気もまた解け、青年の体がゆっくりと緩むのをウィステリアは見た。

そしてロイドが振り向く。

「おはよう、師匠。体調は？」

「あ、ああ。おはよう。私の体は大丈夫だ。君は？」

「問題ない」

短く答え、ロイドの視線はふいにウィステリアの腕の中のサルティスに向いた。

「暇か、聖剣殿。それならせめて私の模擬剣になったらどうだ」

『厚顔無恥も甚だしいぞ小僧!!　我がお前ごときの玩具になるとでも思うてか!!』

「直近で聖剣殿がまともに剣として機能したのは私の力量ゆえのことだが、もう忘れたのか？」

『自信過剰もそこまでいくと清々しくもないし笑えもせんぞ!!』

「事実を事実として認識できないのは哀れな限りだな」

ウィステリアは腕の中のサルティスとロイドを往復しつつ、忙しなく瞬いた。

――魔力で紡いだものとはいえ、ロイドは剣の形をしたものを構えていた。

常に行っている鍛錬の動きだ。

二度と剣を握れぬ体、というサルティスの言葉が、胸の奥で抜けない棘となって響く。

（……握る、構える、といった動作は問題ない。だとして……）

黙り込んだウィステリアを金眼が見つめる。

そのとき、ふいに声がかかった。

「ウィステリア様。ああ、ロイド君も」

ウィステリアが振り向くと、ベンジャミンがこちらに向かって廊下を歩いてくるところだった。

「お二人とも、朝食の準備が出来ましたので一緒にどうですか。ウィステリア様には、お渡ししたいものがあります」

「私に？」

ウィステリアが目を丸くすると、ベンジャミンがはい、と応じる。ベンジャミンの顔には疲労が感じられたが、少し機嫌が良さそうな笑みがあった。

ロイドがああ、と納得したような声をもらす。

ウィステリアは内心で首を傾げたが、ひとまずうなずいてベンジャミンと朝食を取ることにした。


三人で朝食を終えると、いったん応接室に移った。ベンジャミンは一度出て行き、書斎に何かを取りに行った。

ウィステリアは小さなテーブルを囲むように置かれた椅子に座り、ロイドとサルティスと共にベンジャミンを待った。やがてベンジャミンは小さな箱を手に戻ってきた。

「試作品ではあるのですが、瘴気の放出を抑制するための装身具です」

ベンジャミンが、持ってきた箱をウィステリアの前に置いてそう言った。

蓋のない箱の中には、やや歪な針金で編んだような腕輪が四つある。大小一組ずつで、どの腕輪にも、人差し指半分ほどの大きさの黒い石片が組み込まれていた。

ウィステリアは紫の目を大きく見開き、ベンジャミンの顔を見た。

「これは、ベンジャミンが……!?」

「はい。その、手持ちのもので作ったので効果のほどは……」

「ありがとうございます！　こんなものを作ってもらえるなんて……」

「い、いえ、その、本当に試作品でして……」

ベンジャミンは照れたように頭の後ろをかく。ウィステリアは思わず、対面に座っているロイドを見た。ロイドは既に知っていたというように肩をすくめる。ウィステリアの左隣の席に置かれたサルティスだけが、さも退屈そうに黙っていた。

ベンジャミンが説明する。

「両腕と、両足に装着してみてください」

「ああ、ロイドがしているものと同じようなものですか？」

ベンジャミンが肯定すると、ウィステリアは輪の一つを手に取った。簡素な留め具を外し、まず左手首に着けて留め、右手にも同じように着ける。

それから椅子に座ったまま屈み、脚衣の裾に手を潜り込ませ、足首にも同じように装着する。ベンジャミンは慌てたように目を逸らし、ロイドもそれとなく視線を外す。

体を起こしたウィステリアは二人の態度を訝しく思った。頭の上に疑問符を浮かべてから、ようやくはたと思い出す。

（……そ、そういえば女性の素足を見てはいけないとかなんとかがあったか……）

素足など見えていないはずだが、足首に着けるというところで二人は紳士的な対応をしてくれたということだろう。

あまりにも久しぶりのことですっかり忘れており、ウィステリアは気まずく指で頬をかいた。

それから、ごまかすように腕輪に目を向ける。

「ええと……着けてみました」

「寸法は……大丈夫そうですね。瘴気を抑えられるかどうか、しばらく観察してみましょう。その、ウィステリア様の症状は突発的なものですので、その症状が出るまで様子を見るということになってしまいますが」

ベンジャミンが、少し気まずそうに言う。

ウィステリアはすぐには返事をしなかった。――昨夜のことを思い出す。

「いえ……待つ必要はないと思います。ベンジャミン、私から距離を取ってください」

ベンジャミンが小さく目を見開く。それでもウィステリアの言葉に従って数歩後退したが、ウィステリアは更に応接室の出入り口まで下がるよう頼み、ベンジャミンはその通りにした。

「……ロイド。手間をかけて悪いが、私から出た瘴気が止まらなかったら、頼む」

「了解」

冷静沈着な弟子は理由を聞かずに即答する。そうしながら、自然とウィステリアの側に寄った。

ウィステリアは目を閉じ、昨晩と同じように右手で左手首を、そこにはめた腕輪を軽く握った。ずいぶん昔に、サルティスに導かれて何度も繰り返した魔法の基礎訓練——自分の中の、魔力の流れを意識し、それを糸のように引き、あるいは寄せて操る感覚を思い出す。

——魔力の流れは、視《み》えない。

ディグラと戦うまでは何もせずとも捉えることが出来、安定した川のように流れていたものが、今は意識を集中させて感覚を研ぎ澄ましても見つけられない。

焦燥を抑えつけたとき——それが呼び水になったかのように、ふいに別のものが流れ出すのを感じた。

「……っ」

即座に瞼を開け、目元を歪める。腕から、少量の黒い靄が滲み出している。一瞬遅れて足からも。よろめきそうになるのを、足に力を入れて踏み止まった。

ロイドがとっさに手を伸ばしてくるのが見え、頭を振って制止する。

離れたところで、ベンジャミンがひどく緊張している様子が見えた。

ウィステリアが呼吸に意識を向けたとき、両手首と両足首で引っかかるような感覚があった。

ウィステリアははっと視線を向ける。すると、腕から滲み出していた瘴気が腕輪の周りで集められ、留まったかと思うと、やがてゆっくりと薄くなって消えていく。足首も同様だった。——空中にそのまま溶けたのか、皮膚の下に戻っていったのか。

あるいはそのどちらでもあるようだった。

ウィステリアは紫の目を大きく見開いた。

「止まった……」

思わずつぶやくと、ロイドが近寄って無言で手首を取る。

ウィステリアが半ば呆然と手首を見つめていると、ロイドは白い手首の周りに視線と指を這わせる。瘴気が止まったのか確認しているようだった。

「……大丈夫だろう？」

ウィステリアが思わず問うと、ああ、とロイドは短い答えを返す。

瘴気はそれ以上出てこない。

ベンジャミンも急いで駆け寄ってくる。

「大丈夫ですか？　一応、機能しましたか……！」

「はい……！　ありがとう、ベンジャミン」

ウィステリアは安堵とともに振り向き、ロイドから手を引き抜いてベンジャミンに腕輪を見せた。

視界の端に一瞬、なぜか銀の眉が歪んだのが捉えられた。

ベンジャミンはウィステリアの手首に手を添え、少し持ち上げて角度を変えながら観察する。

「足首のほうの装身具も機能していますか？」

「機能していると思います。瘴気が引っかかって止まる感覚があります。すごい……」

わきあがる高揚のままウィステリアが言うと、ベンジャミンは照れたような顔をした。

ウィステリアはまじまじと腕輪を眺めた。

「これは、一体どういう仕組みなのですか？」

「こちらの世界に表出した、《未明の地》の鉱石の性質を利用しています。ロイド君の装身具に使ったものと同様に、向こうの地の鉱石には、瘴気を吸収したり撥ね返したりする性質を持つものがありまして……」

なるほど、とウィステリアは思わずつぶやいた。《未明の地》に存在するものは、植物や動物はむろん、石や岩などであっても瘴気を吸収する力があるのはよく理解できる。

「《未明の地》の鉱石は、比較的よくこちらの世界に漂着します。砕き方や削り方によって、その鉱石の持つ性質が強化されたりあるいは変化するということがわかっています」

「加工で……？」

ウィステリアは忙しなく目を瞬く。

ベンジャミンは首肯し、以前は明らかになっていませんでした、と付け足した。

「希少度が高いものや高度な加工を必要とするものは研究所の管理下に置かれるのですが、そうでないものは……その、興味本意で個人的に譲り受けていまして」

「そうだったのですね。そのおかげで、こうして装身具を作ってもらえた……」

ウィステリアは感心してベンジャミンを見つめ、それから傍らのロイドの手首や首のあたりに目をやった。

「ロイドの装身具に使われているのは、吸収の性質が強い鉱石ですか？」

「その通りです。そちらは材質の希少度が高く、加工が特殊で、研究所の設備でしか作れないものですね。見た目の容積に反してかなりの量の瘴気を溜めておくことができます。ウィステリア様がいま着けておられるものは、それよりは吸収の力がだいぶ落ちます。機能としては、ウィステリア様の身から流出する瘴気をいったん抑える、絞る、という機能に特化しています。出口を小さくして水量を抑えるというようなものでしょうか」

ウィステリアは感嘆の声をもらしながらうなずき、左手の腕輪を撫でた。――引っかかるような感覚は、腕輪が瘴気の流出を抑制してくれていたからだろう。

「瘴気は、広い空間に少量が拡散する程度であれば、空気中に放出しても時間経過で消失するか、魔力素に変わりますから……」

「……この装身具を着けていれば、私の体から瘴気が流出しても量を抑えられ、距離さえあれば周りに危害を加えずに済むということですね」

ウィステリアが後を引き継ぐと、ベンジャミンは気遣いを滲ませながら、はい、と答えた。

ウィステリアは安堵の息を吐いた。これで、突発的に噴き出す症状に神経を尖らせなくて済む。肩にのしかかっていたものが軽くなるようだった。ベンジャミンとの再会に、改めて幸運という言葉を思わずにはいられなかった。

「本当にありがとう。これも、ベンジャミンがずっと研究を続けてくれていたおかげで――」

感動のままウィステリアがそう告げたとき、温和な研究者の顔がふいに強ばった。

（え……？）

ウィステリアもまた、言葉に詰まる。

するとベンジャミンは露骨に笑みを繕い、感情を押し隠した。

「あ、あまり褒められると恥ずかしくてやりきれなくなってしまいます。はは……」

『ふん。凡人も時には役に立つものだな！』

「うわぁっ⁉　サルティス……⁉」

『うわ、とは何だ凡人‼　まさか我の存在が目に入っていなかったとでも言うのか⁉』

ベンジャミンは驚いた顔でサルティスを見やり、サルティスは椅子にたてかけられた姿で尊大に言い返す。その脇で、ウィステリアは目を瞬かせた。

（……ベンジャミン、どうしたんだ？）

自分は何か、気に障ることでも言ってしまったのだろうか。――ベンジャミンは何か思うところでもあるのだろうか。これまでにも、ぎこちない反応を訝しく思うところはあった。しかしそれはあまりにも久しぶりの、かつ予想もしなかった再会と面倒をかけていることが原因だと思っていた。

だが、そうではないのだろうか。

ウィステリアの横で、ロイドが冷ややかな声をあげた。

「サルティス。ラブラ殿を煩わせるな」

『誰が、誰を煩わせるだと⁉　小僧、お前の目と耳と頭はどこまで節穴なのだ⁉』

サルティスの矛先がロイドに向く。聖剣にやりこめられていたベンジャミンは目を白黒させ、それから苦笑いした。

そしてウィステリアに目を戻して言った。

「その装身具は作りが粗いので耐久性には不安が残ります。研究所に戻れば設備も材料も揃っていますから、後日そちらで作り直したいです。とりあえずそれがまともに機能するのであれば、しばらくの間はウィステリア様も動きやすくなるのではないでしょうか」

「そうですね。本当に助かります」

ベンジャミンにはもう強ばったような気配はなく、ウィステリアも普段の態度を装ってうなずいた。

すると、ロイドがふいに言った。

「師匠。少し、外に出るか？」

ウィステリアは弟子に振り向き、目を丸くした。気軽な、近所に散歩にでも行くかと誘うような口調だった。

「……外」

ウィステリアが思わず反復すると、ベンジャミンがやや困惑した様子で言う。

「そうですね。ウィステリア様も、この家に閉じこもってばかりでは退屈でしょうし……」

「退屈などということは……。ただ……ええ、瘴気を抑制できるなら、外に出たいです」

ウィステリアの鼓動はにわかに弾んだ。――この地に戻って、ベンジャミンの敷地内に落ちてからというもの、そこから外に出たことはなかった。

ウィステリアは高揚を覚えたが、ふとベンジャミンが懸念を滲ませたような、難しい顔をしていることに気づいた。

「……ベンジャミン？　私は……外を歩き回らないほうがいいですか？」

「い、いえ、そういうことでは！　本当は自由にしていただくべきなんです。ただ、その……この近隣は、王都に出入りするような人間はほとんどいないので比較的安全ではあるのですが、ウィステリア様はやはり目立ってしまわれると思うので……。ロイド君も同じですが。人目を引くことは、今は避けたほうがいいかと」

目立つ、という言葉にウィステリアは目を瞬かせた。

――ロイドが目立つというのは、すぐに理解できた。ルイニングの後継者という出自を抜きにしても、見事に鍛え抜かれた体にかなりの長身、くわえて息を呑むような美貌の青年なのだ。

一方で、自分のほうは別の要因がある。

（出自も不明、どこの者ともわからず、見た目も浮いているというか怪しい……。サルティスを抱えていたらなおのこと悪目立ちするな）

ウィステリアは思わず眉根を寄せた。

「私のような不審人物がベンジャミンの家に出入りするところを見られたら、確かによくない噂を……」

「ふ、不審っ……!?」

ベンジャミンが声を裏返らせ、むせた。ロイドのほうは眉一つ動かさず、すっと目から温度を失う。二人の反応に、ウィステリアは小さく目を見張る。

「いや、あの、ウィステリア様……何か誤解があるようなのですが……」

やや口ごもったベンジャミンに、ウィステリアはぱちぱちと瞬いた。何の誤解だろうと内心で首を傾げると、無表情のままロイドが言った。

「今の彼女を外に出すには護衛役が必要です。なので私が付き添います」

「いやロイド君は目立っ」

「私が行きます。目立たないようにしますので」

ベンジャミンの控えめな制止を、ロイドは躊躇なく遮る。静かな声でも妙に威圧的な青年に、ベンジャミンは虚を衝かれたような顔をしていた。

ウィステリアは困惑して指で頬をかき、弟子の配慮に少し複雑な気持ちになった。師匠と弟子どころか、まるで立場が逆転してしまっている。

ベンジャミンの制止を退《しりぞ》け、ロイドはウィステリアに振り向いた。

「どこか行きたいところはあるか？」

真っ直ぐな問いに、ウィステリアは瞬いて少し考え込む。

――この世界で行きたいところと問われれば、無限にある気がした。だがいま、具体的に一つあげるとすれば。

「……ラファティ夫妻が、どこにいるかわかるか？　会うのではなくて、ただ、遠くから様子を見たいんだ。一度だけでいい」

ロイドが小さく目を見開く。ベンジャミンもまた驚いたような顔をしている。

それから間を置かずに、ロイドは答えた。

「わかった。だが――」

四章◆遠い邂逅

あるいは、そう遠くない未来に

――はじめて養親に引き取られた日のことを、なぜか鮮明に覚えている。

ウィステリアの実の両親は、馬車の事故で他界した。幼いウィステリアは当時家に留め置かれており、一人だけ難を逃れる形になった。

両親が帰ってくるのを待ち遠しく思っていたのか、ただただ退屈をもてあましていたのか――今となっては、当時の気持ちはわからない。

ただ、置いて行かれた。そしてもう、迎えに来てはもらえないということだけは、幼心にも理解した。

鈍く重い灰色の雲が空を覆い、太陽の白い光が雲に斑模様を作った日、喪服を着せられたウィステリアは、巨大な黒い棺が穴におさめられ、土に隠されていくのを見ていた。

――あの黒い巨大な棺に、父と母が閉じ込められてしまうのがかわいそうだと思った。

だが、もう帰ってこられない人間は、そこで永遠の眠りについて土に還らなければいけないのだという。周りの誰かから何度もそう聞かされ、ウィステリアは沈黙するしかなかった。

黒い喪服を着た大人たち、葬儀の参列者や招かれた司祭たちに囲まれながら、幼いウィステリアは一人だった。

周りは暗い色に埋め尽くされ、黒い服の人々はおそろしい影絵のようで何もかもを受け止められなかった。

ひそひそと抑えた声がする。涙を堪えたような声。同情の響き。言葉の意味はわからないぶん、悪魔のささやきのようにおそろしく響く。

やがて雨の気配を濃くして雲が重苦しさを増す。潮が引くのに似て、参列者たちは一人また一人と去って行く。

着慣れぬ喪服のまま、ウィステリアは一人立ち尽くしていた。

父と母がいなくなったから、他のすべても自分の目の前から消えてしまうのかもしれない――呆然とそう考えていたとき、優しい声がした。

『あなたがウィステリアね』

女性の声だった。衣擦れの音と共に、喪服の女性と男性がウィステリアの前に回り込んで立つ。

女性が屈むと、帽子の縁を飾る黒いレース越しに、小動物のような丸い目がウィステリアを見た。

『はじめまして。私たちはヴァテュエ伯爵の位をいただいている、ラファティ家の者よ』

ウィステリアはぼんやりと女性を眺め、知らない、と頭を振った。

『あなたのお父様とお母様とは、少しお付き合いがあってね。ウィステリアは、他にどこか行きたいところはある？』

それにも、ウィステリアは鈍く頭を振った。

――お父様とお母様のところへ行きたい、と素直な気持ちを告げると、後に養母となる人は痛ましげな顔をした。

そうしてドレスが汚れるのも構わず膝をつくと、ウィスティリアの手を包み込んで目を合わせた。

手袋越しでも、ラファティ夫人の手は優しかった。

『ね、ここは冷えるから、一緒に私たちのお家に帰りましょう。これからは、そこがウィステリアのお家よ』

なだめるような声。ウィステリアはうつむき、ただ頭を振った。

何もかもが受け入れられず、拒むことしかできなかった。頑是《がんぜ》無い子供のまま拒絶した。

それでも、ラファティ夫人は変わらずに穏やかな声で語りかけた。

『そうよね。いきなりのことで驚いてしまうし、寂しいわよね』

優しい響きが、ウィステリアの小さな胸に響いた。包まれた手が温かくて、それが実母を強く思い出させた。

『大丈夫よ、ウィステリア。私たちが側にいるわ』

夫人の隣で、ヴァテュエ伯爵も片膝を折ってウィステリアを見つめる。二人ともがウィステリアに目線を合わせ、受け止めようとするかのようだった。

それが、父と母をひどく恋しくさせ――ウィステリアは何度も頭を振った。

ぎゅっと強く閉じた瞼から涙が溢れ、ぽろぽろとこぼれ落ち、次から次へと止まらなくなった。

しゃくり上げて泣くと、温かな夫人の体に抱きしめられる。

『大丈夫、大丈夫……』

優しく背中を撫でられ、抱きしめられてウィステリアは声をあげて泣いた。母に似た温もりに、麻痺していた感情が大きく揺り動かされて溢れ出す。

温もりにしがみつくように、養母に抱きついた。養父の大きな手もまた背に優しく触れた。

『私たちが、あなたのお母様とお父様になるわ。ずっと一緒よ――』


重い鉛色の雲が空を覆い、曇天へと変えている。昼前の時間帯だが、世界は薄暗く、いつ雨が降り出してもおかしくなかった。

それでもこの程度の暗さは、《未明の地》に比べれば遙かに明るい。

そのはずなのに、立ち尽くすウィステリアにはその明るさも輝きも感じ取ることはできなかった。かつて養母が着ていたような喪服のドレスと黒いヴェールのついた帽子を、今は自分がまとっている。少し透ける黒のヴェールは目元を隠すと同時に、紫の目に煙るような黒を滲ませ、暗く沈ませる。

沈んだ紫の目が見下ろすのは二つの墓石だった。

――ヴァテュエ伯爵であるラファティ家当主と、その妻が眠ることを示す短い墓碑銘が刻まれている。

(……ずっと一緒だと、言ったのに)

ウィステリアはぼんやりと、そんなことを思った。

遠い昔、血の繋がった両親を失ったときのように現実感がなかった。

胸の内が乾いて、うまく考えられない。養親の痕跡を求め、何か答えを見つけようと墓石をじっと見つめても、短い墓碑銘は無機質に刻まれたまま何も語りはしない。

養父が先にこの世界を去って、それから三年後に養母も後を追ったという。今から二年前には、二人ともいなくなっていた。

——ロイドが語った通りだった。

〝……ラファティ夫妻は亡くなっている〟

ロイドからそう答えが返ったとき、ウィステリアは愕然とした。

一目で良いから養親の姿を見たいと伝えたとき、ベンジャミンが驚き、ロイドが逡巡するような気配を見せたのは、養親が二人とももう他界していたからだ。

〝墓地の位置はわかる〟

言葉を失うウィステリアを見つめながら、ロイドはそう続けた。

——会いに行くか。

ラファティ夫妻の孫にもあたる青年は、無言でそう問うていた。

しばしためらったあと、ウィステリアはうなずいていた。

目的の墓地は、ベンジャミンの家から馬車を飛ばして二日ほどで到着する距離にあった。ウィステリアはハリエットから喪服一式を借り、ロイドはハリエットの夫ポールから御者の服を借りて、馬車に乗り込んだ。

実際の御者は、ポールが務めた。妻と共にベンジャミンに仕え、庭師や御者を兼ねるというポールは、妻とは対照的に無口でいかめしい男性だった。だが口は堅く、仕事はできる、とハリエットは夫の無愛想を謝りながら語った。

ほとんど会話らしい会話もなく、道中何をしていたのか記憶がないままウィステリアは目的地へたどり着いた。そうして、今は墓石の前に立っている。

（お義父《とう》さま、お義母《かあ》さま。私、戻ってきました）

胸の中で呟く。そうすれば、どこかから二人が答えてくれるのではないかと期待した。

（少しは喜んでくれますか。それとも……驚かれて、不気味に思われるでしょうか）

最後に養親と別れたときのことも、よく思い出せない。――ロザリーの代わりに、と言われたことも、養母が泣いて養父が悲痛な顔をしていたことは覚えているのに。

どれだけ墓石に向かって語りかけても、答えがあるはずもなかった。

冷たく、わずかに湿気を含んだ風が吹いてウィステリアの黒いヴェールを揺らす。

（私が《未明の地》に行ったあと、お義父さまとお義母さまはどのように過ごしておられたのですか。私のことを覚えていてくださいましたか。少しは……悲しんでくださったのでしょうか）

目を背け続けていた反動のように、問いが胸の中に溢れる。

それから、ふいに迫り上がってきたものを堪えるためにウィステリアは強く唇を閉ざした。

――どうして。

どうして、あと五年、あと二年待っていてくれなかったのだろう。自分は戻ってこられたのに。

どうしてもっと早く戻ってこられなかったのだろう。

そんな子供じみた感情ばかりがわきあがる。

ウィステリアは何度も息を止め、無意識にサルティスを抱え込もうとして手を止めた。

目立つことを避けるため、サルティスはベンジャミンの家に置いてきた。

ヴェールの下で何度も瞬き、紫の双眸は灰色の空を見上げた。黒い手袋に包まれた手が強く握られる。ハリエットに借りた手袋は指先がきつく、痛みを感じた。

(――わかっていたはずだろう、ウィステリア・イレーネ)

動じる自分を突き放して、ウィステリアは冷えた声でつぶやく。

――自分がこの世界を去ってから二十三年の時が流れている。二十三年前、すでに養親はともに四十を超えていた。

六十を超えれば天に召されるのも珍しいことではない。その理の前には平民も貴人も王族ですら関係ない。養親は二人とも体調を崩し、そこから回復することなく亡くなったのだという。

何の特別な理由もない、誰にでもありえる老衰とも言える死因。

頭ではわかっていたはずだった。――向こうの世界の養親が、既に亡くなっている可能性など。

それどころか、自分がこの世界を去ったときにもう二度と会えないと理解したはずだったのに。

ウィステリアは強く瞬き、滲んだ視界と黒のヴェール越しに養親の墓石を見つめた。

(……私は、お二人の役に立てましたか。よい娘に、なれたでしょうか)

答えはないとわかっているのに、問わずにはいられなかった。

問いかけるほど、考えるほど断片的なことばかり思い出す。

――《未明の地》の研究に携わることを許してくれたこと。否定することも問い詰めるようなことをもせず、自由にさせてくれたこと。適齢期になった養女を無理に結婚させるようなこともせず、見守ってくれていた。それでも心配してくれていたことは確かで、本当はおそらくもっと早くに誰かと結婚させ、ごく平穏で幸せな人生を願ってくれていたはずだ。

吸った息が震え、ふいに決壊しそうになってウィステリアは強く奥歯を噛んだ。

抱えきれないほどの後悔に押しつぶされそうになる。

ロザリーの代わりを務めたことで、二人は少しでも安心してくれただろうか、感謝してくれただろうか。――自分を想ってくれただろうか。

物言わぬ墓石と、その前に添えたばかりの花束を無言で見つめ続け、やがて重い足で数歩下がった。

周りを見回す。墓地の敷地は背の高い糸杉で囲まれている。

この敷地内にあるのは、ラファティ夫妻と同格の貴族や名士たちの墓だ。控えめで静かな埋葬を望んだ、名士や貴族とその縁者たちの墓地だという。数はそこまで多くはなく、間隔を空けて墓石が立てられている。

(……あるかな)

ここにあるかもしれないという思いつきに突き動かされ、ウィステリアは重い足を引きずるように歩く。

墓石に刻まれた名前や家名を確かめて進む。ラファティ家の墓石から少し離れた北東の位置、他の墓石と意図的に離されたような場所に、質素な墓石が一つ孤立して佇んでいる。

そこに刻まれた名前を認め、ウィステリアは立ち止まった。

ラファティ夫妻のものよりずっと古い墓石はより暗い色をして、二十才という年齢と、名前だけが刻まれている。

――ウィステリア・イレーネ＝ラファティ。

どんな生で、何をなしたのか、どんな人物だったのかを示す碑文は一切ない。

（……私の墓か）

番人になったときに、自分は死んだ。そのことを証明するものだった。

骸のないこの墓を、自分以外に訪れる者はあったのだろうか。何人かの友人や知人は、養親は、来ただろうか。ロザリーは――ブライトは。

ぼんやりと見下ろしているうち、墓石の前に朽ち枯れた花の名残を見つけた。

ウィステリアは屈んで片膝をつき、手を伸ばした。乾いて枯れた花に、ごくかすかに紫色が見える。まだ色がかろうじて残るほどの近い過去に、ここを訪れた者がいるらしかった。それが誰なのか、考えようとして止めた。

表向きは不名誉な罪人として葬られた自分に、家名を刻み、ラファティ家と同じ敷地内で墓石が立てられていることは、ほんのわずかな慈悲のようにも思える。

衣擦れの音をたて、ウィステリアはゆっくりと立ち上がる。膝をついた部分を軽く払い、自分の墓石に背を向けた。

見るべきものはもう何もない。ここは死者だけの場所で、半端な死者である自分にはまだ馴染ま

ない。

――あるいは、そう遠くない未来に。

何かにささやかれたように、そんな考えが頭をかすめた。

糸杉に囲まれた敷地の出入り口に、質素な御者の服を着た長身の男の姿が見えた。銀の髪は古びた帽子に押し込めて隠し、やや色褪せた長袖のシャツに上着、暗い脚衣と古い長靴という格好だった。全身を意図的に目立たない装いで固めて気配も抑えているのか、周りに溶け込み、遠目からは少しばかり背が高い男としか見えない。

しかし近づいて目を凝らせば、服がきつそうなほどの広い肩や袖が張る太い腕、裾が少し足りていない長い足に気づく。

糸杉の作る影に身を潜めていたロイドは、ウィステリアが戻ると素早く体を起こした。

「もういいのか」

「ああ。――戻ろう」

帽子がロイドの目元に影を落としても、金色の目は鮮やかだった。その目が真っ直ぐに自分を見つめてくるのを感じ、ウィステリアは視線を逸らした。

――ロイドはおそらく、ウィステリア・イレーネの墓がここにあることまでは知らないだろう。

表情を隠しながら、ウィステリアはロイドとともにポールと馬車が待つ宿泊施設へと戻っていった。

復路の馬車は、往路以上に静かだった。ウィステリアは小さな窓からずっと外を眺めていた。あれだけ切望していた世界の景色が、曇り空のせいかどこもくすんで見える。色褪せた世界はただ通り過ぎていくだけで、何も心を動かさない。

対面に座るロイドも無理に訊ねようとはしなかった。はじめこそ、口数の少ない青年にしては珍しくいくつか訊ねてきた。——両親の墓は大丈夫だったか。何か必要なものはあるか。他に行きたい場所、見たいものはあるか。

淡々とした声に、それでも確かな配慮を感じた。ウィステリアはすべてに短く頭を振り、大丈夫だ、となんとか苦笑いを装うので精一杯だった。そしてそれ以上会話を望まないことも暗に伝えた。

どこにも寄り道することもなく、二日後にベンジャミンの家に戻った。ウィステリアはベンジャミンと、ハリエットとポールに礼を述べ、早々に部屋に引き上げた。借りた喪服を脱いで、夜の早い時間に寝台に入った。今は一刻も早く、深い眠りを必要としていた。

これまでずっとそうしていたような、サルティスを抱えて眠るということはしなかった。

地上の月

——夢を見る。

幼い頃の記憶。喪服姿の養母に手を引かれ、はじめてラファティ家にたどりついたときのことだ。

養父が、ウィステリアよりもずっと小さな娘の手を引いて、幼い二人を引き合わせた。

突然やってきた年上の見知らぬ少女に、小さなロザリーはこぼれ落ちそうなほど目を丸くしていた。その柔らかく赤みを帯びた丸い頬が、林檎のようだと思ったことをウィステリアは覚えている。

喪服を脱ぎ、新しい家に慣れ始めた頃、仕立屋が呼ばれ、ウィステリアは色鮮やかなドレスを着せられた。

ドレスの明るい色は、ウィステリアの世界を少し明るくした。

『まあ、なんて可愛らしいの。とっても似合うわ、ウィステリア』

新しい母になると言ってくれた人は、優しい顔で嬉しそうに笑っていた。

『ほら、笑ってごらん。お前はとても綺麗な顔をしているのだから』

新しい父になると言ってくれた人も、目元を和ませてそう言った。

『おねえさまかわいい！　ロザリーもおそろいがいい！』

目を輝かせて見上げる、はじめての妹。

まあロザリー、と嬉しそうに笑う、二番目の母と父の声。すべてが明るく輝き、ウィステリアの世界を照らし――。


息苦しさから突然浮上したように、ウィステリアは強く目を開けた。は、は、と荒く呼吸し、しばらく繰り返す。全身がひどく強ばっていた。

夜というには明るい闇と見慣れぬ天井が視界に映る。一瞬、夢か現実かわからなくなる。

繰り返し瞬きをして、ようやく混乱が解けていく。夢の名残に喉が締め付けられたようで、何度も息を呑み込んだ。

（……まだ、夜か）

《未明の地》ではない、人間の世界の明るい夜だった。大きなため息とともにウィステリアの体は弛緩していく。

眠気は消えていた。寝台の上で、ゆっくりと体を起こす。広い寝台の足元側に、台座代わりの椅子とサルティスがたてかけられている。

カーテンは束ねたままで、横から射し込む光が格子のある半円の窓の形になって白い寝具の上に影を落としていた。

ウィステリアは窓に目を向けた。

昼のように明るいと錯覚するほどの月光――満月だった。

紫の瞳を瞬かせ、寝台から立ち上がる。室内靴に爪先を入れ、窓辺に寄り、月を見上げる。白銀の月光が窓越しに降り注ぎ、見上げる白い顔と背で波打つ黒髪を照らした。

ウィステリアは目を凝らして満月を見つめ、窓に手を触れる。

（……遠いな）

これほど見事な月であるのに、窓越しでは遠く、どこか作り物のようにも見えた。

ウィステリアは身を翻し、小さなテーブルの側、椅子の背にかけてあった大きなショールを羽織った。

『何をしている』

「……月を見ようと思って」

『ここからでも見えるであろう。……おい、イレーネ⁉』

サルティスに振り向かず、ウィステリアは部屋を出た。廊下の窓からも月の光が射し込み、等間隔に窓の形をした光を壁と床に映し出している。

その光とともに夜気の冷たさが忍び込み、ウィステリアはかすかに身震いした。薄い室内靴のまま中庭に向かう。広さに反して人の少ない家は静まりかえっていた。

一階に下りて、中庭を囲む回廊に向かう。

開放的な廊下は、数本の柱の影が落ちるだけで月光が更に多く射し込み、照明を必要としないほど明るかった。

ショールの前をかき合わせながら、ウィステリアは庭に足を踏み入れた。月の光に照らされた石の道を踏む。数歩歩き、止まって空を見上げた。

銀の満月は夜空をも照らし、空の闇は藍色が混じっている。

ウィステリアは空へ右手を伸ばした。月光を浴びた手が白く浮かび上がり、寝衣の袖が落ちて手首の腕輪が露になる。背に流れた黒髪に、月の光が銀色の艶を波のように浮かび上がらせた。

（……《浮遊》が使えたらな）

――あの月に近づけないことが、ひどく惜しい。

未練を覚え、踵で軽く石床を打つ。毎日のように使っていたその魔法は、今は発動の兆しさえない。

見上げ続ける紫の瞳の中に、小さな白銀の月が映りこむ。

「夜遊びか？」

ふいに背からそんな声が聞こえて、ウィステリアは手を引いて振り向いた。

廊下の柱にもたれ、腕を組んだ青年が立っている。少し襟の開いた簡素なシャツに灰色の脚衣という姿だった。半ば寝るための格好だ。

ウィステリアはぼんやりと瞬く。――確か、ロイドの部屋は自分の二つ隣だった。体から瘴気が溢れたときにすぐ対処できるようにと、近い位置にしたということだった。

「……起こしたか？」

「いや。窓から、あなたが庭にいるのが見えた」

ウィステリアは内心で首を傾げる。――ロイドは、何か自分を観察しなければならない理由でもあるのだろうか。

それからようやく思い至り、ウィステリアは鈍い動きで手を持ち上げ、手首の腕輪を見た。

「体調は安定しているし、装身具も機能している。いま、瘴気が噴き出る心配はない」

「それは何より」

「だから君は……寝てていいぞ。大丈夫だから」

「そうか」

返事とは裏腹に、ロイドはその場から去ろうとはしなかった。むしろ体を起こし、ウィステリアに歩み寄る。

向き合って立たれ、ウィステリアは困惑した。

「月をもっと近くで見たい？」

ロイドは月によく似た目で見つめ、問うてくる。月光が銀の髪に降り、一つ一つを光で紡いだような煌めきを与えていた。ウィステリアは束の間、目を奪われる。

――どうしてわかったんだろう。

自分が、月を間近で見たいと思っていることを。

ぼんやりと青年の姿に見入ったまま、ウィステリアは答えた。

「……うん」

率直な思いのまま口にすると、ロイドが身を屈めた。次の瞬間、ウィステリアは膝と背に強い力を受けてすくいあげられ、小さく悲鳴をあげる。黒い睫毛を瞬かせて見上げると、ロイドは空を見上げていた。

「つかまってろ」

それだけを告げ、ウィステリアが何か言おうと口を開いたとたん、浮遊感に包まれた。

ウィステリアは反射的にロイドの肩に手をかけ、抵抗を止めた。

横抱きにされ、寝衣の裾が翻って足首が露になる。首に、手に、足首に夜気が直接触れるのに、不思議なほど冷たさを感じなかった。淡い白金の光となって滲むロイドの魔力が、熱をも感じさせるからだろうか。

ウィステリアを抱いたまま、ロイドは《浮遊》で夜の空を昇っていく。やがて地上のベンジャミンの家が小さな影となって闇に溶けたところで、ロイドは静止した。

無言で促された気がして、ウィステリアは頭上に目を向けた。

「ああ……」

感嘆のまま声がこぼれた。広い肩にかけていた右手を、月に向かって伸ばす。

太陽のように目を焼くのではなく、冴え冴えとして艶美な白銀の光を投げかける天体。

雲も他にさえぎるものもなく、地上よりも近くに見える満月は、静かに佇んでウィステリアの視線を受け止めていた。

――もし自分が《浮遊》で飛べたなら、どこまでも昇って近づこうとしていたかもしれない。届かぬ輝きに魅入られて吸い寄せられるもののように。

ロイドは無言でウィステリアを抱えつづけている。ウィステリアは長く月を眺めていたが、やがて少しずつ頭が冷えていった。

(届かない)

そんな当たり前のことが、遅れて浸透してくる。そうして、伸ばしていた手を下ろした。

「……もう、十分だ。下ろしてくれ」

「わかった」

ロイドはゆっくりと下降していく。決して小柄ではない人間一人を抱えているのに、重さをまったく感じさせない動きだった。

地上が徐々に近づいてくると、ロイドはそのまま屋根に向かっていった。

「……ロイド？」

ウィステリアは鈍く瞬いて問う。だがロイドに抱えられたまま、ゆっくりと屋根に下りた。腕からそっと下ろされ、屋根に足がつく。

ベンジャミンの家の屋根は緩やかな傾斜を描いていた。天に浮かぶ月が、古びた煉瓦色の屋根に二人分の影を作り出す。

「庭より、ここのほうが月がよく見える」

ロイドの言葉に、ウィステリアはようやくその意図を理解した。

「ああ……そうだな」

ウィステリアは答え、また月を見上げた。隣に立つ青年の存在を感じながら、ただ月を眺め続ける。

そうしているうち、頭の片隅で気づく。

（……蝶が寄ってこない）

《未明の地》では、夜に外へ出れば、蝶の形をした発光する魔物がどこからともなく寄ってきた。

しかし今は、そんなふうに寄ってくるものなどいない。

雑念をもてあそんでいたとき、ふいに既視感が押し寄せた。

――《未明の地》よりずっと前、幼い頃に月を見上げた記憶。

窓辺から見上げた月は、孤独で、それでも今と同じ白銀の光を帯びていた。あれは、眠れない夜だった。両親を失ったばかりの寂しさがじわじわと押し寄せ、涙に唇を強く閉ざしたとき、扉を軽くたたく音がした。

開いた扉の向こうにいたのは、養母と手を繋いだ小さなロザリーだった。

――一人で寝るのは寂しいかもしれないから。

二人は、引き取られたばかりの養女をそう気遣った。小さなロザリーの大きな目。それによく似た、養母の優しくて丸い目。二人ともウィステリアを見つめていた。

――二つ並んだ冷たい墓石。灰色の空。二度と答えのない静寂。

もういない。

(――っ)

突然、内側で激しく揺り返すものがあり、ウィステリアは顔を背けた。かき合わせたショールを強く握りしめる。――なぜ、こんなことばかり思い出す。

「……もう、いい。下ろしてくれ」

震えを噛み殺し、声を低くして傍らの青年に伝える。

答えの代わりに、左腕をつかまれた。

「イレーネ」

短い呼び声に、静かな力を感じた。ウィステリアは振り向かなかった。

――待って、と心の中でうめいた。

今はまだ、うまく表情を繕えない。感情を抑えられない。喉が引きつって、言葉で答えることもできない。

つかむ手を振りほどこうとしたとたん、強く引かれ、右腕も捉えられて振り向かされる。

反射的に、ウィステリアは金の目を見上げていた。

――月がすぐ側に落ちてきたかのような錯覚。

流れる銀の髪が輝いて、見下ろす両眼は月よりもなお黄金に、揺らめく火のような色をして自分を見つめている。

「一人で泣くな」

その声が、胸を打った。

ウィステリアは紫の目を大きく見開く。視界が一瞬揺れ、喉が震えた。ぎゅっと強く目を閉じ、黒髪を揺らして頭を振る。両手で厚い体を押し返そうとするのに、ロイドは微動だにしなかった。

迫り上がったものが抑えられなくなり、抵抗の力が弱まる。

両腕をつかむ腕に引き寄せられ、月光のつくる影が一つに重なった。

「は、なせ……っ、離、し……！」

ロイドの腕の中で、ウィステリアは頭を振った。だがその声がかすれてひどく脆くなるのをどうすることもできなかった。

肩が震え、離れようとする理性とは真逆に、青年の胸に頭を触れたまま嗚咽を堪えていた。

（――どうして？）

もういないはずの、ウィステリア・イレーネ＝ラファティが胸の奥で声をあげていた。

どうして養父と養母はもういないのか。――どうして自分を置いていってしまったのか。最後に別れたときの言葉も声も顔も、よく覚えてはいないのに。

失った時間は戻らない。

わかっていたはずだったのに、妹にも養親にももう会えるはずもないと知っていたのに。

《未明の地》で枯れたはずの感情が、こんなにもまだ残っている。

触れる体の強さに抵抗ごと突き崩されて、ウィステリアは声を殺して嗚咽した。

ロイドの腕だけが、揺るがぬ力をこめて抱きつづけた。


やがてくぐもった声が小さくなって止むと、抱え込まれた体の震えも緩やかに解けていく。ウィステリアは濡れた睫毛を何度か瞬かせ、涙を堪えた。ロイドの胸に抱き込まれてやや窮屈な手で目元を拭う。

背を強く抱いていた大きな手は、今は少し力を緩めてウィステリアを支えている。

ひとしきり泣いたあと、こぼれた涙の分感情の波が引き、ウィステリアの頭は少し冷えた。

――ロイドの顔を見ることはできず、かといって突き放すこともできずに、近すぎる距離のまま目を伏せていた。

背に触れる腕が、手が、心地良いと感じてしまっている。

何かを言おうとして何度もためらい、ようやく吐息まじりにこぼした。

「情けない、ところを……見せたな」

「いい。私には全部見せればいい」

至近距離から降ってくる声に、ウィステリアは潤む目を見開いた。胸の奥の柔らかい場所がまた

揺れて、溢れそうになる。強く唇を閉ざして、自分を抑えた。

ロイドの労りが、優しさが今は苦しかった。

（……彼は、私のものじゃない）

自分がすがっていい相手ではない。触れていい相手ではない。――自分のものにはならない人だ。もう誰のことも望まない。そうすれば失わずに済む。

（ロイドには、王女殿下がいる。それに彼はブライトとロザリーの、息子だ。ロイドは私の弟子で……甥だ）

呪文のように心の中でそう繰り返して言い聞かせる。うつむいて少し下がった肩から、解かれたままの髪がさらさらとこぼれてヴェールのように顔の横に流れる。

ロイドの右手がこぼれた髪に触れ、指の甲で優しく押しやって背へ流した。そうしてその手が、ウィステリアの左肩に触れる。薄い寝衣越しに硬く大きな手のひらを感じ、ウィステリアは小さく肩を揺らした。

「……一人で泣くな。私がいる」

大声でもないのに、その声は深い場所に直接響くようだった。

ウィステリアは一瞬息を詰める。ますます目を合わせられなくなり、鼓動が速くなる。

鋭敏になった感覚に、ロイドの吐息が髪に触れるのを感じた。

「私が借りている部屋は、あなたの二つ隣だ。……わかるよな？」

うつむいた頭に吐息がかかるほど近くで、諭すようなささやき声がする。ウィステリアの鼓動は跳ね、ためらいながら顔を上げた。

鼻先が触れそうなほどの距離で、黄金の目が見下ろしている。

天に浮かぶ黄金よりも遙かに近く、自ら舞い降りてこちらに手を伸べる月。

ウィステリアは束の間息を忘れた。ロイドは更に顔を屈め、銀の前髪に覆われた額を、ウィステリアの額に触れ合わせた。

「いつでも来ればいい。こんなふうに、一人で苦しむのはやめてくれ」

ウィステリアの目は眩む。視界が揺れ、前髪を擦れ合わせながら視線を逸らした。

――《未明の地》の暗い夜にあったときから、ロイドは同じように手を差し伸べてくれていた。

物言わぬ蝶の形をした魔物以外に、あの暗闇の中を追いかけてきたのはこの青年だけだった。

ロイドは決して屈しない。諦めない。

その勇敢さと優しさをただ賞賛するだけでいいのに、気をつけなければ勘違いしそうになる。

――きっと、ブライトに似た意志の強さと優しさなのだ。

ためらいと迷いを悟られたのか、イレーネ、と呼ばれる。

肩に触れていた手が、ゆっくりと撫で下りる。薄い布越しの手はくすぐったく、ウィステリアはこぼれかけた声を抑えた。

「……あなたから来ないならこちらから行こうか」

少し低い声でロイドがささやく。

ウィステリアは目を見開いた。思わず見上げると、ロイドの顔が間近にあった。いまだに息を呑むような美貌。

ウィステリアは心拍数が跳ね上がるのを感じながら返答に惑い、ようやくそれらしき答えにたどりつく。

「寝室には、踏み込まないって……」

少したどたどしくこぼすと、肩を撫で下りて肘を支えるようにしていた手が、指で戯れるような動きをした。

「許可は取っただろ」

冷静な指摘に、ウィステリアは、あ、と声をあげた。

――あの戦いの後、ロイドに抱えられて拠点に戻ったとき。確かに入室を許可したのは覚えている。こんなときにまで律儀に聞くロイドが少しおかしくて、笑ったような気がした。

それに、瘴気が噴き出して調子を崩したときに、対処するためという理由でもう何度か部屋に入られている。――借り物の部屋で、寝室とは少し違うにしても。

ウィステリアは返答に窮した。冷たい頬が、ロイドとのやりとりを重ねていくうちに熱を感じるようになる。

相手の答えを待ち、だがその空白が退屈だと無言で訴えるように、長い親指がウィステリアの肘を撫でる。そのくすぐったさを、ウィステリアは拒めなかった。

淡い夜風が、寝衣の裾を揺らす。羽織ったショールと銀色の髪と、波打つ黒髪がかすかになびき、ウィステリアの白い頬に涼やかな微風が当たった。

ウィステリアは詰めていた息をそろそろと吐き出し、緩やかに頭を振った。

「……いいんだ。君にはもう、十分助けられている」

――これ以上寄りかかるのは怖い。これ以上近くなるのは怖い。胸の中だけでそうつぶやく。

この青年が自分のもとを離れていくとき、冷静でいられるように距離をとらなければならない。

「――戻ろう、ロイド」

そう伝えると、月によく似た目が瞬く。ロイドはすぐには応じず、他の答えを待つかのように少しの間沈黙が落ちる。だがやがて、わかった、という答えを返した。

ウィステリアは再び抱き上げられることにささやかな抵抗を覚えたが、有無を言わさず横抱きにされ、《浮遊》で中庭に下り立った。

それから、ロイドに部屋まで送り届けられる。

「おやすみ」

予想外の面倒見の良さを持った弟子はそう告げて、扉を閉めた。

ウィステリアはしばらく扉を見つめたあと、背を向けて扉にもたれた。天井を仰いでため息をつく。胸にわいた名状しがたい感情を振り払うように、サルティスを取って一緒に寝台に滑り込む。

『何だ！』

「何も。おやすみ」

『身勝手な!!　おい、寝台から落としでもしたら許さんからな!!』

サルティスの抗議を聞きながら、ウィステリアは目を閉じる。

（……サルトがいてくれてよかった）

――そうしなければ、あるいは本当に、ロイドの手をつかんでしまっていたかもしれない。

人が恋しいという気持ちを抱え込むようにうずくまる。そうして、眠りが来るのを待った。

不老の価値

凝り固まっていた疲労が溶け出したかのように、ウィステリアは深く眠った。

サルティスが頭に響く声をあげたとき、ようやく意識が揺り動かされて目が覚める。

『いつまで惰眠を貪るつもりだ!!　おいイレーネ起きろ！　怠惰にもほどがあるぞ!!　このままでは体まで鈍る！　我が前で堕落するなどという醜態は許さんからな!!』

頭をはたく声に顔をしかめながら、ウィステリアは鈍い動きで体を起こした。寝台の上に座り込むような姿勢で周りを見回し、白い敷布の上に横たわる豪奢な剣を見る。

「……おはようサルト」

『おはよう、などと暢気なことを言っている場合か!!　いつからお前はこのような腑抜けた生活に甘んじるようになったのだ!?』

「……そんなに眠っていたか？」

『あの使用人がやってきたのも気づかなかったではないか!!　度しがたい油断だぞ!!』

ウィステリアは虚を衝かれ、ぱちぱちと目を瞬かせた。ああ、とうめく。ハリエットが起こしにきてくれたのに、自分が起きられなかったのだろう。

しかし深く眠ったためか、あるいは涙を流したせいか、冷静な思考が戻ってきていた。

(……これまでと、変わらない)

——養親はもういない。これまではそれに心を乱されずに済んでいたのだ。二十三年前に番人になったとき養親と死別したも同然で、《未明の地》にいたときはそれを受け入れられていたのだ。

喪失の悲しみは時間だけが癒やしてくれることも、他のことに意識を向けていれば一時逃れられることも知っていた。

今は考えるべきことも向き合うべきことも他に多くある。

「……君の言う通りだな、サルト。弛んでいたのかもしれない」

『かもしれない、ではなく事実弛んでいたではないか!!』

「言うなって」

聖剣の言葉は小さな棘となり、ウィステリアは片目をつぶって苦い顔をした。それから寝台の端に寄り、腰掛ける。一度ゆっくりと息を吐き、宙を見た。そのまま、サルト、と呼びかける。

「もう一度、私に魔法を教えてくれないか?」

『……何?』

ウィステリアは、右手で左手首に触れた。今は、ベンジャミンの作った質素な腕輪がはまっている。その下には、《関門》があるはずだった。

向こうでは毎日のように使っていた魔法を、この世界に戻ってからは一度も使っていない。

——使えていない。

「魔法を取り戻したい。……向こうで得たものを、なかったことにしたくないんだ」

聖剣は珍しく、しばし黙り込んだ。呆れを表す沈黙なのか、そうでないのかはわからない。

『……お前は魔法はおろか命を落としてもおかしくない無謀を冒した。魔法を取り戻せるかどうかはわからんぞ』

先ほどとは一変した、冷厳な声が響く。楽観を許さず、自分を取り巻くものを直視させる言葉に、ウィステリアは一度目を閉じた。

そしてゆっくりと瞼を持ち上げる。

「ああ。でも、このまま何もせずに失ったままではいたくない」

身につけた超常の力は、《未明の地》で自分を生き長らえさせた。——その力があったから、ロイドを守ることもできた。

自分が生きるためだけでなく、守るための力になる。だから魔法を失うのが惜しい、欲しいと、これまで以上に強く思った。

ロイドは、きっとこれからも戦うだろう。そのときに、自分はただ何もせずに見ているだけなど耐えられない。

「君の言う通り、戦う力は必要だ。この世界にも魔物は現れてくるし、ディグラの子の一件もある。それに……、私が得た力をこちらでも使えたほうが、ベンジャミンの役にも立てると思うんだ」

『ふん。あの凡人の興味や好奇心を満たすための玩具にでもなるつもりか？』

「ベンジャミンは立派な研究者だ。《未明の地》に関することは、一つでも多くベンジャミンに伝えたほうがいい。それに、我々はいまベンジャミンに大いに世話になっている最中だぞ！　少しでも報いないと」

『世話になっているのはお前とあの小僧ではないか!!　ええい、さっさとこんなところを出て行けばよかろう!!』

相変わらずの聖剣にウィステリアは眉をつり上げ、今度ベンジャミンに失礼な態度を取ったら水たまりに落とすぞ、と脅し、不毛な議論を終わらせた。それでも、いつものやりとりで少し元気を取り戻したように感じた。


ハリエットは、ウィステリアがサルティスとの議論を終わらせた後に再びやってきた。客人の遅い起床に対してもハリエットはいやな顔一つせず、にこにこと笑って身支度を手伝った。

ベンジャミンとロイドは既に朝食を終えているらしく、ウィステリアの朝食は部屋に運び込まれた。ウィステリアはハリエットに礼を言って朝食を取ったあと、サルティスを抱えて部屋を出た。

魔法の訓練をするために、中庭へ向かう。ベンジャミンの家は閑静な地域にあり、人家もあまりないが、それでも人目を避けるために可能な限り外出は避けていた。先日、養親の墓を見に行くために一度外出したきりだ。

――自分たちがいま人目につかないほうがいいというのは、なんとなくわかることだった。

中庭へ続く廊下に出ると、植物の庭が視界に広がり、陽の射す四阿に二人の影が見える。

ロイドとベンジャミンが会話しているようだった。ふいに、ウィステリアの胸に小さな不安がわいた。

（……私の過去について、ではないよな）

――ブライトやロザリーとの関わり。番人になった経緯。

ベンジャミンは、ロイドに言わないと約束してくれた。だがロイドがベンジャミンに問うということはあるだろうか。

（考えすぎだ）

胸の中でそう言い聞かせながら、ウィステリアは知らず、二人に近寄っていった。

四阿の中に設《しつら》えられた一対の長椅子に、ロイドとベンジャミンは対面する形で座っている。

ロイドのほうがすぐにウィステリアに気づき、目を合わせる。屋根を作る藤の花の間から射す陽光を受け、銀の髪が淡い紅色を帯び、その瞳が光って見えた。昨晩の記憶が、ウィステリアを気恥ずかしくさせた。

「おはよう、師匠」

「……おはよう。その、寝過ごした。おはようございます、ベンジャミン」

「おはようございます、ウィステリア様。体調はいかがですか？」

ロイドの向かいに座っていたベンジャミンが振り向き、挨拶を返す。

ウィステリアは自然な笑みを浮かべることができた。

「大丈夫です。少し疲れが出たのか、寝過ごしてしまいました」

『ふん。怠惰の間違いであろ……ヒッやめろ馬鹿他人の前で鞘を脱がそうとするな!!』

すかさず悪態をついた剣の鞘と柄を無言でずらしにかかり、ウィステリアは聖剣を黙らせた。ベンジャミンが目を丸くして、豪奢な剣とウィステリアを交互に見る。

ウィステリアは軽く咳払いして、ベンジャミンに言った。

「すみません。話し合いの邪魔をしてしまったでしょうか」

「あ、いえ。ウィステリア様にもお話ししたほうがいいことですので、ちょうどよかった」

今度はウィステリアが目を丸くする。

すると、ロイドが無言で自分の隣を示した。——隣に座れ、という意味のようだった。

ウィステリアはためらいを覚えつつも、弟子のすすめに従った。腰を下ろし、サルティスを膝上に横たえる。

ふと、ロイドが手に何かを持っていることに気づく。見ると、乾燥した胡桃《くるみ》を二つ、手の中で擦り合わせるように転がしている。

意外な手遊びにウィステリアは数度瞬いたが、斜向かいのベンジャミンに顔を戻した。ベンジャミンは難しい顔をして言った。

「実は今朝、王都の第四研究所のほうから連絡が来まして……」

ウィステリアは目を見張った。とっさに、変異体——あるいは魔物、異変といった言葉が脳裏をよぎる。

ウィステリアの驚く様子を見て、ベンジャミンは少し慌てたように手を振った。

「いえ、重大なものではなく、魔物の出現に関する報告でもありません。ただ、近日中に戻ってほしいという要望でした。近隣の国から、魔法研究にかかわる使節団が来るという話もあるんです。本来なら、ロイド君の帰還後のはずでしたが、これ以上延期できないのでしょう。僕としても、そろそろ戻らなければならないと思っていたので……ウィステリア様の装身具も作り直したいですし」

どこか言いづらそうな様子に、ウィステリアははっとする。

――ベンジャミンもロイドも、戻らなければならない。

そんな当たり前のことを改めて思い知らされるようで、とっさに目を伏せた。

こんな日々が、いつまでも続くわけはない。

「……ごめんなさい、ベンジャミン」

「あ、謝らないでください！　僕がその、ウィステリア様のお話にすっかり夢中になってしまって、この先のことを考えていなかったのがいけないんです」

温和な研究者は困ったように頭の後ろをかいた。

「それに、その……ウィステリア様の、不老という体質についても一度戻って調べたいとも思っています。いえ、ウィステリア様に許していただければ、ですが」

ウィステリアは目を見開いた。思わぬ点を指摘されたように感じ、ああ、と短く声をもらす。

膝の上で、サルティスが不満げな声を吐いた。

『それで、凡人と小僧は自分の拠点に戻る。イレーネは自分の身の置き場所を他に探す。そのどこが問題だ』

　ロイドとベンジャミンの視線が、サルティスに向いた。ベンジャミンは華美な剣から声が発せられることに改めて驚いたような顔をしたが、ロイドの眼差しはもっと冷徹なものだった。

　ベンジャミンが視線を迷わせながら、慎重に答える。

「……ウィステリア様の生存と帰還は計り知れない価値があります。ウィステリア様の体験や知見は、《未明の地》の研究を何段階も前に進めるもので、まさしく革命です。それだけでなく、魔法の研究にも同様のことが言えます。ウィステリア様の経験や記憶は多くの研究者や学者に共有されるべき財そのものだと言えるんです。それだけでなく……その、ウィステリア様の体が獲得された特異な性質もそうでして」

　ウィステリアは弾かれたように目を見開き、反射的に自分の胸に手を当てていた。

　――特異な性質。瘴気への耐性が生んだ副産物。時の止まった体。

『ほう。つまりイレーネの身は、不老や《未明の地》での経験のために重宝されるというわけか。さながら王族の財宝。あるいは王侯貴族に次ぐもののように扱われるのか？』

「……それも不可能ではないと思います。ウィステリア様がなしたことの重要性からすれば、爵位の一つや二つでは足りないほどです」

　ウィステリアは驚きに声を失ったままそのやりとりを聞き、やがてゆっくりとそれが冷めていくのを感じた。ベンジャミンの声に熱が帯びるのも、どこか他人事のように聞く。

（……叙爵か）

遠い昔に切望していたものが、今になって手の届く範囲にあるということが運命の皮肉に思えた。

――輝ける太陽の目をした人の隣に立ちたくて、功績を求めていた遠い過去。

「正直に言えば……ウィステリア様は、王族や高位の貴族の方の後ろ盾を望める状況であると思います。そうすれば今よりももっと豊かで不自由のない生活を送れるのではと」

ためらいを含んだベンジャミンの言葉に、ウィステリアははっと意識を引き戻す。

不意を衝かれたようにベンジャミンを見た。

当のベンジャミンはまた思い悩むように息を吐き、重たげに口を開いた。

「お気を悪くされないでほしいのですが……。ウィステリア様の体験や知見のみならず……いま社交界を賑わすご令嬢たちと並んでも遜色《そんしょく》ない、お若いままの姿でもあるとなると、まさしく奇跡のような存在です。唯一無二の、計り知れない価値です。ウィステリア様の後見や援助を申し出る方はいくらでも出てきます」

『ほう。喜べ、イレーネ。お前の崇拝者もしくは求婚者には案外困らないそうだ』

サルティスが皮肉げに答え、ウィステリアが戸惑った瞬間――ゴリ、と鈍く何かが潰される音がした。

ウィステリアが弾かれたように傍らを見ると、ロイドが自分の手に視線を落としていた。

その大きな手の中で、乾燥した胡桃が二つとも割れている。

ウィステリアは忙しなく瞬き、ベンジャミンも驚いた顔をする。

ロイドは目を上げずに言った。

「――聖剣殿は面白くもなく笑えもしない戯言が多いな。今のは特に極まっていた」

『いきなり何だ小僧‼　ただでさえ貧相な聴覚と視覚と思考力が更におかしくなったのか⁉』

ロイドは砕けた胡桃を再び握り、顔を上げないまま告げた。

「現実的でない可能性について長く話す必要はないと思いますが」

砕けた胡桃が、握りこまれた手の中でまた潰される。

「援助が必要ならルイニングでいい。いや、私がいる」

その言葉は自分に向けられたものだとわかり、ウィステリアは薄く唇を開いて止まった。

ロイドの配慮を嬉しく感じる一方、ルイニングに世話を受けるつもりはなく、ロイドに面倒をかけたくもなかった。

だが意思の固い弟子とそれについて話すのは避け、代わりに別の疑問を口にする。

「現実的でない可能性？」

そう問うと、ベンジャミンのほうは答えに迷う様子を見せた。

ロイドはようやく顔を上げ、ウィステリアを見た。

「周りがあなたの功績を正当に認め、理性的な振る舞いをするならば、ラブラ殿が言ったようなことは十分ありうる。が、それは少々楽観的な前提だ」

ウィステリアは鈍く瞬く。少し考え、やがて思い至った。

「……私の価値を認めない。つまり、〝魔女〟のように忌避すべきものとして捉えられるということか？」

知らず、眉根を寄せた。

――かつて、一部から〝魔女〟と悪評を立てられていた。だがそのときは今ほどの魔法も身につけていなければ、不老などという体質でもなく、《未明の地》で生き延びるということさえしていなかった。

あれから全てが一変した、今はどれほどの悪評をたてられるのか。どんなふうに見られるのか。

――あるいは。

「魔物のように見られるかもしれないか?」

自嘲とともに、ウィステリアは言った。

とたん、ベンジャミンの顔に動揺がはしった。

ウィステリアが訝ったとき、ロイドが答えた。

「理性的な判断ができない人間はそう捉える可能性もある。だが、無知ゆえに誤った認識を持つ程度ならまだ無視してもいい。問題は、あなたが持つ価値に目が眩む者のほうだ」

「……どういうことだ」

「あなたは瘴気に耐性を持ち、《未明の地》で活動できる。魔法の技量も知識も卓越している。それだけでも、あなたに莫大な利用価値を見出す者がいる」

ウィステリアは目を見開いた。漠然と抱えていた不安に、急に生々しいまでの形を与えられたかのようだった。

知らず、膝上のサルティスを両手で握る。

「そして不老という性質を獲得している。《未明の地》や魔法に無知な者であっても、不老という性質の利点はわかる。むしろ、この要素が多くの無知な人間を引きつける。どんな手段を用いてでも知りたい、奪いたいと思わせる要因になりうる。あなたの意思を無視してでも」

砕いた胡桃を抱えたまま、長い指が戯れに曲がり、また開きという動作を繰り返す。

ウィステリアは数拍の間、息を忘れた。

――不老。

望んで得たわけではないこの体の変化が他人にどう見えるのか、遅れて思い知る。

『……愚かな。実に下らん』

サルティスが低く、冷たい侮蔑をこめて吐き捨てた。

ロイドは無言で同意を滲ませ、続けた。

「あなた自身が望んで得たものではないし、偶然備わった体質だ。だが、欲に目が眩んだ人間にはそういった説明は通じない。あなたの意思も関係なく、不老の獲得を求めて蛮行に及ぶおそれがある」

冷淡にも聞こえるほど抑制された言葉を、ウィステリアは呆然と聞いた。

無意識に、ベンジャミンに目を向ける。

以前からの知人で、かつての研究仲間は、色濃い憂いの表情を浮かべていた。

ベンジャミンもまた、ロイドと同じ考えであるようだった。

あまり人目につかないようにしたほうがいいと言ったのは、これが本当の理由だったのだとウィステリアは気づく。

自分の体質を、生き延びた経緯を、純粋な驚きと好意で受け止めてくれたのはベンジャミンだったからこそなのだ。

「ラブラ殿が先ほど言ったように、好意的に扱われる可能性も皆無ではない――だが、王族や魔法管理院に、あるいは他の勢力にあなたが拘束され、強制的に利用される危険性を無視できない」

大きな手をまた握りこみながら、ロイドは続けた。握られた手の中で、胡桃の欠片が更に砕かれて小さく鳴る。

ベンジャミンが、気まずげに後を継いだ。

「……僕は、研究という意味で欲に目が眩んでいます。ロイド君が指摘したような危険性は十分ありえることですから、むしろそちらを念頭に置いて警戒したほうがいい。その、少なくとも王族や魔法管理院側の出方がわかるまでは、ウィステリア様の存在は伏せておいたほうがいいと思います。ウィステリア様を王都へお連れできないのは心苦しいのですが」

申し訳なさそうな顔をするベンジャミンに、ウィステリアは重く頭を振った。膝上のサルティスを見つめ、答えを探す。

――ロザリーやブライトと関わることを以外に、自分の存在がそこまで面倒な状況を引き起こすなどとは考えてもいなかった。

ロイドとベンジャミンは王都に戻る。自分は王都に足を踏み入れず人目につかないようにする。そのことには、抵抗などない。――だが、その後は。

ウィステリアは眉根を寄せて考え込んだが、膝上のサルティスを何気なく眺め、はっと気づいた。

目を上げ、ロイドを見る。

「……ロイド。君が王都に……王女殿下の元に戻るなら、証立てはどうする？」

ロイドが振り向き、金の目でウィステリアを見る。ベンジャミンも意表を突かれた顔で、二人を見た。

金の目が無言で瞬いたとき、ウィステリアはサルティスに目を戻した。

「サルティスは……」

「――課せられた条件を達成していない」

ロイドの端的な答えに、ウィステリアは弾かれたように再び青年を見た。

怜悧な金の目はサルティスを見据えている。

『当然だ。我の真の主たることを欲するなら、最低でも《黒雷》を習得する程度の力量、イレーネに勝つ程度の技量がなければ話にならん。小僧はそのどちらも満たしていない』

「だが……！」

「不本意だが聖剣殿の言う通りだ、師匠。想定外の状況だからといって、条件を覆せというつもりはない。前回のように条件どころではない状況でもないしな」

ロイドはあくまで冷静沈着そのものに、しかし冷ややかな皮肉のこもった言葉を聖剣に向けた。

ウィステリアはためらいがちに瞬く。ロイドの皮肉は、《大蛇》や魔物たちが迫っていたときのことだと一瞬遅れて思い至る。

ベンジャミンが、困惑と気遣いの交じったような顔で師弟のやりとりを見守っていた。

金の目はウィステリアに視線を戻した。

「殿下の元にはご報告にあがるが、あなたの存在は伏せて可能な範囲で経緯を説明をする」

「しかしそれでは……」

たやすいことのように言うロイドに、ウィステリアは戸惑った。――サルティスを渡さずに済むということに、確かに安堵を覚えている自分がいる。

それでも、ことはそう簡単であるはずがない。

――求婚のための必要な証。他とは違う、熱意の証明のためにロイドはサルティスを求めていた。並ならぬものである必要があった。そのために、《未明の地》まで来た。代用として考えていた強大な魔物の討伐も、この世界ではかなわない。

現状では、求婚に必要な証立てがない。

――胸の内がひどくざわつく。

ウィステリアは膝に置いたサルティスを強く握る。

(……ロイドのことを、考えろ。ロイドの未来の伴侶たる、王女殿下のことを)

波打つ胸の内を叱咤する。

――これは決して、安堵などではない。王女に対する求婚が難しくなったことへの、あるいはそれがなされないかもしれないことへの、喜びに似た何かなどでは決してない。

ウィステリアは少し頬が強ばるのを感じながら、ベンジャミンを見た。

「ロイドは、これだけの長い期間《未明の地》で無事に生き延び、生還しました。その事実を、大きな功績として認めてもらうことはできませんか？」

「……僕個人としては、むろん大きな功績であると思います。しかし……立証の点からしても、王女殿下にご理解いただけるかどうかは難しいかと」

ベンジャミンは苦渋の顔で答える。

とたん、サルティスが嘲りの声をあげた。

『生き延びるだけならこの小僧でなくともできる上、年月の時点でイレーネに遙かに劣る。それにいくらでも偽証できるではないか。この世界で安全な場所に身を隠しておき、さも長い間異界で過ごしたというような顔をして、あとからのうのうと出てくればよい』

「おいサルト――」

ウィステリアが眉をひそめると、ロイドが軽く肩をすくめた。

「聖剣殿の無駄口の多さもたまには役に立つな。説明の手間を省いてくれて感謝する」

『愚か者め!!　誰がお前のためになど!!』

そのやりとりを聞きながら、ウィステリアは目を伏せた。

――決して、ロイドと決闘まがいのことをしたいわけではない。しかし不測の事態になったとはいえ、代案もなく当初の約束を破る形になっているのは気になった。

納得して諦めさせたわけでも、代わりのものを渡せたわけでもない。ロイドは自分を助け、こちらの世界に連れ戻してくれた――だが、それはロイド自身には何の利もない。それどころか、失っているもののほうが多いようにさえ思える。

『ふん。せいぜい己の無知無能を恥じ、王女とやらにそれらしい弁明ができるよう備えるがいい。我の代わりなど存在するはずもないゆえ、お前がどんな言い訳をするのか見物だな。無様に跪く様を見届けられぬのが惜しいわ』

「口数が多いだけで武具としての機能に疑問が残る骨董品を王族の方に見せずに済んだと思いはじめているところだ」

ベンジャミンが目を丸くして、青年と聖剣の間で視線を右往左往させる。

ウィステリアはそれらから目を背け、思考をさまよわせた。

サルティスの言葉が、重く響く。――弁明。言い訳。

成果を何一つ持ち帰ることができなければ、ロイドがどんな目を向けられるか想像に難くない。

この青年がしてくれたことを思えば、耐えがたいことだった。

紫の目は、華美な剣の黄金の柄を見る。

（〝代償〟……）

黒い剣の放った言葉を思い返し、背が冷たくなる。

自分のために、ロイドは代償を払った。確かに《大蛇》と多くの魔物を倒したのに、それを自分以外の人間は知らない。具体的な証拠がなければ、どれほど説明してもすべては伝わらないだろう。

――《未明の地》に行き、戦い、生き延び、帰ってきたという確かな証拠がなければ。

ウィステリアは緩慢に顔を上げた。そして、ベンジャミンを見た。

「……私が、ロイドと一緒に行って拝謁するわけにはいきませんか」

眼鏡越しの目が、大きく見開かれる。ロイドもまたウィステリアに顔を向けた。

「私の存在が、ロイドが向こうで過ごし、戦い、共に戻ってきた証として――」

「だめだ」

ベンジャミンではない、強い拒否の声があがった。

ウィステリアはロイドに振り向く。太い眉が険しく歪められ、金の双眸に鋭さが増していた。

「こんなことにあなたを利用するつもりはない」

「……こんなこと、ではないだろう。君は、証立ては大事だと……」

「それとあなたを危険にさらすこととはまったく異なる。私はあなたをさらし者にするつもりも、他に身柄を奪われるような危険を冒すつもりもない。それとも、あなたは不当に利用されてもいいというのか？」

怒りを滲ませる声に、ウィステリアは言葉に詰まった。――ロイドが、そこまで自分を慮ってくれていることに気持ちが浮つく。

何か強い覚悟があって申し出たわけでもなかった。

「これは私の問題だ。あなたを利用するつもりも巻き込むつもりもない」

ロイドは頑なな口調で言った。それで議論を終わらせようとする無言の圧力さえ帯びていた。

ウィステリアは口を閉ざす。

――証立ての、ひいては王女への求婚に口を挟むなと突き放されたようにも感じた。

それはまったくの正論で、関係ないと言われて心を騒がすなど見当違いでしかない。

だが、頭ではわかっているのにすぐに受け入れることは難しかった。

（……では、どうするんだ？）

自分への配慮と、王女への証立ては別だという。言葉を考えれば、別段おかしなことを言っているようには聞こえない。師匠と、求婚相手の違いというだけのことなのだろう。

なのに、王女に関する話ではっきり突き放されたということが、わだかまりとなってウィステリアの胸に沈んだ。それが何なのか、ウィステリア自身にもわからなかった。

ロイドもそれ以上は言わず、気詰まりな空気が流れる。

黙り込んだ師弟を見て、ベンジャミンは困惑しているようだった。

「あ、その……ですね。ロイド君は、ウィステリア様の安全を第一に考えていると……僕もそれには賛成です。なのでその、少なくとも当面は、ウィステリア様は王都には近づかないでいただきたいのですが……」

「……ええ。わかりました」

ウィステリアはうなずき、サルティィスを持って立ち上がった。

「少し、休んできます」

「はい。少しでも体調に異変があればすぐに教えてください！」

純粋な気遣いの中に研究者としての顔ものぞかせてベンジャミンは言った。

ウィステリアは四阿を後にした。ロイドの視線を感じたが、振り向くことはしなかった。

五章◆月に染まり、離れがたく

告白

寝室として与えられている部屋に戻ったあと、ウィステリアはサルティスと会話しながら、《未明の地》のことを書き記す作業に取りかかった。この家に匿ってもらってからはそれが主な仕事になっていた。他にできることもあまりない。魔法の訓練をするのに室内は向かなかった。

ひとしきりペンを走らせたあとで、ウィステリアは徐々に落ち着きを取り戻していった。

（……なぜ、あんな態度を取ってしまったんだ）

関係ないと答えたロイドに対し、冷静さを保てなかった。

ロイドはおかしなことなど言っていない。――実際、王女との関係は自分に介入できることではない。利用するつもりはない、と言ったことからも、師を尊重してくれているのは間違いない。

（私は少し、落ち着きをなくしているのかもしれない。この体のこともある――）

きっとそうだ、とウィステリアは自分に言い聞かせる。

ロイドが王女のことを口にしたとき、浮き足立ったような感覚に襲われたのは、今の自分が不安定な体で、不安定な立場であるからだ。

（……ロイドに、世話になりすぎているんだろうな）

いつの間にか、距離が近くなりすぎている。この世界に戻ってくるという、遠い昔に諦めたはずの希望もロイドが叶えてくれた。

　——あの青年に頼るような気持ちが、確かにあった。

　思った以上に甘えてしまい、その相手が自分ではないものに注意を向けたことで、子供じみた失望を感じているのかもしれない。自分をもっと気にしてほしい、というような幼い我が儘だ。

(きっと、そうだ。……情けないな)

それ以外であるはずがない、とウィステリアは結論づける。

深々とため息をつき、ペンを置いて両手で目を覆った。

(ロイドにとって何が最善か……冷静に考えないと)

弟子にとって最善の未来を願うのが師として正しい姿であり、甥に対する伯母としてあるべき姿だろう。

両手で目を覆ったまま、ウィステリアは離れた椅子にたてかけてあるサルティスに話しかけた。

「いついかなるときでも落ち着きを失ってはならない。そうだよな、サルト?」

『当然であろう!! 油断や感情に支配されることは視野狭窄を招き、命の危険に関わる! 《未明の地》でお前を生き長らえさせた我が教えをもう忘れたのか!?』

「……いや、確認しただけだって」

ウィステリアは苦笑いし、目を覆っていた手を退けた。また一つ、ため息をつく。

(冷静になれ。他に向き合わなければならないことはたくさんある)

弟子のことをいったん脇に置くと、入れ替わりに自分の問題が溢れ出す。

――不老の体の価値。《未明の地》から生還したという事実の持つ意味。今後の身の振り方。

（……こんな状況は、想像もしていなかったな）

ただただ元の世界に戻りたいと願い、もし戻れたらどうするのかなどということは、ほとんど考えたことがなかった。

「ずっとここにいてベンジャミンの世話になるなんてことは、できないしな」

ウィステリアはぽつりと独語する。

『ふん、当然であろう！　この家屋は古く下僕や設備がまるで整っておらず、我を迎えるのにとても適した場所ではない!!』

「……君の視点からするとほとんどの場所が合致しないだろ。聖剣を迎える設備なんて普通はないぞ。君のような我が儘な剣でも寛容に受け止めてくれるだけ、ベンジャミンに感謝すべきだ」

サルティスはいつもと変わらず尊大に反論してくる。それを聞き流して、ウィステリアは考え込んだ。

「なあ、サルト。ありえないとは思うが……、君、この世界で他に行くあてがあったりするか？たとえば、二十三年前に君を保管していた関係者とか」

『我をかび臭い倉庫に追いやった愚か者どもの顔など二度と見たくもないわ！　そもそも我は唯一無二にして孤高の存在であって――』

「……つまり、頼れる誰かも行くあてもないってことか」

『てっ、低俗な要約をするな馬鹿者!!』

喚くサルティスを横目に、ウィステリアは腕を組む。

（私にも、サルティスにも行くあてはない。……この体のことがある以上、ベンジャミン以外の昔の知り合いに頼るなどということもできないし）

王都以外の地方となれば、なおのこと知り合いなどいない。

ウィステリアは長く息を吐いて視線を上げ、しばらく天井を眺めた。それから思い立ったように椅子から立ち上がり、部屋を出た。

ベンジャミンを捜して中庭に戻る。だがそこにはもうベンジャミンの姿もロイドの姿もなかった。

次に一階の書斎へ向かい、閉められた扉を控えめにたたくと声が返ってくる。

「夫人？　さっきの話ならもう――」

「ベンジャミン。私です。ウィステリアです」

とたん、部屋の中で何かが落ちたような物音がした。少し急いた足音が近づいてきて、勢いよく扉が開かれる。

ウィステリアが目を丸くすると、苦笑いしたベンジャミンが現れた。

「す、すみません！　どうしました？」

「少し、お話ししたいことがありまして。邪魔してしまいましたか？　それなら時間が空いているときに……」

「いえ、大丈夫です！　どうぞ。ずっと散らかっていてお見苦しい限りですが……」

温和な研究者は苦笑いして扉を開け、中へとウィステリアを招いた。ウィステリアは足を踏み入れ、書斎机の前に置かれた椅子に座った。小さなテーブルを挟み、ベンジャミンも向かい側に座る。

「装身具はいかがですか？」

「よく機能してくれています。とても助かっています」

「お力になれたのならよかった」

ベンジャミンは安心したように笑みを浮かべた。その目元や口元の皺がふいにはっきりと見え、ウィステリアは小さく息を詰めた。無言で時の経過を突きつけられたような気がした。

「お話とは？」

ベンジャミンが促す。ええ、とウィステリアは一呼吸置き、膝の上で緩く両手の指を絡めて口を開いた。

「今後について考えていたのですが。その、私が就ける仕事といったものはないでしょうか」

ベンジャミンの目が丸く見開かれた。

「このままずっとベンジャミンの負担になるわけにはいきません。王都から遠いどこかで暮らすとなると、職に就いて自分で生計をたてることが必要だと思いまして」

「い、いいえ、そんな、負担などと気になさらないでください！　むしろその、ハリエット夫人は喜んでいるくらいで……！」

「それは嬉しいです」

慌てるベンジャミンに、ウィステリアは淡く微笑した。

そうして笑みをおさめ、紫の目でベンジャミンを見つめて続けた。

「私の存在が面倒な事態を引き起こしかねないことを考えると、ベンジャミンにずっと匿ってもらうのは危険ですし、現実的ではありません。私もそこまでは望んでいません」

「そんな……、しかし……」

ベンジャミンは眉尻を下げ、それからひどく苦い、懊悩の表情を見せた。

膝上で拳を握り、そこに目を落とす。

「……僕としては、ウィステリア様にいくらでも滞在していただいて構わないんです。この家は、もともと僕と夫人たちだけではもてあますような大きさですし……。ですが……万一の場合、魔法管理院や王家の方々に抵抗できるほどの力がないことは、事実です」

ベンジャミンの低い声に非力を嘆くような響きが滲んだ。

ウィステリアはそれを静かに受け止めた。

やがて、ベンジャミンが目を上げる。

「ルイニング家には……、あるいはロイド君個人に頼るおつもりは、ないのですね」

「……ええ」

ウィステリアはうなずき、目を伏せた。精一杯、軽い口調で発する。

「私はこれでも一応、彼の師ですから。師として、せめて見栄を張りたいんです」

ベンジャミンの戸惑いと気遣いの視線に知らぬ振りをして、これこそがもっとも正しい理由だと自分の胸に言い聞かせる。

ただ、ブライトやロザリーたちとは関わらないようにするためという理由だけではない。

ロイドの声が、一人で泣くなと言われ抱きしめられた記憶が鮮やかに蘇って、強く目を閉じた。

側にいれば、頼ってしまえばこんなにもたやすく距離を見誤る。

(あまりに近くなってしまったら……きっと)

――ロイドと王女が結婚するとき、冷静に、正しく祝福することができなくなる。

師として、義理の伯母として、理性的な振る舞いをすることができなくなってしまう。これまでにも、もう何度も醜態をさらしてしまっているのだ。

そんなふうに正しい振る舞いができないなら、ロイドと王女の噂も聞こえてこないほど遠く離れたほうがいい。

ウィステリアは組んだ指に強く力をこめる。

ぎこちない無言の間が落ちる。やがて、ベンジャミンがためらいがちに言った。

「僕はその、あまりこういったことには無知で……ハリエット夫人や、姪から聞いた話をそのまま口にしますが……。未婚の淑女が、家からの独立とその後の人生の安泰のために必要とするのは、然るべき相手との結婚だそうです」

うつむいていたウィステリアは、目を見開いて一瞬固まった。

「結婚、というのは特に貴族の女性にとって非常に重要な事業とも言えるものであるらしく……。あくまで仮定の話ですが……ウィステリア様が相応に地位のある方と結婚された場合、ウィステリア様は後ろ盾を得ることができます。――その方の地位や資産が多いほど、魔法管理院などへの、牽制や抑止力にもなりえます」

想像もしていなかった内容をベンジャミンの口から聞かされ、ウィステリアはすぐには答えを返せなかった。

戸惑いながら顔を上げ、ベンジャミンを見る。

ベンジャミン当人もまた、言いにくいことを口にしているかのような気まずい顔をしていた。

ウィステリアは少し遅れてベンジャミンの言葉を理解した。

――ある程度の家柄の令嬢なら、結婚というのは死活問題だった。親の庇護以外に、貴族の女性が身を立てるには相応の身分の紳士と結婚する以外にない。

いつの時代も、娯楽作品では、身分違いの恋というものが人気だ。それは、自分より階級が上の相手と結婚すれば、裕福で幸せな人生を送れるという夢を見せてくれるからだ。年頃の女子ならみなそのような夢を一度は見たことがあるからだ。現実では、そのようなことはほとんど起こらない。

ウィステリアも、かつてその身分違いの恋に酔った一人だった。

だがそのときは自分の人生の安寧や富のためではなく、もっと愚かな夢を見ていたからだった。

ゆえに、ウィステリアは諦観をもって静かに答えた。

「誰かと結婚するつもりはありません。できないでしょう」

「その……、ウィステリア様は本当に二十三年前と変わらぬ姿をしておられます。確かに不老という体質は、相手の理解が必須ではありますが、決して欠点とは言いがたく……」

ベンジャミンがしどろもどろに答えるのを、ウィステリアは微苦笑で応じた。

温和で優しい知人は、自分が今でも結婚を望めるような人物であると伝えてくれているのだろう。

ウィステリアは紫の目を逸らし、組んだ手を自分の腹部に引き寄せた。

「……この体では無理です」

それだけを答えた。それ以上のことは言えなかった。

ベンジャミンが明らかに言葉に詰まり、うろたえる。そんな反応をさせてしまったことに、少し罪悪感を覚えた。

不老は老化を止めているだけでなく、もう一つ体の機能を止めていることを、ベンジャミンやロイドには言えない。

それは異界で生きるにはむしろ優位にはたらき、これまで深く考えたことはなかった。

(――私はおそらく、身籠もることができない)

冷え固まった事実をなぞるように、ウィステリアは胸の中でそうつぶやいた。

異界では有利だという以外に意味を持たなかったその状態が、この世界では大きな意味を持つのだと。だとどこか他人事のように考えた。

結婚によって相手に最も求められるのは、後継者を産むことだ。

気まずくなった空気をなんとか解こうと、ウィステリアは向き直ってぎこちなく微笑みかけた。

「《未明の地》に渡った日に結婚といったものは忘れましたし夢にも見なくなりました。ですから、たとえ援助を得る目的であってもそういった関係は考えられませんし、むしろ別の面倒ごとを呼んでしまうと思うので」

「……そう、ですね。その、僕も聞きかじっただけの浅い考えで見当違いなことを言いまして、お気を悪くされたら申し訳ありません」

「いえ、大丈夫です」

ウィステリアはそう告げ、話題が終わったことに安堵した。そして、自分の答えを心の中でだけ呟いた。

（サルティスさえいれば、平気だ）

――あの口うるさい聖剣がいれば十分で、それは《未明の地》での二十三年間が証明している。

ベンジャミンは腕を組み、そうなると、と呟きながらうなっている。相手の今後について別の方法を真剣に考えてくれている――ウィステリアは少し目を細めた。

親身に考えてくれる相手がまだこの世界にいるというだけで、心が和らぐ気がした。

「……ベンジャミン。ありがとう」

胸に浮かんだ感情のままにウィステリアは言った。

ベンジャミンが驚いたようにウィステリアを見る。そして、形容しがたい表情をした。困惑――あるいはどこか泣き出しそうな、それを強ばった笑みで隠そうとする顔。

二十三年前には見たことのない、わだかまりを感じさせる反応だった。ウィステリアは鈍い寂しさを覚える。おそらく、自分の存在が過去より遥かに厄介なものになり、それにも拘らず友誼《ゆうぎ》のために助けてくれているからなのだろうと思う。だが、だからこそ伝えたかった。

「……こちらの世界に戻ってきて、ベンジャミンが助けてくれなければもっと厳しい状況になっていたと思います」

「いえ、そんな。僕はその……」

ベンジャミンが萎縮する。わだかまりはあっても、この人の良い研究者は変わらず謙虚な性格で、変わらない部分も大きく残していることがウィステリアには嬉しかった。

「ロイドが私のところに……《未明の地》にやってきたとき、はじめはなんという皮肉だろうと思ったんです。そしてロイドからベンジャミンの名前が出たとき、驚きました。同時にとても納得しました。《未明の地》に関わることで協力を頼むなら、ベンジャミンたちしかいないと」

ベンジャミンが意表を突かれたような顔をする。それから、ぎこちなく苦笑した。

「ロイド君が、僕のことを？　恥ずかしいような、少し怖いような気がしますね」

「彼にしては珍しく、礼儀と親しみを持っているような言い方でしたよ。ロイドもベンジャミンに好意を持っているのでしょう」

ウィステリアも微笑んで言う。ふいに、胸の底から小さな泡のようにその思いが浮かび上がった。

（ベンジャミンは、私が研究所に出入りしていたときも良くしてくれた。そのベンジャミンが研究を続け、協力してくれたからロイドは《未明の地》に来られた――そのおかげで、私はロイドと出会い、今ここにいる）

ロイド自身の能力のみならず、ベンジャミンの協力があってこそ、ロイドは番人にならずに《未明の地》へ行くということが可能になったのだろう。

それが、巡り巡って自分がこの世界に戻れたことに繋がるのは、あまりにもできすぎた偶然のように思えた。――忘れたはずの、奇跡という言葉を思い出させるほどに。

「……ロイドが《未明の地》に来てくれたことで、私はこの世界に戻ってくることができました。それはロイドに協力してくれたベンジャミンのおかげでもあります。ベンジャミンがずっと研究を続けてくれていたから、今に繋がっているんです」

それからふと、当時の第四研究所の他の研究員たちを思い出し、ウィステリアは微笑んだ。

「第四研究所のみなさんはお元気ですか？　他の方も、ベンジャミンのように――」

研究を続けているのか、と聞こうとして、ウィステリアは声を失った。

ベンジャミンは、呆然としていた。――大きく目を見開いたまま、受け止めきれないものを前にしたかのように硬直していた。そして一瞬顔を歪め、それを押し隠そうとするかのように、強ばった笑みを浮かべた。

「……当時の研究員は、僕以外には残っていません。みな去りました」

ウィステリアは驚きに目を瞬かせた。

違和感に言葉を詰まらせる。二十三年が経っていると考えれば、無理のないことなのだろうか。しかし熱心な研究員も多くいた中、そのほとんどが辞めるというのは不自然に思えた。

ベンジャミンだけが残っている――何か理由があるのだろうか。

ウィステリアの中にそんな疑問がわいたが、直接口にすることはためらわれた。

ベンジャミンの反応を見る。一人だけ当時から研究を続けていたことになる研究者の顔には、はっきりと苦悩があった。ウィステリアの視線から逃れようとするかのようにうつむく。

「……僕は」

そうつぶやいた声が、嗄《か》れて聞こえる。

ベンジャミンの強い迷いと葛藤が伝わり、ウィステリアもまた戸惑った。

――先日も、ベンジャミンは何かを言おうとしてやめていた。

何がそれほどこの温和な知人を苦しめているのか。ウィステリアが言葉を探しながら問おうとしたとき、ベンジャミンは口を開いた。

「僕は……ウィステリア様が身代わりになったことを知っていて、見て見ぬ振りをしました」

かすれた声で告げられた言葉に、ウィステリアは紫の目を大きく見開いた。

「……ウィステリア様が、ロザリー様の身代わりになったということはすぐに察しがつきました。魔法管理院の発表が虚偽であったとき……彼らがウィステリア様に汚名を着せたのだと確信しました」

ウィステリアは言葉を失ったまま、ベンジャミンを見つめていた。かつての研究仲間は、うつむいて目を合わせることもなく、膝の上で強く手を握りしめている。

「ウィステリア様に罪などないと知っていたのに、僕は、それを公に訴えることをしませんでした。――研究を、続けたかったからです」

ベンジャミンの声の震えを、ウィステリアは確かに捉えた。

告げられた言葉の意味をどう受け止めたらいいのかわからず、答えを返すことができない。

ただ、少しの乾いた寂しさと、諦観によく似た納得がゆっくりと胸に落ちていった。

（ああ……）

喉の奥でそうつぶやいて、それだけだった。驚きも徐々に去り、ウィステリアはようやく言葉を返す。

「でも、それは……おかしなことではないと思います」

――ベンジャミンが、自分のために抗議したり、冤罪を主張する必要はない。

そこまでしてほしいなどと願える関係ではなかった。

だが、ベンジャミンは膝上で握った拳を一度震わせ、振り絞るように続けた。

「……魔法管理院側に、取引を持ちかけられたんです」

ウィステリアは息を詰めた。

あの特徴的な紋章を掲げた、無表情な人間たちの姿が脳裏をよぎった。交差する杖とそれを囲む月桂樹の葉の紋章。ロザリーが番人に選ばれたと告げに来た影。――まるで死神のように見えた、マーシアルの特別な機関。

それが、ベンジャミンのもとにも行ったというのか。

取引という言葉が、遅れて反響する。どくんと心臓が一つ跳ね、不快な胸騒ぎがした。

「……どんな取引を?」

騒ぐ心音を抑え、ウィステリアは声を絞り出す。

膝上で握られたベンジャミンの拳が、また小さく震えた。

「騒ぎ立てれば、研究所から……マーシアルから追放する。《未明の地》および魔法に関する研究には二度と関わらせないと。黙っていればお前の望む研究を続けさせてやる、忠誠を誓うなら昇格させてやってもいいと、彼らは言いました」

ウィステリアは大きく目を見開いて硬直した。

一拍して、衝撃のあとで沸々と怒りがわいてくる。――ベンジャミンは、脅されたのだ。

「……卑劣な」

怒りのままに吐き捨てると、うつむいたベンジャミンの肩が大きく跳ねた。うなだれたその姿は、一回りも小さくなったように見えた。

「あのとき共に研究していた仲間は、みな去っていきました。全員がウィステリア様の事情を知っているわけではなく、僕のように取引を持ちかけられたわけではないでしょうが、圧力がかかったことは間違いありません。まったく別の裕福な職についた者もいれば、おそらく一定の金銭と引きかえに王都から逃れた者もいて、当時の研究員はほとんど残っていません。僕は……条件を呑んで、自分だけ研究所にしがみつきました」

他の部屋より小さな窓から細い光が射し込んで、うつむく研究者を横から照らす。

やがて、ベンジャミンは両手で顔を覆った。

「僕は、どうしても研究を続けたかった。僕にはこれしかなかった。子供の欲求と同じです。これを取り上げられることにただ耐えられなくて、立派な理想や目的なんてものはないんです」

くぐもった告白を、ウィステリアは黙して聞いていた。

――温和で、少し眠たげな目をしたベンジャミンが、人一倍研究熱心であることは誰もが知っていた。少年のように純粋な好奇心を持ち、興味を持ったものに集中し、いつまでもそれを続けていられる。研究者として最高の気質だ、と周りの研究員たちが敬意をもって笑っていた。

ウィステリアはようやく、ベンジャミンがたびたび見せたぎこちなさや硬直の意味を理解できた。

うめくように、あるいは震えながら許しを乞うかのように、研究者は告げた。

「僕は……ウィステリア様の真実より、自分の保身と望みを選んだのです」

◆

横顔に当たる昼の光も、今のベンジャミンにはいかなる熱も明るさももたらさなかった。

息苦しい静寂が耳を刺す。目の前のウィステリアは何も言わない。――言うべきことなど見つからないのかもしれなかった。

ベンジャミンの腹の底に長く澱み、沈んでいた重い塊――夕焼けの空から二人が現れて以来、強くなるばかりだったその感覚が、一瞬消えてなくなったように思えた。

だが、それはベンジャミンに安寧をもたらさなかった。

――言ってしまった。全身が冷たくなる感覚と共に、その声が脳内に谺した。

何度か告げようとしては臆病さのために呑み込んでいたことを、ついに吐き出してしまった。

ウィステリアが向けてくる純粋な感謝に、好意に耐えられなかった。自分は、それを向けられる資格がない。

顔に影を落とし、凍えるような目をした魔法管理院の人間が取引を持ちかけてきた日のことを思い出す。

〝――選べ。死者のためにお前の希望や名声……自らの将来を擲《なげう》つのか、それとも正しく口を噤み、栄誉の道を残して賢明な人生を送るのか〟

お前は役に立つ。高貴な方々にもお前を気にかけてくださる者がいる――。

そう言って、交差する杖の紋章を身にまとった男たちはベンジャミンに選択を迫った。

ベンジャミンの中にあった怒りや感情的な反発は、とたんに合理的な考えと拮抗した。

感情では、この脅迫を毅然と拒絶すべきだとわかっていた。しかし感情とは別の思考が、無視できぬ恐れと躊躇を生んでいた。

――死者。

死神めいた者たちから発せられたそれは、呪いのような力を帯びた。

ウィステリアはもう戻っては来ない。ここで自分が彼女の冤罪を叫んでも、魔法管理院による改竄を叫んでも、ウィステリアがそれを見てくれることはない。

何の特別な関係でもない自分では妄想や寝言として片付けられ、他の誰かが共に糾弾してくれるとも思えない。

ここで自分一人が冤罪を主張したところで、何か意味をなせるのか。自分と彼女は、ただ少し親しく、研究を共にしただけの関係でしかないのに。

糾弾の代償は自分の居場所だ。――研究ができなくなる。そんな代償を払ってまで、自分の人生の意味を失ってまでもなすべきことなのか。

ベンジャミンは震えるほどに研究を奪われることを恐れ、そしてそんなおそれに立ち竦む自分に涙が出るほど嫌悪を抱いた。目を背けても、逃げられぬ天秤がそこで揺れていた。

――そして最後には魔法管理院の提案を呑んだ。

昇格などといったものを受けなかったのは、せめてもの抵抗だった。

(僕にもっと勇気があれば……もっと力があれば)

何度もそう悔いて、だが時が経つうちにやがて摩耗していった。――自分以外に、この臆病と卑劣を罵る者はいなかった。他に糾弾しようとする者も。

だから二十三年も経って、よりによってあの男性の息子と一緒にウィステリアが帰還し、変わらぬ姿で自分の目の前に現れたことは罰なのかもしれない。

藤色の目をした美しい人の名誉を守るのではなく、自分の望みと保身を選び、そのことへの罪悪感さえ忘れていた――運命は、それをいま嘲笑い糾弾しようとしているのかもしれない。

ベンジャミンはそんな非合理な思考に囚われ、まるで審判を待つ者のようにウィステリアの言葉を待っていた。軽蔑されることは間違いない。――二十三年前と変わらずに向けられていた親愛も、きっと失った。

それでも、これ以上黙っていることはできなかった。だからこれが、最後だろう。

ベンジャミンは強く息を止め、手に力をこめて覚悟を固めた。

正面にいるウィステリアが、わずかに息を吸う音がした。

「――ベンジャミン。あなたは何も悪くない」

静謐な力を帯びた声が、天啓のごとく響く。

ベンジャミンは目を見開き、己の耳を疑った。信じられない思いで顔を上げ、声の主を見る。

吸い込まれるような紫の瞳に言葉を失った。

「私は死者と同じです。これまでの番人がそうであったように、生きて戻ってこられるとは思わなかったの。だから、私のためにベンジャミンが自分の将来を犠牲にしてまで訴える必要はありません」

かつて、藤の妖精ともうたわれた人は言う。

あまりに自分にとって都合のいい言葉に、ベンジャミンは頭が揺れるような衝撃を感じた。

こんな、夢のようなことがあっていいはずがない。

「で、ですが……！」

「ベンジャミンのせいではありません。元々、私はベンジャミンにとって大切な家族でもなければ、未来を懸けて何かをしてもらえるような存在ではない。私のために怒り、悲しんでくれただけで十分です。それに、ベンジャミンが研究を続けてくれたからこそ今があるんです」

ウィステリアは淡く微笑む。諦めというには透き通った、けれど許しというには哀しみの翳りが交じった顔だった。

――それでも、この人は自分を許そうとしている。

ベンジャミンの視界はふいに歪み、自分を嫌悪する理性とは真逆に、胸につかえていたものが解けていくのを感じた。恥じたくなるほどに肩が軽くなり、喜びと安堵を確かに感じていた。

目の奥から勝手に滲もうとするものを、眼鏡を指で押し上げながら乱暴に拭った。

「すみません……」

鼻がつんと痛み、詰まった声でこぼす。謝罪は許しを乞うものだと知っていながら、口にせずにはいられなかった。

それでも、穏やかな声が返った。

「いいんです。気にしないでください。むしろ、ベンジャミンにそんなものを抱えさせてしまって申し訳なく思います。怒るなら、魔法管理院に対してです」

黒く細い眉が、つり上がる。

望外なほどのウィステリアの答えに、ベンジャミンは更に安堵を深める。恥ずべきは脅迫した魔法管理院のみ――ウィステリアの言葉をそのまま受け入れかけた。

だが何気なく紫の目が窓の外に向いたとき、ベンジャミンはほとんど直感のように気づいた。

(――ウィステリア様は、諦めてしまった)

許されたと感じ、胸の内に広がっていた安堵の熱がにわかに引いていく。

なぜ訴えなかったと怒ることも、裏切り者と詰ってくれることもなく――そんな気持ちを覚えることもないほどに、ウィステリアは自分を親しく想ってくれていなかったのではないか。

身代わりとして絶望し、死を覚悟していたからだとしても。

ベンジャミンは目を伏せる。

(……何を考えてるんだ、僕は)

当たり前のことだった。むしろそれゆえに許しを得られたというのに、なぜこれほど衝撃を受けるのか。――哀しさのようなものさえ抱いているのか。まったく理不尽で、一貫性がない。

「……ベンジャミン？」

気遣わしげな声がする。

ベンジャミンは歯を食いしばる。――自分の方がウィステリアに気遣われるなどあってはならない。これ以上、彼女の慈悲と寛容に甘えてはいけなかった。

自分を強く戒め、ベンジャミンは精一杯の笑みを作ってウィステリアに向き直る。そこにあるのは二十三年前とほとんど変わらない、理知的で温厚な眼差しだ。色鮮やかな藤の花を思わせる瞳。

しかしそこに深い影が垣間見えるのは、自分には計り知れない経験によるものなのだろう。

鈍く軋む感覚を無視して、ベンジャミンは自分に言い聞かせる。

（せめて少しでも償いになることを……。ウィステリア様が、この世界で安らかに過ごせるように）

この邂逅は罰のためではなく、贖罪の機会を与えられたのだと信じたかった。

抑えようとするほど、諦めようとするほど

ずいぶん久しぶりの葡萄酒は、味がよくわからなかった。

『なんだ、辛気くさい顔をしおって。毒でも入っていたのか？』

サルティスが鼻を鳴らすような声をあげる。

寝室の小さなテーブルを囲むように、ウィステリアの向かいの椅子にサルティスが立てかけてあった。

ウィステリアは呆れ交じりに、そんなわけないだろ、と軽く反論した。縦長のカップを少し持ち上げて見つめる。

体が温まってよく眠れますよ、とハリエットが持ってきてくれたのが、この薬草入り葡萄酒だった。まともな薬草の香りも葡萄酒の香りも久しく嗅いでいなかった上、それが混ざったものとなるとほとんどはじめての香りだった。味は酸味がわずかにあり、多くは甘みで少し辛さも溶け合っている。

体が温まる効果を確かに感じ、少しずつ舌に乗せるようにして口にした。

あまり考えないようにしても、昼間のベンジャミンの告白がまた脳裏をよぎった。

――自分の望みと保身を選んだ、と温和な知人は悔いていた。

ウィステリアははじめこそ大きな衝撃を受けたが、それも長くは続かず、諦念を帯びた受容へと変わっていった。

(ベンジャミンは悪いことなどしていない。責めるなら魔法管理院なんだ)

ベンジャミン自身へと伝えたことを、また心の中に繰り返した。

少しの寂しさを感じても、それだけだった。――ベンジャミンは選んだ。そしてそれは、正しい選択だった。

ベンジャミン以外の誰であっても、同じ選択をするだろう。特別でもない誰かのために、自分の未来を犠牲にしてまで冤罪を訴えるなどできるはずがない。するべきでもない。

(ただ……)

この胸にわだかまる乾いた悲しみは、淡い失望は、きっと短くない時の経過を否応無しに思い知らされるからだ。

——義父母がいなくなったように、ベンジャミンとももはや以前のような関係ではいられない。何もわだかまりのなかった頃にはもう戻れない。

二十三年の隔たりは、決して取り戻せない大きな空白だった。

当たり前のことであるはずなのに、それがなぜかひどく重く感じられ、目を背けたくなる。

ウィステリアは細いカップを傾け、温められた葡萄酒を飲む。薬草のためか、舌に小さな刺激を感じた。

——強ばったベンジャミンの顔。それを隠そうとする、不慣れでぎこちない笑み。うつむいて丸められた体。握りしめられた拳。

自分がベンジャミンの前に現れなければ、あんなふうに苦しませずに済んだはずだ。

(……あまり、ここに長居しないほうがいい)

自分の特異な体質がベンジャミンやハリエットたちに迷惑をかけるというだけでなく、ベンジャミンにこれ以上余計な心労をかけないためにも、そうしなければならない。

「……この体質がなければな。どこかに家庭教師として雇ってもらうとか、それが望めなくとも雑用係とか……やりようはあるんだが」

『ふん、嘆いたところで何になる。この世界に来て耄碌《もうろく》する一方ではないか』

「なら君も案を出してくれよ。……考えてみたら、この世界で君は私以上に身寄りも仕事もないじゃないか」

『ばっ、馬鹿者!!　我を人間と同じ尺度で測ろうとするな!!』

「あ、君を売ったら当面の資金になるか？」

『おいイレーネ!?』

とたんに声を裏返らせる聖剣を軽く片目で睨み、ウィステリアは苦笑いしてカップの中身を飲み干した。伸びをして、椅子から立ち上がる。

そしてまた吸い込まれるように窓へ寄っていった。窓辺に立ち、夜の世界を見上げる。

異界の暗さに適応した目には、この夜も明るい。むしろ昼の強烈な光より目に優しく感じられた。

天上の月は欠けはじめていたが、それでも十分に夜を照らしている。

（……結婚か）

その言葉が、ふいに胸に浮かんだ。考えるまでもなく不可能――できないことだ。

遠い昔の記憶が、脳裏に蘇る。あれは本当に過去か、あるいは妙に鮮明な夢だっただろうか。

『ウィス。君には、誰か結婚したい相手がいるの？』

――ある日、ブライトにそう問われてウィステリアは固まった。

大きく目を見開き、頬のまわりが一気に赤くなるのを感じて目を背けた。

『ど、どうして？』

『ああ、いきなりすまない。その、ラファティ夫妻がね、不思議がっておられたんだ。ウィスは立派な淑女だけど、婚約や結婚の話にあまり乗り気でないようだから、もしかしたらもう自分で相手を見つけているんじゃないか、と言っていた。そう聞いてしまうと、私も気になった』

やや気まずそうな、それでも明るい苦笑でブライトは言う。

ウィステリアの鼓動はたちまち乱れ、跳ねるように速くなる。

――まさか、気づかれてしまったのだろうか。養親に、あるいはこの目の前の本人に。

うまく返事ができずにいると、ブライトはいつもと変わらぬ優しい眼差しで続けた。

『ウィスは、あまり我が儘を言える性格じゃないだろう？　だから、ラファティ夫妻も心配していると思うんだ。私も、君の力になれることがあったらできる限りのことはしたい。でも君に相応しくない相手がいたら、口うるさい父親みたいに怒って邪魔してしまおうかな』

輝く黄金の瞳がいたずらめいて片目をつむる。ウィステリアは目を丸くし、それからくすくすと笑った。頬は熱く、鼓動は弾むばかりでまったくおさまってはくれない。

――ブライトに力になってほしいことなど、ただ一つしかなかった。

だがそれを言えるはずもなく、胸の奥からふいに溢れそうになる想いと鼓動が聞こえないように精一杯笑みで隠し、誰もいないわ、と答えた。

――ただ、まだ興味が持てないだけなの。いつか、その時が来たらと思っていて……。

ウィステリアは重く息を吐き、うかつに思い出してしまった記憶を断ち切った。

少し冷静に考えてみれば、あのとき他の相手など考えられないくらいにただ一人望んでいた相手が、自分の義妹と結婚し、その息子が自分の弟子となる――などというのは、皮肉がききすぎているように思える。

(……大人げない真似はしないように気をつけないとな)

皮肉な運命などと考えたところで、ロイドにそれをぶつけてはならない。

そんな雑念を弄びながら外を見つめていたとき、突然視界の端で光が瞬いた。視線を下げると、中庭が見える。ウィステリアは目を丸くした。

――淡い銀光に包まれた、長身の青年の姿が見える。

まさしく今、脳裏によぎった弟子の後ろ姿だった。

(何を……?)

思わず窓に顔を近づけたとき、青年が振り向いた。

視線が合う。すると、ロイドの全身を包む光が脈動し、その体が浮かび上がった。《浮遊》の魔法。

ウィステリアが目を瞬かせると、ロイドは《浮遊》で昇り、窓と同じ高さで静止する。そのまま近づき――窓のすぐ側に留まった。そして大きな体を少し屈めるようにして、ウィステリアの顔をのぞきこむように自分の顔を近づけた。

窓ガラスを挟み、ロイドの顔が近くに迫ってウィステリアは思わず後退しかける。束ねられた銀の髪が揺らめき、魔力の光のせいなのか、黄金の瞳がいっそう煌めいて見えた。

ウィステリアが忙しなく瞬くと、月夜にも際立った美貌の青年はわずかに口角を持ち上げる。そして、長い人差し指で地上を指す仕草をした。

(……下りてこいと?)

ウィステリアは訝ったが、ロイドはゆっくりと窓から離れ、その姿が下にずれていく。どうやら中庭に戻ったようだった。

内心で首を傾げながらも、ウィステリアは踵を返した。日中の上着を羽織って部屋を出る。一階へ下り、中庭に向かった。屋内は静かで、ベンジャミンやハリエットとその夫も眠っていると思われた。

中庭に出ると、わずかに欠けた月が皓皓《こうこう》とした光を投げかけていた。植えられた花の多くは閉じ、あるいは固く閉じた蕾のままで眠っている。

先ほど飲んだ葡萄酒のせいなのか、ウィステリアの体は少し火照り、夜気が心地よく感じられた。ロイドは四阿の側に立っていた。濃い色の脚衣と靴、肩や腕が少し詰まった白のシャツ姿だった。体の周りに、魔力の残滓が蛍火よりも小さな光となって散っている。

金色の目はすぐにウィステリアに気づく。

ロイドが踏み出す。ウィステリアもまた庭に足を踏み入れてロイドに近寄っていった。

「まだ寝ていなかったのか？」

ウィステリアが辺りを憚って声を落としながら問うと、ロイドは肩をすくめる。それから、ふいに何かを嗅ぐように鼻を鳴らした。

かと思えば唐突に身を屈め、ウィステリアに顔を近づける。ウィステリアはとっさにのけぞりかけた。鼻先を口元に近づけようとしていた青年は、平然とした顔で問う。

「酒でも飲んでいたのか？」

「あ、ああ……ハリエット夫人が、就寝用にとくれて。変な匂いがするか？」

「いや」

ウィステリアは反射的に手のひらで唇を隠した。それからそろそろと手を下ろし、ロイドに聞いた。

「私を呼んだか？　どうした？」

「いや。あなたが眠れていないようだから、どうせなら下りてくればいいと思った」

何の悪びれた様子もなく言われ、ウィステリアはむせそうになった。片眉を上げて青年を睨み、少し突《つつ》くことにする。

「……君が呼ばなければ、すぐに寝ていたかもしれないぞ」

「へえ？　眠いのか？」

軽く挑発するような答えに、む、とウィステリアは黙った。この弟子に呼ばれ、ここに下りてしまった時点で、もう眠気は感じなくなっている。――それもこの弟子の思惑通りのようで、少し悔しい。

同時に、昼間の態度のことをあまり気にしていないようで安心した。

「で、君は眠れないのか？　何をしてるんだ、こんな時間に」

「鍛錬。ある程度体を動かさないと眠りにくい」

弟子の答えに、ウィステリアはぱちぱちと瞬いた。それからついロイドの全身を眺めたが、剣やそれに類するものは持っていない。――この世界に戻ってきてから、ロイドが物理的な剣を手にしたところを見たことがなかった。向こうの世界でも振るっていた、あの上等な作りの剣はディグラによって砕かれている。

「……魔法の鍛錬か？」

「ああ」

それなら、とウィステリアは少し前のめりになった。知識として魔法の技を教えることなら、今の自分にもできる。しかし常に意欲の高い弟子にしては珍しく、師をいなすように肩をすくめた。

「教えを乞いたい気持ちはあるが、今は遅い時間だ。明日頼む」

「……そ、そうだな。うむ、わかった」

ウィステリアは首肯し、逸る自分を抑えつける。

すると、今度はロイドが提案した。

「代わりに、ではないが話に付き合ってくれ」

「ああ。それはもちろん……。どうした？」

ウィステリアは小さく首を傾げる。一瞬、昼間の大人げない態度についてだろうかという思いがよぎる。

その間に、ロイドは更に距離を詰めていた。反射的にウィステリアが後退しかけたとき、長身が屈む。

一瞬の既視感を覚えると同時、ウィステリアは背と膝裏に回った腕にすくい上げられた。

「なっ、おいロイド……!?」

寸前で声量を抑えつつ、焦って声をあげる。だがウィステリアを抱き上げた本人はいたって真顔で、長身を包む魔力の光が明滅した。

抱かれたまま、ウィステリアは浮遊感に包まれる。ロイドの《浮遊》で夜の空を昇っていく。

「どこへ……」

ウィステリアは体を硬くして問うたが、答えは返ってこなかった。間もなく、屋根の上に来て止まる。

ロイドの足が屋根につくと、魔力を帯びて輝く銀髪の尾がなびいた。

ウィステリアが固まったまま瞬くと、ロイドは金の目で見下ろした。

（あ……）

月明かりを浴びて、一対の目が地上の月のように光を帯びている。淡い光をまとった銀の睫毛がわずかに透け、黄金の瞳を彩るガラスの装飾のようだった。

遮るものとてなく、吐息さえ感じられるほどの距離で自分だけを見つめる瞳。

地上の月を思わせる目の中に、鮮やかな焔のような輝きが見える。月光と魔力のせいだけではない、熱を滲ませる揺らめき。

ウィステリアは顔を背けた。

（この目……いやだ）

胸をかき乱される。酒精に与えられた温もりとは比べものにならないほど、顔が、体が熱くなる。

目を背けても、横顔に当たる視線を感じるほどだった。

抗いようなく心をかき乱され、落ち着かなくなる。ロイド以外にこんな視線を向けてくる者はいない。

「……下ろして、くれ」

顔を背けたまま告げる。背を支え、膝を抱える手が、無言の抗議を示すようにわずかな力をこめてくる。少し間を置いて、ロイドはようやくゆっくりとウィステリアを足から下ろし、屋根に立たせた。

ウィステリアは足がふらつくような感覚に力をこめて耐え、立った。数歩後退してロイドから少し距離を取る。知らず、自分を守るように腕を組んでいた。熱を感じる頬と弾む鼓動を無視して、何事もなかったかのように軽い口調を意識して切り出す。

「それで、話ってなんだ？」

長い銀色の睫毛が一度瞬いた。

焔を宿した金の目が、ウィステリアを射る。

「ラブラ殿と何を話していた？」

予想外の問いに、ウィステリアは不意を衝かれた。ベンジャミンとの会話を思い出し、心臓が大きく跳ねる。それでも、なんとか平静を装って答えた。

「その、今後についてとか、色々……思い出話だ」

「へえ？　どんな思い出だ」

ロイドは即座に切り返してくる。ただの興味というには声に険があり、ウィステリアは困惑した。

「……昔のことだ。私が普通の人間だった頃の……取るに足らない話だ」

「たとえば？」

「だ、だから……その、昔の、ベンジャミンの仲間の近況とか、そういったことだ」

苦し紛れに、それらしき内容を返す。

ロイドがなぜこんなことを聞いてくるのか、追及してくるのかがわからなかった。ただの雑談の意図とは思えない。

それ以上の追及を躱《かわ》すために、ウィステリアは控えめに突き返した。

「……ただの、昔話だ」

だから詳しく話すほどのことでもない――無言でそう示す。だが、ロイドは引かなかった。

「今後のことについてというのは？」

切り口を変えた問いに、ウィステリアはいったん口を閉ざした。

――これはロイドに伝えても大丈夫だろうか。頭の中で急いで検討する。

過去の話よりは問題ないように思え、口を開いた。

「私の今後について相談していた。自分の力で生計を立てるにはどうしたらいいかを考えているんだ。何か就ける職業はないかと聞いていた」

銀の眉がひそめられ、ロイドが反論の気配を見せると、ウィステリアは頭を振った。

――この青年が言おうとしていることはおよそ察することができた。

「ルイニングや君を頼れというのは、気持ちはありがたい。だが、私は君にも全面的に寄りかかるつもりはないぞ。心苦しいし、私は君の……師だからな」

ウィステリアが苦く笑うと、ロイドは唇を閉じた。しかしその目元に浮かんだ険しさが消えることはなく、あるいは不服そうな表情にも見える。

「ラブラ殿はなんと言っていた？」

「ん……。まあ、その……」

ウィステリアは考えつつ、ややためらいがちに続けた。

「後ろ盾となってもらうために一定の地位ある紳士と結婚、という方法もあると――」

どことなく気恥ずかしい思いで口にしたとたん、突如空気が張り詰めた。

ウィステリアははっと口を閉じる。

こちらを見る黄金の目に、瞳孔を引き絞った猛獣のような荒々しさと緊張感が生じていた。

「……結婚？」

ロイドが一段と低い声になる。

「誰と？」

この上なく短い一言が、ひどく険しく威圧感をもってウィステリアを追い詰める。

思いもよらぬ反応にたじろぎそうになり、ウィステリアは困惑しながら答えた。

「いや……、あくまで可能性の一つとして出た話だ。その、私の外見はあまり変わっていないように見えるから、ベンジャミンは普通の娘であった頃の私の印象が強いし、一般的に他のご令嬢がとるような選択肢を提示してくれたんだ。むろん、実際にそんなことができるわけがない」

「なぜそう言い切れる」

理解とは真逆の反応を返され、ウィステリアは呆気にとられた。この聡明な弟子の反応の意味がわからなかった。いつもならこちらの言わんとしていることを先回りして理解するほどに聡明で、すべてを説明する必要はあまりないほどだ。

ウィステリアは戸惑いに視線をさまよわせた。

「なぜって……、私はこんな体だぞ。それに実際はもう四十三年も生きている。普通の令嬢や淑女とはほど遠い。結婚なんてできるわけがない」

「──それはあなたの思い込みだ。自分を過小評価しすぎている」

ロイドの声に苛立ちを感じ、ウィステリアは何度も瞬いた。──ロイドは怒っている。自分の師と認めた人間が卑下するようなことを口にしたからだろうか。

師への配慮と、自分への自信を持った青年だからこその反応であるのかもしれない。少し胸が温かくなる感覚と、苦く笑いたくなるような感覚が入り交じる。

「可能不可能の話ではなく、あなたの望みはどうなんだ」

ロイドはためらうことなく切り返す。そのあまりの強さに、ウィステリアは少し気圧された。

一歩、ロイドが大きく踏み込む。

おそれを知らない黄金の目。無遠慮に距離を詰められる感覚に、ウィステリアは知らず後退する。

「──あなたは、誰か結婚を望む相手が他にいるのか？」

鋭く、まるで問い質すような声。突然こめかみを一撃されたかのように、ウィステリアはぐらりと目眩を覚えた。

かつて隣に並び立ちたいと願った人の声と姿が重なる。

〝君には、誰か結婚したい相手がいるの？〟

誰よりも欲しかった相手が、そう言った。

ロイドの言葉の響きは、意味は、きっと違う。

けれど声も目の色も髪も顔の形も何もかもが酷似していた。

その強さも、自分には決して手が届かないところさえも。

ウィステリアは目を背け、強く息を止めた。力を振り絞って、脆く笑う。

「……いないよ。いるわけ、ないだろ」

ロイドの視線を感じながらも、吸い込まれそうな夜を眺めた。自分自身にも言い聞かせるように告げた。

「誰とも、結婚するつもりはない。――望んでもいない」

頬に冷えた風が当たる。《未明の地》よりは明るく、それでも遠くを見通すことまではできない夜を見つめたまま、自分の中で反復する。

(……サルティスがいればいい)

《未明の地》で暮らしたように、サルティスさえいれば一人でも生きていける。ましてここは、魔物の徘徊する危険な地ではない。――ただ生きていくことなら、ずっと簡単だろう。

ウィステリアは半歩、また下がった。ロイドとの少し近すぎる距離を離そうとする。そうして振り向かないまま、告げた。

「さあ、もう下り――」

「その男は？」

射貫くような問いに、ウィステリアは弾かれたように振り向いた。

ロイドと目が合う。煌々と輝く黄金の瞳が見つめてくる。

――胸に秘めたはずものを、見透かそうとする目。

押さえつけたはずの心音が、また乱れはじめた。

「あなたがかつて恋した男だ。――そのために、あなたが自らを擲《なげう》った男だ」

――かつて恋した人と同じ声、同じ顔で、訣別したときとほぼ同じ年の姿をした、青年が言う。

「過去に、その男との結婚を望んでいたのか？」

告げる声の響きは記憶の中にあるものよりずっと鋭く、研がれた刃を思わせる。

ウィステリアは呆然と立ち尽くす。投げかけられる声と眼差しにぐらりと視界が揺れ、一瞬、過去と今が混ざりあって現実感を失う。

立ち尽くす間に、ロイドが一歩距離を詰めてくる。離れるほどもっと踏み込んで距離を詰めてくる。――逃れられない過去のように。地上を照らす月明かりのように。

逃れることに失敗し、ウィステリアは唇をわななかせ、隠すために笑おうとして叶わなかった。

「……ああ。そうだ」

押しつぶされた場所から溢れ出すように、言葉がこぼれ落ちる。

「そうだよ。私が望んだのは、あの人だけだった」

目の前の青年に向かって、その青年に重なる幻影に向かって、告げる。

唇が震え、溢れそうなものを抑えて閉ざした。

――あなただけが欲しかった。他の誰も、こんなに強く望んだことはなかったのに。

胸の奥深くで、誰にも言えなかった言葉をつぶやく。

ロイドの気配が変わる。闇夜に光る目が激しさを増し、火花を散らす火に、触れるだけで切れそうな刃の輝きに変わる。その全身から息が詰まるような威圧感が漂う。

怒り。だが義憤というには影が強く、憎悪の暗さに似たものが滲んでいる。

見たこともないそれに、ウィステリアは呼吸を忘れ、半ば呑まれたように立ち尽くした。

「ならその男のためにあなたはまだ捧げるつもりか。その男にただ一度応えられなかったことで、あなたはもう誰にも応えないというのか」

ロイドの声が、低く耳を打つ。

――自分に応えてくれなかった人と同じ顔、同じ声で胸を揺らす。

ウィステリアの足はにわかにふらつき、怯えたように一歩下がる。ロイドが、大きく踏み込む。

「そんなことをすれば――その男を、あなたの中で永遠にするも同然だ」

また下がろうとして、強い声にウィステリアは硬直した。

永遠。そんなことはない。そんなはずはない。もう忘れた。この青年と出会うまで、こんなふうに近づいてくるまで、忘れることができていた。

逃れられない月の色をした目が見ている。

「永遠にするな。あなたの現在《いま》と未来までその男に捧げるな！」

青年は顔を歪めて吐き捨てた。煮えたぎるような怒り、苛立ち――その強さが、ウィステリアを息苦しくさせ、困惑させる。

なぜ、と胸の内側で声がする。

（――なぜ、ロイドはこんなことを言う）

弱みを探るためだ、と以前サルティスは言った。それがもっともらしい理由だった。

だが今はもう、ロイドがそういったことをする青年ではないと知っていた。

――自分を守るために、この世界に連れ戻すために、命さえ懸けてくれる青年だった。

諦めを知らず、誇り高く、少し不器用で傲慢な、わかりにくい優しさを持ったただ一人の弟子。

血の繋がらない甥。

ロイドがもう一歩踏み込む。空いた距離はほとんど詰められ、立ちすくむウィステリアの左腕に、大きな右手が触れた。

「イレーネ。――誰だ」

満月に似た瞳が見下ろす。今度は大きな左手が、ウィステリアのもう一方の腕をつかむ。

「どんな男だ」

いつかの夜と同じ問い。同じ腕の熱さ。けれど、あのときよりもずっと近く、深く、張り詰めて逃れられない。

ウィステリアは突き放せなかった。光を撒いて飛んでいた蝶の魔物ももういない。

照らすのは欠けた天の月だけだった。それでもなおどんな星よりも強く輝く。足場は屋根で、魔法が使えない今は自力で下りることもできない。

地上より月が近くに見えるこの場所で、ロイドから逃れることができない。

ウィステリアは目を閉じた。

〝ですが……おそらく、長く隠し通すことはできないと思います〟

ベンジャミンの言葉が耳の奥に蘇る。

(……そうなのかもしれない)

酒精が今さら回ってきたように思考が鈍り、半ば痺れたような感覚がする。

ウィステリアはゆっくりと瞼を持ち上げる。月と同じ瞳をした青年を見つめ、口を開いた。

「優しい、人だった。強くて、優しくて」

月色の目の中で、瞳孔が引き絞られるのが見える。

「……手の届くはずのない人だった。本当はわかっていたんだ。あの人が目で追うのは私ではなくて、あの人が屈託なく笑いかけるのは私ではなくて……、ずっと、見て見ぬ振りをしていた」

声をかければ、優しい笑顔と言葉を返してくれる。この上ない親愛を示してくれる。

――けれどそれが、ルイニング公爵とヴァテュエ伯爵の友人関係に起因する子供の友情でしかなかったことは、少し冷静になればわかるはずのことだった。

いつも、彼を見つめていた。見つめた先で、ブライトが自分ではない誰かを、義妹《ロザリー》を見ていたことは本当は気づいていたはずなのに。

腕をつかむ青年の手に、力がこめられる。

「でも、だって……仕方ないだろう？　誰かを愛する気持ちは、自分でどうにかできるものじゃないんだ。他の誰に言われても、どうすることもできない」

ウィステリアは力なく笑った。自分を嘲ろうとして、だがそれだけの力さえ残っていなかった。

ロイドが息を呑む気配がする。つかむ手の力がぐっと強くなったとたん、あとわずかだった距離が消えた。

紫の視線の位置に、広い襟元が来る。吐息が青年の胸にかかりそうな距離。

ウィステリアは頭頂部に視線を感じ、ロイドの呼吸を髪に感じた。息を呑む。頭のすぐ上に、ロイドの顔がある。――その唇が、黒髪に埋もれそうな場所に。

満月にはわずかに足りない月が、ほとんど隙間なく向き合う黒と銀の影を照らす。

ウィステリアは決して顔を上げず、かすれた声でこぼした。

「理不尽で、愚かで……。抑えようとするほど、諦めようとするほどどうにもならなくなる――」

「……その男はもう終わった過去だ。あなたに応えず、あなたを踏みにじった」

ロイドが言うような低い声で告げる。すぐ側で吐息と共に降る言葉は、火を孕《はら》むような熱さと切り伏せるような鋭さを帯びていた。少し痛いくらいに腕をつかむ力は、どこかもどかしげだった。

――ロイドは怒りを露にしている。相手が、師を利用した男だと思っているからだろう。それでも、あまりに苛烈な怒りに背が震えそうになる。

ウィステリアは目を伏せたまま、胸の中でこぼした。

（ブライトは、私を利用したんじゃない。ただ、選んだだけ。ロザリーを愛しただけ……）

遠く色褪せた感傷を押し込める。かすかに震える唇を強く閉ざす。

――身の程を知らず、目前にあった真実から目を背け、ブライトを求めてしまったから。

――ロザリーを愛したがゆえにブライトは選び、自分を切り捨てた。その強さと向けられた優しさが本物であった分だけ、ウィステリアは絶望した。

それでも。

「誰かを愛することは……罪や悪ではない」

答えがウィステリアの口からこぼれたとたん、一瞬、冬のような静けさが落ちた。

互いの呼吸や衣擦れの音さえ響くような静寂。肌に痛みさえ感じる緊迫感。

「――忘れろ」

短い言葉が、ウィステリアの胸を穿った。紫の目を見開き、顔を上げる。

――金色の目の中で、激しい焔が揺れていた。その熱で肌を焼くほどの火。

「あなたの中から、その男を消してくれ」

低く押し殺した声に、激しい感情が火花のように散っている。

ウィステリアはすくむ。

――忘れろ。

震える唇で何かを答えようとして失敗する。ブライトに酷似した声が生々しく記憶を、幻を呼び覚ます。真っ直ぐに見つめる黄金の双眸が記憶に重なる。

忘れていられた。忘れられた。――この青年が、自分の前に現れるまでは。

何度もか細い吐息をこぼして、ウィステリアは頭を振る。

「イレーネ」

ロイドは強く、求めてくる。苛立ち、もどかしげな気配が息苦しいほどに伝わってくる。

「……忘れたいんだ。でも――」

無理だ、とウィステリアは消え入りそうな声で答えた。ブライトの存在そのものを忘れることはできない。

ロイドの、喉の奥でうなるような声が鼓膜を震わせる。

「なぜだ。なぜ忘れられない。なぜその男を庇う！」

その叫びは、もはや怒りと苛立ちを隠さなかった。つかむ腕に痛いほどの力を感じ、ウィステリアはわななく唇を強く閉ざす。

なぜ、とあの人と同じ声でロイドは問うている。

――ロイドが側にいる限り、色褪せた記憶は呼び起こされ続け、消えることを許してくれない。

離れようとしても、両腕をつかむ手は決して緩んではくれなかった。ウィステリアの答えを受け入れようとせず、なぜ、なぜ、と無言で突きつける。

うつむいても月の光は頭上から照らして、覆うもののない屋根の上では影さえも隠れることができない。

逃れられずに、ウィステリアは一度強く目を閉じ、睫毛を震わせながら開いた。鈍く顔を上げる。

かつて恋した人と同じ色の、だがまったく別の色のようにも見える瞳と合う。

自分を真っ直ぐに見つめる、焼け付きそうなほどの鮮烈な目。激しい感情に揺れている両眼。ブライトの見せた優しさや温かさとは違い、太陽を思わせる明るさとも違う。

――こんなに似ているのに、別の色のようにも見えるのはこの眼差しのせいだ。

まるで、自分が特別な存在であるかのように錯覚させる目。かつてと同じ過ちを繰り返しそうになる視線。ブライトは、こんな目を向けてこなかった。

だから、ウィステリアは体だけを引いてロイドから少しでも距離を空け、声を振り絞った。

「君は、王女殿下に求婚するんだろう？」

金の目が見開かれる。――何を当然のことをという驚きか、あるいはもっと別の何かなのかはわからない。

ウィステリアは視線を逸らした。ただ、確かめただけだと胸の中でつぶやく。

（……当たり前のことだ）

ロイドが王都に戻るのも、王女のため。ロイドを待っている人のためだ。――はじめに出会ったときから、ずっとそうだったのだから。

ウィステリアは力を振り絞り、精一杯明るい声を装った。

「君が王女殿下を想い、王女殿下も君を想ってくれるなら、それはとても貴重で素敵なことだ。大事にするといい」

「イレーネ。私は、」

ロイドが何か言おうとするのを、ウィステリアは頭を振って遮った。

「想いが通じない辛さは、よく知っているつもりだ。架空の恋愛物語が流行っているのは、それがほとんど夢でしかありえないからだ。それほどの……ものなんだ」

軽い戯れ言に聞こえるように、ぎこちなく頬を持ち上げる。小さな笑いで覆い隠そうとする。

（……辛いんだ。見誤ってしまうのは）

これ以上、今の関係が歪まないうちに。失わずに済むうちに。

ウィステリアはアイリーンという王女の姿を想像しようとする。きっと、自分など遥かに及ばぬ、若く美しい女性だ。地位も将来も約束され、特異な体でもない。

騒ぐ胸に何度も言い聞かせる。――そういった女性こそ、この青年の妻にふさわしいのだ。

ロイドの母である義妹《ロザリー》や父にあたるブライトも、きっとこの結婚がなされることを望んでいる。親として子の幸せを願っている。そんな気がした。

だからせめて、自分が義理の伯母として、師としてロイドに言えることは。

「君を望んでくれて、君もまた望んでいる人がいるのなら、大事にしたほうがいい。――決して、その想いを手放すことのないように」

祈るように、そう告げた。

左右の腕に触れる手が、小さく揺れたように感じる。ウィステリアは、月光に照らされた青年の広い肩に視線を留めていた。

「……手放すな、か」

短い言葉が返ってきて、ロイドの顔に視線を戻す。とたん、腕をつかむ手に再び力がこめられ、離したはずの距離を引き戻された。

見開いた紫の目に、青年の姿が映る。

ウィステリアは息を忘れた。

――一対の月が降る。

あまりにも近くに黄金の瞳があるせいで、天の月も夜の闇さえも見えなくなる。

黒い髪のかかった額に銀の前髪が触れる。

「ああ、わかった」

額を触れ合わせ、ロイドは言う。わずかにかすれたその声の余韻を、かすかな吐息をウィステリアは唇に感じた。

――視界はロイドに埋め尽くされて他に何も見えない。

熱が頭に回って目が眩む。

ロイドは自分の言葉を受け取って、求婚者である王女に対して言葉通りにしようとしている。

なのに、こんなにも近いせいで金の目には自分しか映っていない。

(……やめて)

喉の奥まで、そんな弱い声が迫り上がる。うまく考えられなくなる。見誤ってしまいそうになる。

ロイド、と小さく震える声で呼び、力の入らない手で太い腕をつかむ。引き離そうとする。だが精悍な体は、その意思を反映したかのように微塵も揺るがず、怯まなかった。

ウィステリアは月色の瞳に囚われる。――夜にあってどこにも逃れられない月。顔を背けても目を覆っても、孤高の月は揺るがない。逃れられない。

腕を捉え、互いの瞳に互いの姿だけを映したまま、熱にかすれた声がささやく。

「放さない。——絶対に」

胸の奥の脆い場所を、月色の眼差しが、焔を孕んだ声が貫く。

ウィステリアは強く目を閉じて逃れる。

——けれどもう、耳を塞ぐことも目を閉じることさえも間に合わなかった。

その関係は師匠と弟子、あるいは

【書き下ろし】

「これは好機なのかもしれないわ！」

ハリエットは興奮に目を輝かせ、拳を握って声をあげた。

住み込んでいる家の古い厨房の中、夫婦二人には大きすぎるテーブルに向かい合って座り、昼食を取っていたときだった。

ハリエットの向かいに座っていた夫・ポールは日に焼けてなめし革のような色をした顔をにわかに歪めた。皺だらけの顔にもっと皺が増え、日頃から無愛想な顔に険しさが加わる。短い灰色の髪に、太い灰色の眉、目つきも柔和とは言いがたく、愛想というものを知らない。五十を過ぎて、夫のいかめしさは和らぐどころかむしろ増してしまったとハリエットは思っている。

そのいかめしい夫は言った。

「………やめておけ」

「何よあんた。意味がわかって言ってるの？」

「どうせろくな考えじゃねえってのはわかる」

「失礼ねえ！　あんたと違って、私は坊ちゃんの将来を真剣に考えてるのよ！」

ハリエットも眉をつり上げて応戦した。そうすると、口論では常に全敗のポールはむっつりと黙り込む。ポールは庭師や御者といった仕事はよくこなすし、主であるベンジャミン＝ラブラからの信頼も厚いが、仕事以外に無頓着すぎるのが難点だとハリエットは思っていた。

妻の思いとは裏腹に、寡黙なポールは豆のスープを黙々と片付ける。その間に、ぼそりとつぶやいた。

「坊ちゃんは、もうそういうのはいいって言ってんだろ。なら勝手な真似をするもんじゃねえ。お前はいつも世話を焼きすぎるんだ」

「馬鹿ねえ、あんた。奥手な坊ちゃんが、自分からそういう希望を言えるわけないでしょ。だからこそ今まで独り身だったんだから」

ハリエットは心底呆れた。

「だいたい、あんただってたいがい気がきかないのよ。私がいなきゃ、あんたも結婚なんてできなかったでしょ」

夫は鋭い目で睨んできたが、ハリエットはしれっと受け流した。社交性が欠落したようなポールには、自分のような世話焼きでお喋りな女がちょうどいいのだという自負があった。

そしてポールもそれは否定せず、苦々しい顔をして言った。

「……………だからといって、よく知りもしねえ客人を坊ちゃんの奥方候補に、なんてのはおかしいだろう」

「大事なのは性格よ。坊ちゃんに必要なのは資産ではないのだから、まともな人格の相手でありさえすればいいわ。それにあの人、若くてすごい美人じゃないの。ここまで来たら、もう飛躍でもなんでもいいのよ！」

ハリエットが意気込むと、ポールはますます苦い顔になった。だがこれ以上の口論は無意味と悟ってか、残りのスープを片付けることに専念する。

ハリエットとしても、元より夫の理解や協力を求めていたわけではない。——ぶっきらぼうな態度と言葉の奥で、ポールも主のことを心配しているのは感じていた。

ゆえに、ハリエットは決意を固くし、猛然と自分の昼食を平らげはじめた。


――ウィステリア・イレーネ。

それが、このラブラ邸に突如現れた女性客のほうの名だった。

ハリエットには、この稀なる二人の客人がいったいどういう人物なのか、どういう理由でどういう経緯でいきなりこのラブラ邸の中庭に現れたのか知らない。玄関からではなく中庭に突然現れたというのも奇妙だった。

ハリエットとポールは、月に一度この家に帰って来るか来ないかという主のために、この家に住まい、整備と管理を担っている。しかしそのほとんどで、客人がこの家を訪ねてきたことはにない。ベンジャミンが帰ってきているときですらそうだった。

だが、その主であるベンジャミンが強制的に休暇を取らされて戻ってきているときに――ある夕暮れに、ハリエットの主はかってないほど取り乱し、あるいは興奮した様子で、この二人の客人を丁重に扱ってほしい――この二人のことを誰にも口外しないでほしいと強く頼んできた。

疑問はあれど、ハリエットとポールにうなずく以外の選択肢などあるはずもなかった。

はじめこそ、ハリエットは強い不安と懸念を抱いた。

自分がずっと仕え、息子のようにも思っていた主が犯罪などに巻き込まれたのではないかと疑ったからだ。が、どうやらそうではないようだった。

〝二人はとても疲れていて、休息が必要なんだ。余計な騒ぎや介入がないよう、ここでしばらく休ませたい〟

ベンジャミンはそう言って、決して犯罪などではないから安心するように、とも付け足した。

ハリエットはその言葉に安心し、自分の〝坊ちゃん〟が犯罪に加担したり巻き込まれたりするようなことがあるはずもないと思い直した。――お前は余計な気を回しすぎる、と夫の苦い顔が思い浮かぶようだった。

しかし、そうなると今度は別の憶測が浮かんだ。

謎めいた客人は二人。若い男女、それもとびきり容姿に優れた二人だった。

一人はウィステリア・イレーネという名で、長く艶めく黒髪に神秘的な菖蒲色の目をした女性だ。白磁の陶器を思わせる透き通った肌に、髪と同じ色の長い睫毛が鮮やかな対比を描き、細く高い鼻や血色の薄い唇とあいまって神秘的な宗教画を思わせる美貌の持ち主だった。もう一人の青年と並んでいるときはあまり気づかなかったが、手足が長くすらりとした細身で、女性にしてはかなり背が高い。

そしてもう一人は、ロイドという名の長い銀髪に冴え冴えとした金色の目をした男性だった。相当な長身に精悍な体で、見事な武人然とした青年だった。更にはウィステリアに劣らぬほど容姿端麗でもあった。無骨な自分の夫や、柔和な顔の主とはまるで別の生き物のように見える。神話や伝説に出てくる美丈夫や英雄が実在したなら、こんな姿であったのかもしれない。

年は二人とも二十の前半と見え、ただの若人とは思えなかった。

——駆け落ち。

ハリエットの頭に、そんな言葉が浮かんだ。事情があって身を隠さねばならない若い男女となれば、まずそれを疑わざるを得ない。ロイドもウィステリアも、ただの美男美女には見えなかった。

自分たちと同じ平民というようにも思えなかった。

しかし自分の立場では主や客人の事情をいちいち把握することなどできはしないし、そうすべきでもないことはわかっている。

——自分にとって大事なのは、いくつかの確認だけだ。

ハリエットは直接本人に確かめることにした。

すなわち、ウィステリア本人に、ロイドとの関係をたずねたのである。

ウィステリアは、紫の目を丸く見開いて大いに驚きを露にした。ともすれば妖艶な大花を思わせる色の目が、たちまち瑞々しい花のような印象に変わる。

——ウィステリアの答えは、ただの師匠と弟子だ、というなんとも珍妙なものだった。くわえて、親戚でもあるという。

（師弟関係……？　親戚？）

耳慣れぬ言葉にハリエットは驚きと疑念を覚えたが、顔に出すような真似はしなかった。

つまりウィステリアとロイドは駆け落ちした恋人でもなく、ウィステリアは未婚の女性だということだけはわかった。本人の言葉を信じるならの話だ。

（若いとそんなこともあるのかしらねえ……？）

わからないことはいったん脇において、ハリエットは事実と思われる要素のみを検討することにした。

少し話しただけでも、ウィステリアという人物に高慢さや嫌みな部分がないのがわかる。体調が思わしくない様子があるのは心配だが、この際、跡継ぎのことに関しては目を瞑ってもいいとハリエットは考えていた。

会話をするまでは高貴で冷ややかな美女に見えたが、話してみると涼やかで落ち着いた声をしており、瞳の輝きが冷たい印象を払拭する。案外話しやすく、穏やかな女性だ。そして他に難があったとしても、よほどの大きな欠点でないかぎり受け入れられるほどに美人だ。

（……年齢の差もそれほどであろうし）

ベンジャミンは四十も後半だが、ウィステリアはおそらく二十の半ばかそれを下回るくらいだろう。が、ベンジャミンの人柄や蓄財具合、そしてウィステリアが庇護を必要としている様子からして、これぐらいの年齢差は問題にはならないはずだとハリエットは楽観した。資産家の男性が、孫ほどに若く美しい妻を娶るなどということはよくある話だ。

ハリエットはそれとなく、ベンジャミンと会話するウィステリアを観察した。

予想外に二人は親しげで、以前からの知り合いのような雰囲気さえ漂わせている。ベンジャミンは明らかに、特別な相手と久しぶりに再会したというような様子だった。

そしてベンジャミンを見る紫色の目にも、疎んじる気配などはなかった。むしろ、温かな親しみをのぞかせているように思えた。

ハリエットはそれに希望を持つと同時に、妙な違和感をも覚えた。

ウィステリアは、ともすればベンジャミンの娘ともいえるほどに若い。――だがベンジャミンと向き合う横顔に、どこか達観したものが滲んでいる。そして他のものを見るときには郷愁のようなものさえ漂わせるのだ。一瞬年齢がわからなくなるような奇妙な雰囲気に、ハリエットは首を傾げるのだった。


――とはいえ。


（こんなことで立ち止まっていたら、つかめる好機もつかめないわよ！）

ハリエットは奮起した。ウィステリアに探りを入れ、大前提となる〝未婚の淑女〟という情報にくわえ、ある程度の人柄、そして〝ロイドとは師弟関係かつ親戚〟という情報は確保できた。

（うちの坊ちゃんは奥手だけど、生活に不自由なくお金もあり、人柄も問題なし。庇護を求めている女性から見て、結婚相手として申し分ないはず！）

勝機はあるとハリエットは踏んだ。そして目下、ハリエットの基準で〝脅威〟となる可能性があるのは、ウィステリアと共に現れたあの並外れた美男子だった。あれほどの美男子と異性の関係になっていないというのは相当な理由があるか、あるいはウィステリアかロイドのほうに致命的な原因があるかのどちらかだ。今後のために探っておかねばならない。

それに親戚というのも遠い間柄のようで、師弟関係のほうは更によくわからない。

――決して、下世話な興味から探るのではない。渋面をつくる脳内の夫に向かい、ハリエットは弁明した。

ウィステリアと同じく、ロイドもあまりこの家から出ないようにしている。が、ロイドのほうは体調に問題はないようで、部屋にいることは少ない。

ハリエットは中庭を囲む廊下の柱の陰に隠れ、目的の青年を観察していた。

午前の陽光が、長身の青年を鮮やかに照らし出している。夫が丹精こめて整えた、色とりどりの花が咲く庭の中で、銀髪の青年の姿はほとんど絵物語のようだった。肩や腕が窮屈そうなシャツに、太もものあたりが張って丈も足りていない脚衣。広い肩から引き締まった腰への造形は、ほとんど彫刻めいている。花咲く庭に調和する現実離れした容貌もあってか、ひどく近寄りがたい雰囲気が漂っている。

ハリエットが忙しなく瞬く側で、青年は体の部位を一つ一つ確かめるように動かしている。伸ばした片腕を抱えるような仕草。屈伸や、長い片足を後ろにぐっと伸ばすような動作。

(なんとまあ……)

窮屈な場所に押し込められ、退屈を紛らわそうとしている美しい獣――そんな印象さえ受ける。体つきの見事さゆえに、動きの一つ一つがひどく絵になるせいだろうか。ハリエットが思わず目を奪われていると、青年が振り向かぬままに声を発した。

「何か?」

短い、しかし聞き逃しようもない鋭い問いにハリエットは口から心臓が飛び出しそうになった。

あらまあ、と思わず声をあげ、左右を慌ただしく見回し、ごまかし笑いをしながら柱の陰から出る。

――まるで、鋭い狩人に見つかってしまった野兎のような気分だった。

「し、失礼しました。ご用をうかがおうと思ったのですが、お声がけするのは憚られまして……。何か不足はございませんか？　まともにお迎えする準備も整っておりませんで……」

「構わない。連絡なしに訪れる非礼を行ったのはこちらだ。丁重な対応に感謝している」

振り向かないまま、青年は言った。

抑揚が少なく、怜悧で典雅な声だとハリエットは感心した。余分な力はないのによく通り、滑らかで流麗な発音――ごく自然な矜持の高さと教養が滲んでいる。上流階級のそれだと確信する。

本来なら自分などまともに会話できないほどの相手なのかもしれない。――しかし、今は状況が状況だ。相手は素性を隠してここに身を潜めている。

そしてハリエットはもとから格上の身分の相手でも物怖じせず、無骨な夫に呆れられるほど度胸があった。

ゆえに、ハリエットはにこやかに笑って告げた。

「もうお一人のお客様にも、何かご希望等はないかうかがっておりました。ですので、あなた様にもうかがおうと思っております」

そう告げると、こちらに背を向けていた青年が止まった。ゆっくりと振り向く。

「彼女は何か希望を？」

再び、品を感じさせる声で青年が発する。ハリエットはかろうじて愛想の良い笑みを保持した。

――振り向いた青年の顔は、一瞬息を呑むような造形美をしていた。

甘い貴公子然とした美貌というより、切れ長の目に鋭さがあり、眉や輪郭は精悍で、整った高い鼻や薄めの唇に少し冷たい高貴さが漂っている。温度のない絵画や彫像のようだ。

ハリエットは踏み止まって答えた。

「いいえ。ただ、あなた様のことを気遣っておいででした。ご親戚であるからと――」

「弟子だ。とりあえずは」

即座に訂正され、ハリエットは目を丸くする。黄金の目に鋭さが増したように見え、気分を害したのだろうかと肝を冷やす。だが、青年がそれ以上の不快感や苛立ちといったものを滲ませることはなく、ハリエットはすぐに自分を立て直した。

「失礼いたしました。とても珍しいお二人ですね。あなた様も、もうお一人のお客様もとてもお美しいので、つい卑俗な想像をしてしまいました。お許しください」

ハリエットが軽く頭を下げて告げると、青年がわずかに肩をすくめた。

「――恋仲にでも見えたか？」

一瞬、その声に温度が滲んだ。ハリエットは思わず顔を上げたが、青年の表情は乏しく、戯れなのかそうでないのか計りかねた。

だが人形のように整った唇に、あるかなきかの微笑を見たような気がした。

ハリエットは束の間の疑問を追いやり、好機とばかりに踏み込んだ。

「そう見えてしまいました。浅はかな考えをお許しください。遠い親戚でいらっしゃるとのことで、お二人ともお美しいのはそのためでしょうか。これほどのお客様をお迎えできて、とても光栄に思っております」

金眼の青年は、長い銀の睫毛をゆっくりと上下させた。

「あなた様ほどの方は、このような心配があることなどご存知ないかもしれませんが……僭越ながら私は、主に対して母親のような気持ちを抱いております。私どもの主はとても紳士で優れた人物ですが、いまだ良縁に恵まれずにいるのです」

苦笑いをしながら、ハリエットは言う。仕える主であるベンジャミンを実の息子のようにも思っているのは事実だった。――ベンジャミンは見目でこそ、この青年に引けをとっても、それ以外の部分で劣っているとは思えない。

ハリエットは冗談の軽やかさで、しかし半分ほどは本気で告げた。

「もうお一人のお客様は未婚の淑女でいらっしゃるとうかがいました。そして我が主とも親しくなさっているご様子。私はこの通り、とても浅慮な人間でございますので、つい夢を抱いてしまうのです」

頭の中で、夫の苦々しい顔が浮かぶ。お前はいつも喋りすぎる、と釘を刺す声。けれど黙っていては何も確かめられず、希望もつかめない。

銀の睫毛の下、金の瞳がわずかに収縮するのをハリエットは見た。それだけでたちまち息が詰まり、体に緊張がはしる。

「――そんな夢は抱かないほうがいい」

眉一つ動かさず、無感動な声で青年は言った。だがその感情のない声は、何か大きなものが硬く凍りついたかのような印象をハリエットに与えた。こちらを直視する鋭い目は、触れたとたんに傷を負うような凍てつく氷塊を思わせる。

ハリエットが反射的な謝罪の言葉すらも発せずにいると、青年は瞬き一つせずに続けた。

「君と、君の主のためだ。それ以外の誰であっても」

——そんな夢は抱くべきではない。

凍てつく声にそんな言葉を聞いた気がして、ハリエットはなんとか首肯するのが精一杯だった。

金眼の青年は更に続ける。

「余計な配慮も詮索も不要だ。主とこの家の秩序を守るのが君たちの役目だろう」

冷厳な声。自分の息子ほどか、それ以上に若い青年から発せられるとは思えぬ威圧感に、ハリエットは口を閉ざす。そして何とか頭を垂れ、失礼しました、と謝罪した。自分が差し出がましい口をきいたことはわかっていたが、これほど峻厳に咎められるとは思いも寄らなかった。

謝罪を受け入れたのか、青年は身を翻す。そうして廊下の向こうへ去って行く間際、広い肩越しにわずかに振り向いて視線だけを送った。

精悍な体つきの青年はすぐに前を向き、去って行く。その姿が見えなくなった後で、ハリエットはようやく息を吐き出した。

一瞬のことだった。——だがまるで、敵を牽制するような目だった。

(なんとまあ……)

思わず、胸の中でそうつぶやいていた。

——出過ぎた真似を咎められるのは当然のことだった。

しかしあの射るような黄金の目と険しい声色は、ハリエットの使用人としての僭越を咎めただけではないように見えた。ただの叱責や無礼に対する不快感の発露ではない。

身分をわきまえなかったからではなく、もっと別の——。

（……師匠と、弟子？）

謎めいた美貌の二人が口にするその関係に、ハリエットはますます強い疑問を覚えたのだった。

いつかの暗い夜

［紙書籍限定書き下ろし］

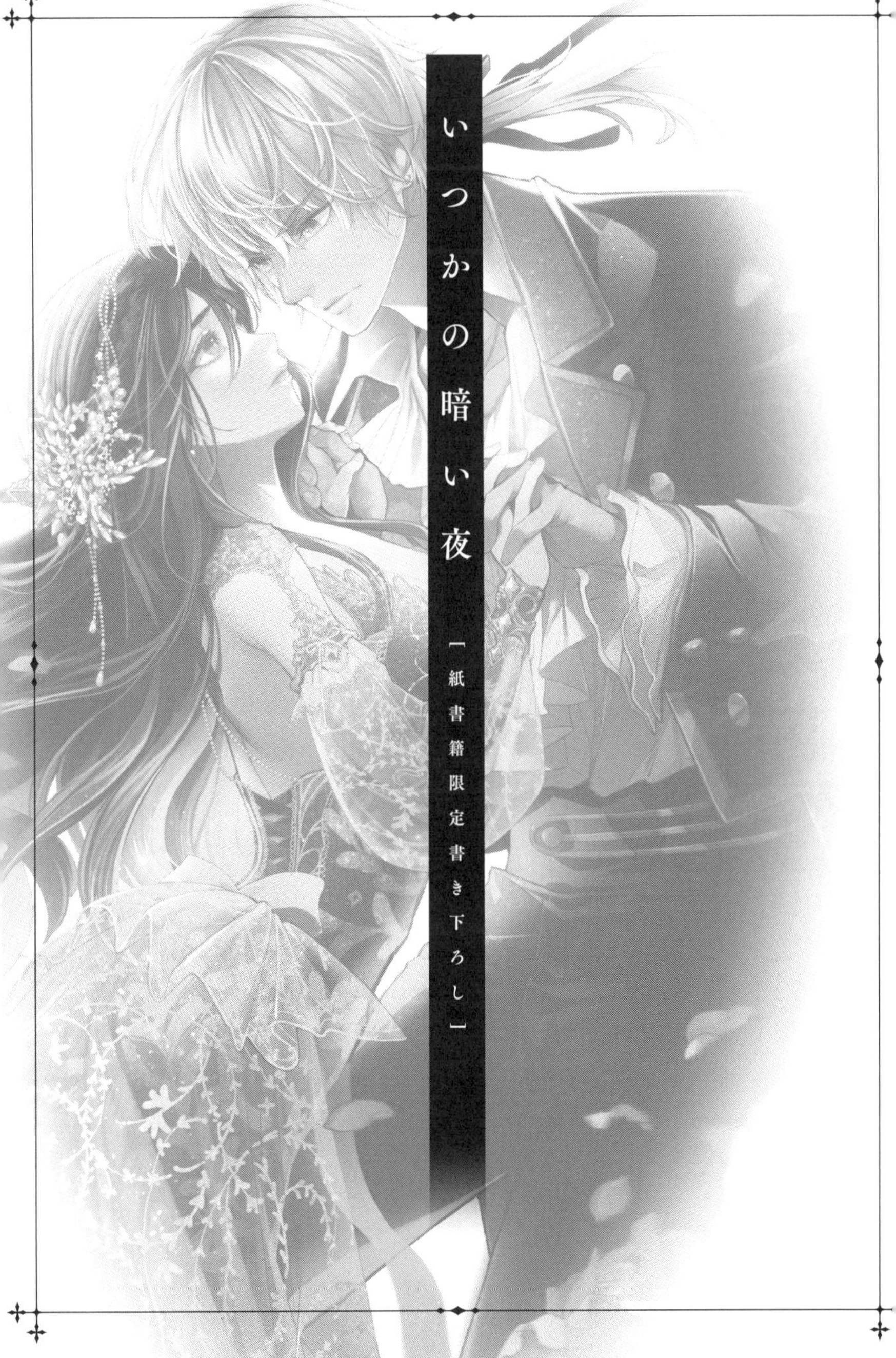

『——そんな場所で座り込んでも、まともな睡眠など得られまい』

洞穴を少し整えただけの空間に、サルティスの抑えた声が響く。ウィステリアはそれでも強く膝を抱えたまま、目の前に灯したか細い火を見ていた。暗い洞穴で、火は小さな光の円を作って照らしている。サルティスは体の横、手を伸ばせばすぐに届くところに置いていた。

唯一の照明である火は、歪な石で囲った簡易的な焚き火だった。そこから立ち上る煙が細長くたなびき、頭上へと消えていく。

死んだ《大竜樹》の根元、その内部に生じた空洞が、今はウィステリアにとってもっとも安全な屋根と壁だった。だが朽ちた大木ゆえに、樹皮を通過するように冷気がじわじわと入り込んでくる。薄汚れた肌に暗く冷たい外の空気を感じる。あるいは外に満ちる瘴気そのものが、より一層冷たく感じさせるのかもしれなかった。

「……眠れない」

ウィステリアは苛立ちのまま吐き捨てる。

膝を抱えて頼りない火を見つめながら、もう一方の手首をつかむ指先に力をこめた。

心身がひどく疲弊しているはずなのに、神経が極限まで高ぶっているせいかまともな眠気がやってこない。

何も感じたくない。何も考えたくない。だから眠りに逃げたいのに、睡魔は嘲笑うように自分から逃げていく。

——この異界に来て、どれだけの時間が経っただろう。何日、何週間、一月以上は経っただろうか。

サルティスに言われるがままとにかく逃げ、身を隠し、息を潜めて耐えた。極度の緊張と興奮が体の限界を凌駕していたのは数日で、その後は文字通り気を失い、物陰で倒れていた。起きたときの体の痛みと同時に、ここに来て過ごした時間のすべてはただの悪い夢だったのではないかという願望が打ち砕かれる苦痛も味わった。

まともな食べ物とは思えぬ、向こうの世界にいたときの自分なら口にするより死を選ぶような異界の植物も口にした。ウィステリア・イレーネ＝ラファティだったものはとうに擦り切れて消えてしまったように思えた。

そしてまた、同じ事の繰り返し。終わらない悪夢のような世界の中にいる。今はまだ、気を失うには至らない。

――まだ生きている。

正気であれば、死を選んだほうがましだと思うような状況で、まだ生きている。

ウィステリアは暗い目で焚き火を眺め、手元に集めていた枯れ枝をいくつか放り込んだ。

◆

――その日、幼いウィステリアは夜中にふと目を覚ました。部屋の中はまだ暗い。厚いカーテンの閉められた窓からも、わずかたりとも光は漏れていない。

このラファティ家に引き取られてなんとか眠れるようになってからも、夜中にこうして突然目が覚めるということが何度もあった。

清潔な寝台は、ウィステリア一人には大きすぎるほどだった。

そのまま瞼を閉じることもできず、ウィステリアは寝返りを打つ。体にかけた寝具が引っ張られるような感覚があり、体を反転させた先に、自分以外の子供を見つけて小さく声をあげかけた。

(あ……)

闇の中でもうっすらとわかる、小さくて丸い顔。ふっくらとした頰に、自分よりも小さな手。

——すやすやと眠る、血の繋がらない妹。このラファティ家に来てはじめてできた、三歳年下の義理の妹。

ウィステリアは大きな紫の目を忙しなく瞬かせ、体からゆっくりと力が抜けていくのを感じた。夜の闇に感じた漠然とした恐怖が、急速に溶けていく。

寝る前、この妹も一緒に寝台に入ったのだと思い出す。

——寝付きが悪いことを知ったラファティ夫人が、この小さな妹の手を引いて寝室にやってきてくれた。

ウィステリアの義理の妹となった幼い少女は、目を真ん丸にして、やってきたばかりの姉を見つめた。そしてきらきらと目を輝かせ、ロザリーも一緒に寝る、と言ったのだった。

寝台に一緒に横たわってから、ロザリーはところどころあやしい発音でとめどなく喋った。お気に入りのぬいぐるみのこと、外に見えた小鳥の羽の色が美しかったこと、その鳴き声を懸命に真似てみたり、お気に入りのドレスや靴のこと、好きな食べ物のこと——。

ウィステリアはただ相槌を打つだけだったが、ロザリーは話すのが楽しくて仕方ないというように脈絡なく話し続けた。それからやがて疲れたように大きな目をこすって、ことりと寝てしまった。

ウィステリアは目を丸くし、しばらく妹の寝顔を見つめ――いつしか、自分も眠りに落ちた。

けれどいま、自分一人が起きてしまったようだった。

(……いもうと)

耳慣れぬ言葉を、ウィステリアは胸にそっと繰り返す。自分とは、まるで似ていない。目の色も髪の色も、顔の形も、いま顔の横に置かれている小さな手の形すらもそうだった。声も、話し方も、好きなものも違う。

けれど、小さな妹の輝く大きな目や、赤みのある丸い頬やよく動く手を嫌いだとは思わなかった。

ウィステリアはそっと手を動かし、指先を小さな手に触れさせた。指に触れた手は柔らかく、温かかった。

――この小さな妹が側にいて安らかな寝顔を見せてくれると、不思議と心が和らぐ。

このおそろしい夜にも、一人ではないと思える。

(……こわくない)

ウィステリアはゆっくりと目を閉じる。また、眠れるかもしれない。けれど眠れなくても、もう怖くはない――。

◆

――無理にでも眠ったほうがまだましであると、頭ではわかっていた。

だが強く目を閉じるほどますます眠りが遠ざかるようで、結局ウィステリアは瞼を持ち上げた。重い息を吐き出し、薄暗い木の天井を見る。外よりはわずかに明るいとはいえ、暗いことには変わりない。だが異界の夜に目が慣れてきていることは確かだった。

いつかの夜、この異界に来て間もない頃の、か細い焚き火を眺めていた記憶がなぜか瞼の裏をよぎった。――あれから、どれくらいの時が経ったのか。

終わらせる時を決めかねたまま、いまだ漠然と時を重ねている。

寝返りをうつと、不安定な寝具がガサガサと鳴る。中の詰め物のせいだ。詰め物をした粗い布の寝具で出来はよくないが、地面で寝る状態とは比べものにならない。

ウィステリアはしばらく睡魔の訪れを待ったが、望みのものはまるで訪れる気配がなかった。この異界に来てから、睡魔というものはより気まぐれで皮肉屋で、少しのことでいなくなるものだと改めて思い知らされた。

ウィステリアはため息をついて体を起こした。寝台の端に腰掛け、額に手を当てる。

とたん、サルティスの声がした。

『何だ』

「眠れない」

『ふん、またか。よほど体力が有り余っているようだな』

聖剣の皮肉に、ウィステリアは苛立ちの息を吐いた。手作りの歪な寝台の足元のほうに、簡素な台があり、サルティスを立てかけてある。

サルティスの物言いにも慣れてきたつもりだが、今はあまり聞きたいものではなかった。口数の多い聖剣でも、普段、眠っている時は話しかけてくることはない。

――この剣が声をあげてウィステリアを起こすときは、魔物の接近など重大な危機に関することだけだった。野外で過ごしていたときは何度かそういったこともあったが、この拠点を見つけてここで過ごすようになってからは、その頻度も激減していた。

ウィステリアは重い体で立ち上がった。

『どこへ行く』

「少しでも体力を減らしたほうがいいんだろ。眠くなるまで工作でもするさ」

聖剣に控えめな皮肉で返し、ウィステリアは寝台を置いた部屋から離れた。

拠点と決めたこの場所は、枯れた大竜樹の空洞を利用したものだった。中央の大きな空間を居間と決め、そこから繋がる三つの小さな空間を寝室や倉庫などといった部屋にした。

寝室から出ると、すぐに居間に出る。闇の中に沈んでいたが、テーブルの端には発光する石を置いてあり、それが淡い照明となっていた。暗くなるほど、石の滲ませる光がわずかずつ強くなる。

仮の居間にしている大きな空間には、ひとまず食事や工作などが可能なほどの大きなテーブルと歪な椅子を置いた。テーブルの上には、石から削り出したナイフもそのまま置いてある。周りには作りかけの道具や家具などが散乱していた。空間の半分は多少人の生活空間らしい様相になりつつあるが、まだ洞穴じみたところも多く残している。

歪な椅子に腰掛け、ウィステリアはテーブルの周りに散乱していた編みかけの籠を一つ取った。

膝の上に乗せ、堅く荒い茎の端をつかみ、指に傷をつくらないようにしながら編んでいく。はじめはまともに力も入れられず、指を傷つけるばかりで緩く脆い編み方しかできなかった。

――それでも時間だけはあり、無心で指を動かしていくうち、形は整い、不要な傷を負うことも少なくなっていった。

しばらく無心で編んでいきながら、ふいに周りの闇が忍び込んできたように感じ、ウィステリアは自問した。

（……何をしてるんだろう）

半ば無意識に手を動かしながら、頭の隅で漠然と思考する。

――とにかく生きるために、死なないために、聖剣の警告や教えに従ってがむしゃらに日々を過ごした。

拠点となる場所を見つけ、野外より遥かに安全な寝床や貯蔵庫を手に入れてから、常に気を張り詰めずとも済むようになった。

だがその分だけ、思考する時間ができた。

家具を作るのも、拠点を整えるのも、すべて生存のためだ。――これから、この地で生き長らえることを見越しての行動だ。

意思とは関係なく体は動き、生存へと自分をかきたてようとしている。

（……生きたいのか、私は？）

ふいに手を止め、ウィステリアは再び自分に問いかける。

こんな異界で、まだ生きたいのだろうか。

そんなはずはない。ならなぜ生きているのか。いつ終わるのか——わからない。

答えの出ない問いが、動きを止めさせる。見て見ぬ振りをして考えないようにしていたことが、夜の闇に紛れて唐突に押し寄せてくるかのようだった。

闇は足元に忍び寄り、急に水位を増していく。ぐらぐらと呑み込まれていくような感覚。

——ずっと、永遠にこのままなのだろうか。

このまま暗闇と魔物に囲まれ、自分以外の人間と接することはなく、自分の手で最期の幕を引くその時まで。

目を背けていたことが、波のように揺り返してくる。

——自分がいなくなってから、向こうの世界はどうなったのだろう。両親たちは。知人や友人と呼べた人たちは。研究所の人々は。魔法管理院の人間は。

ロザリーは——ブライトは今頃。

「……っ」

止まっていた手で、籠の端を握りしめる。堅く不快な、皮膚を傷つける感触。抑えきれずに衝動が爆ぜ、編みかけの籠を床に叩きつけた。

椅子の上で膝を抱え、顔を埋める。手に力をこめ、強く奥歯を噛んで、叫び出したくなるのを堪えた。

——どんなに憤っても憎んでも嘆いても、何も変わりはしない。それで自棄になって自分を投げ出したところで、誰も手を伸べてくれることはなく、ただ時が過ぎるだけだった。

息ごと叫びを噛み殺し、体の内側で荒れ狂う感情から意識を逸らす。やがて波のように激情が引いていき、代わりに虚無が広がっていく。そのまま、しばらく動けなかった。

椅子の上で膝を抱えたままどれくらいの時が過ぎたのか、姿勢も苦しくなり、鈍い動きで顔を上げる。もう手慰みに手を動かす気力も残っていなかった。

起きている限り、考えたくもないことが悪意をもって襲ってくるようにさえ感じられる。

ウィステリアは重い体を立ち上がらせ、引きずるようにして寝室に戻った。

寝台に横たわる寸前、少しためらってから、足元の台座からサルティスを持ち上げる。

『おい――』

柄の先についた、翡翠と赤の宝石の房飾りが揺れる。ウィステリアは日中の時のように剣を抱えたまま、寝台に再び横たわった。

『おい、イレーネ。警戒しろとは言ったが、魔物はいま近くにはおらんぞ！』

厳格な師である聖剣は、警戒のためにこうしているのだと思っているらしかった。

ウィステリアは言葉では答えず、細い息を吐いて目を閉じる。

人間のように豊かに喋り、この地で生きるための有用な忠告を与えてくれる剣は、硬く冷たく温もりにはほど遠い。――それでも、自分の側にいるのはこの剣だけだった。

聖剣は少しの間、抗議とも叱咤ともつかぬ声をあげていたが、やがて沈黙した。そうして、ため息に似た声色で告げた。

『……慣れたら、一人で眠れるようにしろよ。それも、お前にとって必要なことだ』

常より静かで、淡白な声。だがウィステリアはそこに、一欠片の哀れみのようなものを感じ取った。

『早く寝てしまえ。……必要な時には、我が起こしてやる』

ああ、と答えた言葉は、確かに声に出せただろうか。

サルティスは拒絶しなかった。そのことに慰めを見出し、ウィステリアは剣を抱えながら眠りの訪れをじっと待った。

眠りは唯一の安寧で、少しでも早く、少しでも長く目を閉じていたかった。


――やがて、サルティスの言う通りウィステリアは一人で眠れるようになった。正しくは、眠れない時でも一人夜が過ぎるのを待てるようになった。

それがかなわないときは、またサルティスを抱え込んで寝台でうずくまればよかった。

だが毒や薬に少しずつ慣れて耐性がついていくように、サルティスを抱えても耐えられない夜が出てくるようになった。ウィステリアはその夜を越えるために、他の方法を探した。

そして、終わりの時を見つめることに仮初の安寧を見出した。

夜の異界へ彷徨い出るようになったのは、それからしばらくしてのことだった。

あとがき

「恋した人は、妹の代わりに死んでくれと言った。」５巻をお手にとってくださりありがとうございます。作者の永野水貴です。

応援してくださるみなさまのおかげで、なんと5巻目です。本当にありがとうございます。

いきなりですが、ちょっと自分語りをさせてください。

十年以上前にはじめて商業作家の道に足を踏み入れたとき、私も人並みに色々な夢や希望を抱いていました。けれど早々に商業の荒波に揉まれ、なんとかそこで息をし続けるのが精一杯で、両手いっぱいに抱えていた色々な夢や希望はいつの間にかこぼれ落ちてしまっていました。

瞬く間に現れる他の作品は遙か高みで輝いており、アニメ化やコミカライズ、グッズといった華々しいものは、遠くできらきら輝く星そのものでした。

あとがきにも何度か書いてきましたが、追い詰められた末に書き始めたのがこの「恋した人は」です。運良く書籍になって、続刊できて、夢のひとつだったコミカライズもしていただけました。これだけでもすごいことですが、最近またひとつ、昔抱いていた夢が叶おうとしています。

ドラマＣＤ化です。私自身まだ信じられないのですが、どうやら現実のことのようです。

制作進行中ですので、ぜひみなさまにも一緒に楽しみにお待ち頂けたらと思います（色々な情報はよくＳＮＳでつぶやいています）

どさくさに紛れてこれまでに出していただいている他のグッズの宣伝もさせてください。

表紙のイラスト＋とよた先生描き下ろしイラストのポストカード＋永野の書き下ろしＳＳのセット、コミカライズの素敵なシーンを抜粋したアクリルコースター、コミカライズの表紙イラストを使用したクリスタルペーパーウェイトがＴＯオンラインストアにて発売中です。

そして今回、とよた先生描き下ろしのミニキャラアクスタも発売されることになりました。たぶんこの５巻と一緒に発売されていると思います。最近、アクスタもいいなあと思っていたので、ウィステリアたちをアクスタにしていただけてとっても嬉しいです。

小説では、今回も電子書籍用の書き下ろしのほかに、紙書籍用の書き下ろしがそれぞれあります。さらにＴＯオンラインストア限定ＳＳペーパーもあります。

ぜひ一度のぞいてみてくださると嬉しいです。

……なんだか興奮してよくわからないあとがきになってしまいました。

いつも応援してくださるみなさま、本当にありがとうございます。

みなさまのおかげでたくさんのミラクルが起こり続けていて、まだ書いていていいんだな、また夢を見ていいのかもしれないなと思えるようになりました。今後ともぜひこの物語にお付き合いいただけたら嬉しいです。

全方位に感謝しながら、もう一つ小さな夢というか、ずっと書いてみたかった挨拶を書いてあとがきを終わろうと思います。

ここまで読んでくださりありがとうございました。

次の巻で、お会いしましょう。

二〇二三年九月　永野水貴

コミカライズ第9話

「巻末おまけ」

漫画：家守まき

原作：永野水貴
キャラクター原案：とよた瑣織

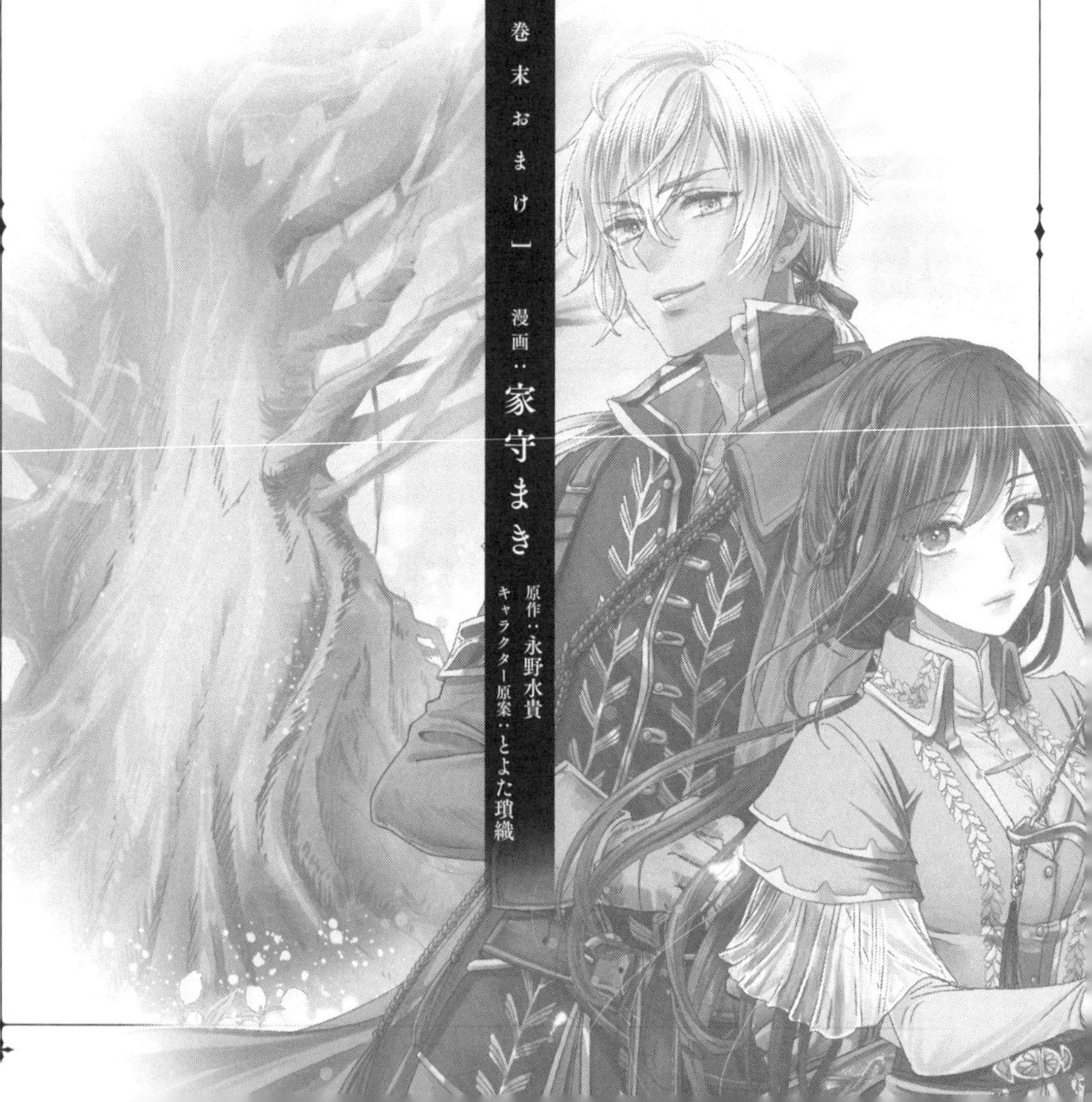

第9話
ザアアア‥
ゴロゴロ…
――では
このままロザリーを見殺しにしろと言うのか!!
…聞き分けろ ブライト
父上…!!
ルイニング家の力で介入するのは不可能ではない
だが

代わりに彼らに何を差し出せる？
公爵家とて万能ではない
…何かを選べば何かを失う
選ぶということは何かを失うということだ
ロザリーを選べば

私は何を失う
番人は 魔法のために 不可欠な存在です
魔法の力は国の守護や政治にも関わりますゆえ
番人の廃止はありえぬのです
いかにルイニングの嫡子《ちゃくし》といえど
魔法のことを貴殿に干渉《かんしょう》されますのは…
ブライト様は魔力素を見ることもできぬとか…
あのルイニングのお生まれなのに?
見目ばかりの出来損ない
魔法のせいで

これで魔法まで使えたら
あなたもっといけ好かない人だったたわ！
君を失ってなるものか
どんな手段を使ってでもロザリーを守る

罵《のの》りも拒絶も
覚悟していたのに
泣き声すら
君は
閣下《かっか》!

お目覚めください
閣下
…すまない
閣下…
傷が痛むのですか？
ザァ
…いや…
アァァァ
あの涙の熱は
決して忘れてはならない
本当はきっと

泣き叫びたかった
はずなのに
もう嫌!!
帰りたい…っ!!
帰ったところで
どうする
もうお前は
死んだと思われて
いる
う…っ
う
うう…っ
…立てイレーネ
ここでお前に
手を差し伸べられる
者はいない

誰かの手を掴《つか》むことも
温《ぬく》もりを感じることも もう
二度と…
ゴオオ…
好きなだけ嘆《なげ》いたら耳だけ動かせ
ひとつ教えてやる

お前にも唯一
己の人生を決める
自由がある――……

…思い出したくもない夢を見てしまった
もう誰の手を掴むこともないと思っていた
なのに…
おはようサルト
ずいぶん惰眠《だみん》を貪《むさぼ》ったな!
…
イレーネ…っ

…あんなに熱く
見つめられたのは
初めてかもしれない
はっ
弟子相手に
何を緊張して
いるんだ私は…
ギイ…
…まだ寝てる…か
今のうちに
浴室に…
浴室
居間
キィ…

…先に入るか？

ガッ
~っすまない…!!
バタンッ
バフッ
何をしている
うわ
い…異性の裸《はだか》を見てしまった
ああああ
お…夫でもない男性の…

いや彼は年下で子どもだし
いや子供か あれが…!?
ううぅ
…おい さすがに挙動不審すぎるぞ
というか謝らなければ!!
だっ
ロロイド!! 先ほどはすまなかった!!
私の不注意で――…
ガチャ

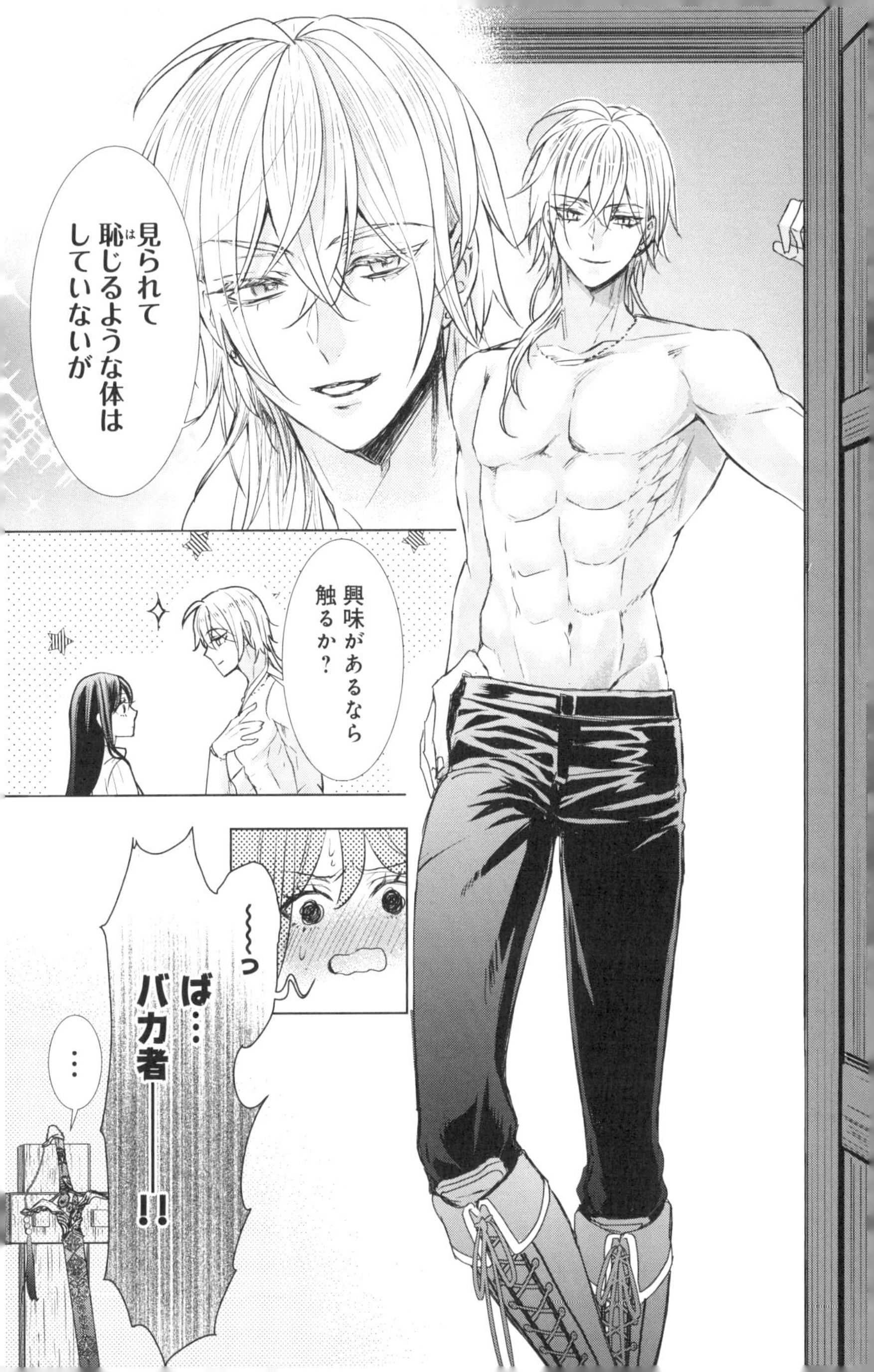
見られて恥《は》じるような体はしていないが
興味があるなら触るか？
〜〜っ
ば…バカ者──!!
…

いいか!!
そもそもルイニング家の紳士が肌をみだりに
み…見せつけるなど言語道断!!
いかにも興味を持った様子で覗《のぞ》いてきたもので
も
持ってない!!
騒《さわ》がしいぞ!
子どもの裸などなんのおもしろみもなかろう
あ
ああ…
へえ?

なら全部
見てみるか？
する
!?
やめろロイド
真《ま》に受けるな
脱ぐな
!!
なんなんだこれは…
…ロイド
ボタンを
掛《か》け違えてるぞ
!

もた…
ふっ
案外 不器用だな
まあ普段
一人で着ないか…
こんなところは
子どもっぽいな
子どもね
そういうあなたは

まるで妻のようなことをするな
まあ裸も見られたことだし 今さらか
何が今さらだ!?
取り返しがつかないことになっているのか!?
ふっ
!
ム…
コホン
まあ 朝の事故といい距離感は以後気をつけよう
続きはWEB&コミックスにてお楽しみください！
コミックシーモアにて先行配信中!
コロナEXにて順次配信!
コミックス3巻好評発売中!

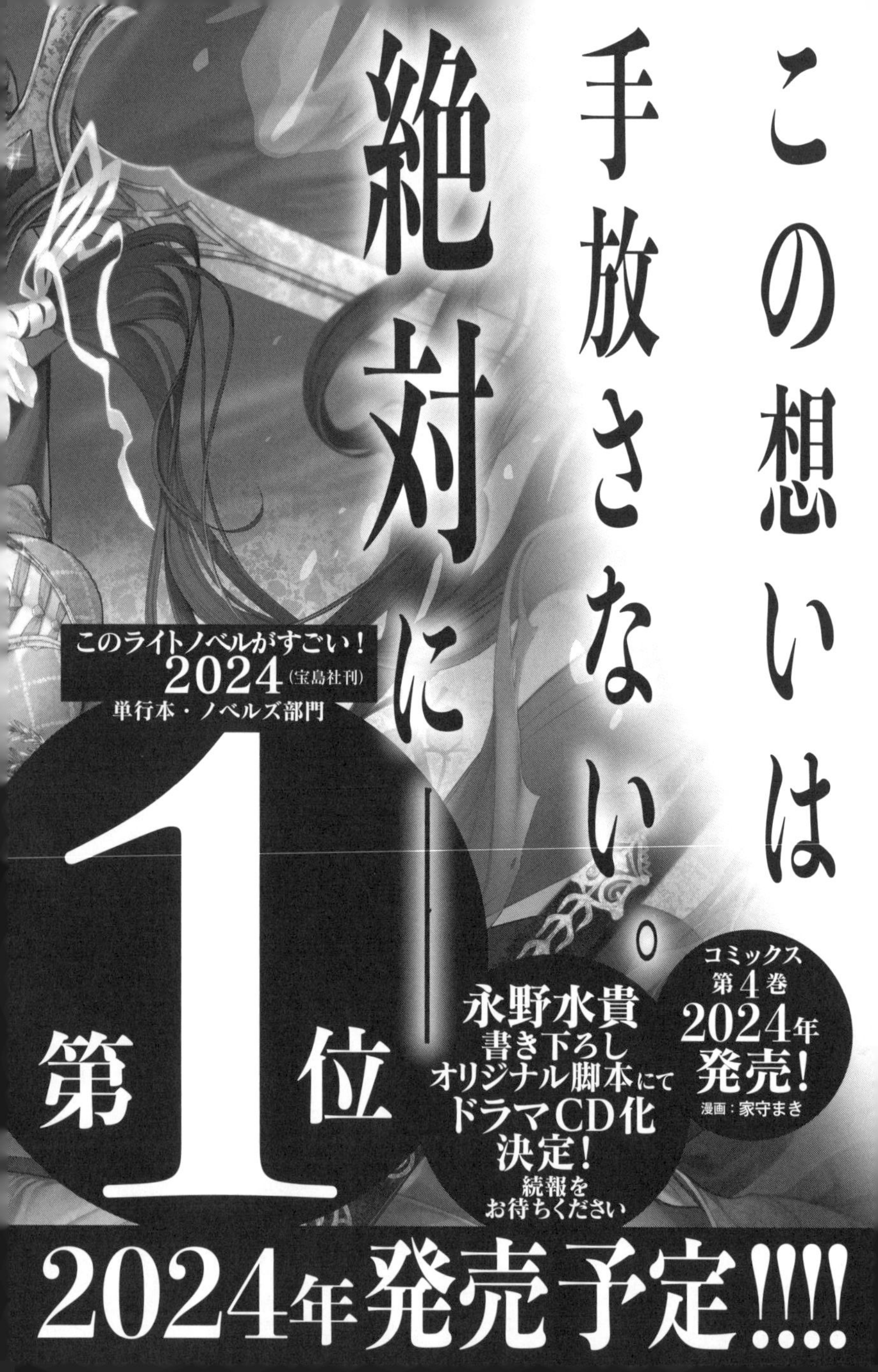
この想いは
手放さない。
絶対に──
このライトノベルがすごい！
2024（宝島社刊）
単行本・ノベルズ部門
第1位
永野水貴
書き下ろし
オリジナル脚本にて
ドラマCD化
決定！
続報を
お待ちください
コミックス
第4巻
2024年
発売！
漫画：家守まき
2024年発売予定!!!!

次巻予告
王女との約束を持つロイドと、
寄る辺を持たぬウィステリア。
”二人“の進む道とは——。
永野水貴
イラスト：とよた瑣織
恋した人は妹の代わりに死んでくれと言った。6
妹と結婚した片思い相手がなぜ今さら私のもとに？と思ったら

漫画配信サイト
CORONA EX
コロナEX
TObooks
OPEN!!
詳しくはこちら！
https://to-corona-ex.com/

TOブックス
コミカライズ
連載最新話が
読める!
パイスリー様!!
月額400円(税込)で
全作品が読み放題!

シリーズ累計
170万部
突破！
（紙＋電子）
小説
第15巻
2023年
12月20日
発売！
TOKYO MX・MBS・BS11にて
絶賛放送中!!!
帝国物語
餅月 望 — 著
Gilse — イラスト
式HPへ！
原作HP
TVアニメHP

ティアムーン帝国物語
コミックス
第8巻
2024年
発売予定!
漫画：杜乃ミズ
TVアニメ
ティアムーン
断頭台から始まる、
姫の転生逆転ストーリー
詳しくは公

ほのぼのる500シリーズ

最弱テイマーはゴミ拾いの旅を始めました。

The Weakest Tamer Began a Journey to Pick Up Trash.

原作
10巻
イラスト:なま
2024年1/15発売!

※5巻書影

コミックス
6巻
漫画:蕗野冬
2024年2/15発売!

ジュニア文庫
5巻
イラスト:Tobi
2024年1/15発売!

スピンオフ
2巻
漫画:雨話
2024年1/15発売!

TOKYO MX・ABCテレビ・BS朝日にて
2024年1月よりTVアニメ放送開始!

※放送は都合により変更となる場合があります

◀◀ 詳しくは公式サイトへ

恋した人は、妹の代わりに死んでくれと言った。5
—妹と結婚した片思い相手がなぜ今さら私のもとに？　と思ったら—

2023年12月1日　第1刷発行

著　者　永野水貴

発行者　本田武市

発行所　TOブックス
〒150-0002
東京都渋谷区渋谷三丁目1番1号　PMO渋谷Ⅱ　11階
TEL 0120-933-772（営業フリーダイヤル）
FAX 050-3156-0508

印刷・製本　中央精版印刷株式会社

ISBN978-4-86794-018-1